**ANTOLOGIA PESSOAL
(1973-2008)**

Eric Nepomuceno

**ANTOLOGIA PESSOAL
(1973-2008)**

EDITORA RECORD
RIO DE JANEIRO • SÃO PAULO

2008

CIP-BRASIL. CATALOGAÇÃO-NA-FONTE
SINDICATO NACIONAL DOS EDITORES DE LIVROS, RJ.

N362a

    Nepomuceno, Eric, 1948-
    Antologia pessoal (1973-2008) / Eric Nepomuceno. –
Rio de Janeiro : Record, 2008.
    Comemorativo dos 60 anos do Autor
    ISBN 978-85-01-08254-1

    1. Conto brasileiro. I. Título.

08-4015.   CDD: 869.93
                                  CDU: 821.134.3(81)-3

Copyright © Eric Nepomuceno, 2008

Capa: Carolina Vaz
Diagramação de miolo: ô de casa

EDITORA AFILIADA

Todos os direitos reservados.
Proibida a reprodução, armazenamento ou transmissão de partes deste livro,
através de quaisquer meios, sem prévia autorização por escrito.

Direitos desta edição adquiridos pela
EDITORA RECORD LTDA.
Rua Argentina 171 – 20921-380 – Rio de Janeiro, RJ – Tel.: 2585-2000

PEDIDOS PELO REEMBOLSO POSTAL
Caixa Postal 23.052 – Rio de Janeiro, RJ – 20922-970

Impresso no Brasil
2008

Mas eu sei guardar e usar o triste e o barato no mesmo bolso onde levo essa vida que ilustrará as biografias.

(Julio Cortázar)

Este livro é para Martha e Felipe.
Como sempre, para sempre.

SUMÁRIO

Prefácio — Alfredo Bosi 9
Nota do autor 13

1

Telefunken 17
Juramento 20
A mulher do professor 22
Dizem que ela existe 26
História de pai e filho 36
Quando o mundo era meu 40
Um dia de calor 55
Meu pé direito 59

2

Noite de sexta-feira 65
Contradança 71
Novembro 75
Um gosto amargo no corpo 85
No jardim 92
Quando o canário 97
Essa mulher 108
As três estações 119
As cartas 146
Coisas da vida 149

Um senhor elegante 163
Aquela mulher 170
Bangladesh, talvez 178

3

Coisas do mundo 193
O homem do sobretudo 204
A promessa 213
Os amigos 226
A incompetência do destino (II) 241

4

A pilha gasta 249
A varanda 252
Tanto tempo 253
A noiva do batalhão 259
Sábado 269

5

Coisas que sabemos 275
Bandeira branca 277
40 dólares 281
O último 288
La Suzanita 298
Antes do inverno chegar 304
A cerimônia 308
General, general, general 316
A pergunta 322
O nosso ofício 331

6

O exercício da solidão 341

ERIC NEPOMUCENO – A ESCRITA COMO SOLIDÃO SOLIDÁRIA

Alfredo Bosi

Quando, há alguns anos, tive a oportunidade de apresentar os contos reunidos em *Coisas do mundo*, pareceu-me que Eric Nepomuceno neles alcançara o ponto alto do seu itinerário de ficcionista. E justificava a avaliação afirmando: "É como se tivesse chegado para o nosso contista a hora (crucial para todo escritor) de dizer apenas o essencial, depurando o seu texto das escórias de velhos e novos-maneirismos."

Lendo agora esta *Antologia pessoal*, vejo que não me enganei na apreciação daquela obra, mas deixei de prever que Eric Nepomuceno era ainda um ficcionista *in progress* capaz de levar adiante o seu desempenho textual e atingir uma altitude que hoje o consagra como um dos melhores contistas da sua geração.

O conjunto dos seus escritos confirma aquela primeira impressão. Só o essencial importa para Eric. Mas são múltiplas as formas do que tem significado para este escritor atento aos mínimos movimentos do sentido, ou *nonsense*, de que é feito o destino dos homens vivido em meio às trampas do cotidiano. Por isso julgo uma feliz escolha do antologista de si mesmo ter colocado uma pequena obra prima, "Juramento", entre os textos de abertura do livro. O conto é breve, simples e solene. Simples, pois fala do encontro de meninos sentados no chão de terra de costas para um barranco de argila seca. Dito de passagem: a sensibilidade de Eric para com a infância e a adolescência sempre foi aguda. E solene, porque o narrador adulto traz dentro de si a inocência das promessas de um tempo edênico feito de pura esperança e, depois da queda, a amargura de uma perda sem remédio. "O tempo" — é sentença de Antônio Vieira — "não tem restituição alguma."

Então, o que resgata o sentimento fundo de que tudo vai ser engolido pelo nada, e que os seres murcham e podem esvair-se a qualquer momento?

Tão-só o estar junto com o outro, irmão, amigo, mulher, companheiro, filho, pai... nos redime e sustenta. E afinal sobe à tona algum sentido, paradoxalmente escavado nas entranhas mesmas do acaso e do absurdo que atravessa a sua ficção e lhe confere um tom rudemente nobre. Que o leitor se pergunte: — Quem é "ela"? — no conto "Dizem que ela existe", e talvez a resposta lhe dê a chave simbólica para entender muito da ficção de Eric Nepomuceno.

A linguagem é direta, às vezes abrupta, e, no entanto, da secura mesma desse estilo sem ornato brota não raro a mais pura emoção. Sabemos o quanto Eric Nepomuceno se entregou inteiro à tradução dos grandes latino-americanos do século passado (e que ainda nos habitam), García Márquez, Galeano, Onetti. Ouço também ecos de Hemingway no seu enfrentamento viril com a palavra que é também coisa, carne e osso. Entre os nossos, lembro o realismo pungente de mestres da prosa moderna: Graciliano, Marques Rebelo, Antônio Callado. Mas toda aproximação literária é sempre arriscada, parcial. A dicção de Eric vem rente ao seu mundo vivido, à sua sensibilidade forte e delicada e à longa experiência do militante e do homem para quem a literatura é vida pensada. Ele sabe que a luta é feita com a coragem do desespero, provavelmente a única que nos reste e nos faça dignos de continuar escrevendo. A escrita é um exercício de solidão, diz Eric Nepomuceno no fecho admirável desta antologia, mas como a solidão do escritor está povoada de sombras vivas, ao mesmo tempo desafiadoras e fraternas!

Que o leitor descubra as muitas faces dessa experiência vital: Eric não lhe esconderá nenhuma e o levará a presenciar desde o encontro banal que se dá junto à mesa de um bar até o desencontro lancinante que separa o narrador dos entes mais amados. Uma saga contemporânea, mas que, tenho certeza, resistirá à usura do tempo.

NOTA DO AUTOR

Toda antologia parte de um ou de vários critérios para resultar, em última instância, na escolha pessoal de quem a organiza. Pois esta antologia partiu desse porto de chegada: é uma escolha pessoal, minha, dos contos que publiquei ao longo de seis volumes, entre 1977 e 1998. Acrescentei, ainda, dois inéditos (escritos entre 2001 e 2008) e um texto sobre o ofício de escrever.

Trata-se, assim, de uma seleção feita sem nenhum outro critério que esse: creio que, dos meus contos e relatos, são os que sobreviveram ao tempo. Claro que se tivesse feito essa mesma seleção há alguns anos, vários dos contos que ficaram de fora estariam incluídos. E se eu tornar a fazer essa escolha daqui a alguns anos, alguns dos que aqui estão ficarão de fora.

Seja como for, os contos aqui reunidos formam um mosaico da minha escrita ao longo do tempo. Os contos mais antigos foram escritos em 1973, o mais recente em 2008.

Armar esse mosaico foi um trabalho um tanto penoso. Organizar uma coletânea pessoal significou, também, rejeitar coisas que escrevi. Ao mesmo tempo, foi inevitável recordar como eu era quando cada conto foi escrito, onde morava, que tempos vivia. Reler tudo que escrevi e publiquei acabou sendo, como disse uma amiga, realizar uma espécie de arqueologia de mim mesmo.

Claro que, ao longo desse trabalho, tive de redobrar esforços para evitar a síndrome de Pierre Bonnard — o pintor que costumava, sorrateiramente, retocar suas obras expostas em museus na primeira metade do século XX. Muitas vezes me peguei mudando frases, trocando palavras, rearmando enredos.

Consegui resistir a todas as tentações. Assim, os contos são publicados, aqui, sem modificações — a não ser uma certa padronização de pontuação e de signos gráficos como aspas, parênteses e reticências. Tratei, além disso, de organizar os contos em blocos, buscando uma nova unidade e colocando-os em uma ordem diferente da dos livros em que foram originalmente publicados.

As datas ao final de cada conto indicam o ano em que terminei sua primeira versão e o ano em que cheguei à versão que considero definitiva.

Rio de Janeiro, setembro de 2008

1

Telefunken
Juramento
A mulher do professor
Dizem que ela existe
História de pai e filho
Quando o mundo era meu
Um dia de calor
Meu pé direito

TELEFUNKEN

Pelo buraco redondo coberto com o pano amarelinho que fica bem no meio da caixa de madeira com o nome Telefunken escrito em letrinhas brancas sai a voz de uma mulher brava. Tem de ser brava porque tem a voz fininha. A mãe tem voz fininha e vive brava.

Essa gente que canta no rádio não muda de assunto. É sempre essa coisa de amor para cá, amor para lá, e não falam em outra coisa. E falam cantando claro, porque são cantores e tudo, e tem uma porção de gente diferente. É fácil perceber isso porque as vozes são diferentes e porque eles cantam em uma porção de línguas.

Outro dia mesmo tinha um homem gordo cantando em alemão. Eu sei que era alemão porque a mãe disse, e sei que era um homem gordo porque tinha um vozeirão, igualzinho ao Miguel Italiano, que é gordo. Mas acho que o Miguel Italiano não vai cantar no rádio nunca, porque eu nunca vi ele cantando. Acho que ele não deve gostar de cantar.

Quando eu era pequeno, achava que dentro do rádio tinha uns homens e umas mulheres bem pequeninos, e que a gente fazia a voz deles sair dando umas voltas no ponteiro.

A gente quando é pequeno pensa numa porção de bobagens. Agora que eu cresci um pouco, quer dizer, que sou muito maior do que quando eu era pequeno, sei como é isso do rádio. Os homens e mulheres em outra casa, longe daqui, e a voz deles vem pela tomada. A gente liga o fio do rádio na tomada, e daí aparece a voz deles. Por isso é que tem tanto fio na rua: a luz e o rádio vêm pelos fios que estão pendurados nos postes.

A gente até que tem um rádio bacana em casa, e a mãe às vezes põe uma toalhinha em cima dele e um vasinho com uma flor dentro, e depois passa um pano para tirar o pó; quando eu crescer e tiver uma casa e uma mulher, vou logo pedir para ela cuidar bem do rádio, igual que a mãe.

Eu vou querer um rádio parecido com o nosso. Só não quero de madeira escura: vou querer um rádio branco. Não sei se isso é bom; rádio branco deve ser que nem calça branca: suja muito. Por isso, é melhor não deixar ninguém chegar perto do rádio.

Vou gostar tanto do meu rádio que se minha mulher tiver um filho que nem minha mãe teve eu, vou dizer para ela não deixar ele mexer no rádio.

A gente casando sempre pega filho. Quer dizer, a vizinha Eulália casou há muito tempo, minha mãe disse outro dia não sei para quem que a Eulália leva mais de dez anos de casada, e eu nem tenho dez anos ainda, por isso não sei quando ela casou, mas dez anos é muito.

A vizinha Eulália não é mãe de ninguém. Vai ver que eu caso e minha mulher também não vira mãe de ninguém. Porque eu sei que se minha mulher virar mãe, morro depois de dois meses.

Aqui em casa aconteceu isso: eu nasci e meu pai morreu dois meses depois. A mãe vive falando para todo mundo que foi só eu nascer para meu pai morrer. E diz também, quando fica brava, que eu sou um peste endiabrado, e coisa bonita isso não deve ser, porque ela diz também "coisa ruim" para mim. A mãe vive brava.

Eu acho melhor não ter filho nenhum, senão eu morro depois de dois meses e minha mulher vai dizer "coisa ruim" para ele e ele vai ficar triste e não vai querer nem ouvir rádio nem nada, porque eu gosto de ouvir rádio mas de repente aparece uma mulher com voz fininha e eu lembro a mãe. E fico pensando que está cheio de gente de voz fininha pelo mundo e deve ser tudo gente brava.

O Ivan não tem rádio mas o Ivan tem pai. Ele disse para mim que o pai tem voz grossa e conversa com ele, mas não é gordo.

Eu acho que preferia ter pai do que ouvir rádio. Mas não sei isso direito, porque eu gosto tanto de ouvir rádio e de repente arranjava um pai bravo, daí não sei.

O Ivan quando vem aqui em casa fica ouvindo rádio comigo e ele sabe ler mais depressa e fala Telefunken mais depressa do que eu.

Quando eu casar vou comprar um rádio branco e ficar ouvindo as histórias que contam de noite. E daí, se minha mulher pegar um filho e eu achar que só levo mais dois meses de vida, pego e vendo o rádio para não deixar para ele.

Se minha mulher pegar um filho e eu achar que só tenho dois meses de vida, levo o rádio comigo.

(1973)

JURAMENTO

Era sexta-feira e os quatro estavam sentados no chão de terra, as costas contra as pontas do barranco de argila seca, e o barranco desenhava sombras na estrada poeirenta.

Falavam sobre os últimos dias e de como tinham sido os melhores. A cada fim de férias diziam a mesma coisa. Muitos anos mais tarde, ele gostaria que os outros três tivessem uma memória tão dolorida quanto a sua.

Começou a falar sobre aqueles tempos e os tempos de antes e depois. Sentado, as costas contra as pontas do barranco de argila seca, falou sobre os tempos e os três olharam espantados.

Falou do bom de estarem juntos todo o tempo e das coisas que tinham, e do bom que era reconhecer uma árvore pelo tato e pelo cheiro, e os três concordaram.

Falou que aquilo tudo seria perdido um dia e que isso era inevitável; mas que deveriam fazer o possível para levar o máximo de tudo. Sair inteiro, no fim. Falou pela primeira vez da calma amarga que sentia sabendo que as coisas teriam um fim e foi a primeira vez que sentiu essa calma. Depois, se acostumaria com ela. Mas isso os três não entenderam naquela hora nem nunca mais.

Falou daquelas coisas e insistiu em que deveriam se proteger. Que não deveriam deixar que tudo se perdesse.

Finalmente, falou em um juramento. E como um juramento é solene e os quatro adoravam a solenidade dos cavalheiros, concordaram em ter os pulsos unidos e talhados em cruz, misturando o sangue na garantia de eterna união.

No último instante, em lugar dos pulsos talhados preferiram unir a ponta dos polegares, de onde um pequeno corte mostrava com esforço um pontinho de sangue.

Anos mais tarde, tudo isso é de uma graça amarga porque a honestidade foi estupidamente traída. E agora, cada vez que ele toca a solidão na ponta do polegar direito, lamenta — de uma forma ou de outra — que o pulso não tenha nenhuma cicatriz.

(1973)

A MULHER DO PROFESSOR

para Guto Pompéia e Sérgio Eston

Ciro foi o último. Ele era sempre o último. Às vezes, porque ficava vigiando a retaguarda. Gostava de dizer: "Vão indo que eu vigio a retaguarda." Outras vezes porque era gordo e acabava sempre ficando para trás. Naquela noite ele foi o último, mas não sei mais se foi por vigilância ou costume.

Lembro que quando ele chegou em cima da caixa-d'água já estávamos os três deitados, em silêncio, no concreto áspero. Ele primeiro tropeçou nas pernas do Serginho, depois pisou no cotovelo do Guto. Eu comecei a rir baixinho e ele deitou arfando ao meu lado e disse: "Cala a boca, cretino." E então rimos os três e ele não falou mais nada.

Começamos a esperar e alguém perguntou as horas. Ninguém tinha relógio. "Devem ser umas nove", falou Guto, explicando: "Quando saí de casa eram quase nove."

Ela aparecia sempre depois das nove. Disso sabíamos.

Para nós era a primeira vez. O Roberto, que era irmão do Ciro e era maior que todos nós, tinha vindo com a novidade uma semana antes. Contou da mulher que tomava banho de chuveiro todas as noites, da janela que ficava aberta para o quintal, para o silêncio da rua de terra que corria junto ao muro; depois da rua estava o bosque, entre a rua e o bosque só a construção baixota e arredondada da caixa-d'água; nenhuma luz, nada.

A mulher era francesa. Mulher do professor de francês. Pelas minhas contas, existiam na cidade há um dois meses. Pelas contas dos outros, há uns quatro. A gente não via a mulher quase nunca. Eu, por exemplo, não sabia dizer se era alta ou baixa ou bonita. Imaginava que tinha cabelos cor de cobre, mas não sabia por quê.

Dois dias antes tínhamos decidido acabar com o medo e penetrar no território da turma do Chinês em plena guerra de verão, e subirmos na mesma caixa-d'água onde eles subiam para ver a mulher tomar banho e espalhar talco pelo corpo. O Roberto, que era da turma do Chinês, disse: "Todo mundo conhece a Talquinho." Era assim que eles chamavam a mulher do professor de francês. Ele tinha avisado: "Não garanto nada. Se apanharem vocês em cima da caixa-d'água, não garanto nada."

Estávamos no teto áspero de concreto da caixa-d'água e ela não aparecia. A todo instante o Serginho e o Guto olhavam para a rua deserta, com medo de vir alguém; eu tinha outro medo: que eles viessem por trás, pelo bosque.

Eu nunca tinha visto uma mulher tomando banho e depois esfregando talco no corpo. Eu não tinha nem visto a mulher do professor de francês, e agora ia ver, pela primeira vez, com o talco, a toalha, o chuveiro.

Ela não vinha, e nós esperando. A mulher de cabelos cor de cobre, eu pensava, como os cabelos de Verônica, que ia à praia de maiô vermelho, e estudava na minha classe.

Muito tempo depois, quando o Ciro já estava em pé sobre a caixa preparando-se para descer, a luz acendeu. Um retângulo recortado bem na nossa frente, a uns cinco, seis metros de distância, no mesmo nível de altura. O Ciro deitou outra vez no teto de uma caixa-d'água e veio arrastando braços, pernas e barriga até o meu lado.

A mulher do professor de francês era morena e muito alta e magra. Era uma mulher muito bonita. Estava de roupão cor-de-rosa e usava um lenço prendendo os cabelos. Atrás, na nuca, por baixo do lenço, escorria o cabelo preto. Ficamos os quatro em silêncio, enquanto ela afastava a cortina de plástico e ligava o chuveiro. Depois ficou na frente do espelho esfregando algodão na cara, limpando a pintura. Esfregou a cara um tempão, enquanto escorria a água no chuveiro. Estávamos perto, mas tão perto, que dava para ouvir o barulho do chuveiro, e ninguém abria a boca nem para respirar. Dava para ver os olhos arregalados do Guto no escuro.

Daí a mulher tirou o roupão e estava de sutiã preto. Eu nunca tinha visto sutiã preto: só no cinema. Na hora, pensei que ela usava sutiã preto porque era francesa. Ela tirou o roupão e ficou de sutiã e calcinha e começou a mexer os braços como se fossem hélices. Depois o corpo sumia e aparecia num ritmo muito compassado: ela estendia os braços e certamente tocava o chão, as costas apareciam e desapareciam. Serginho sussurrou: "Não dá para ver nada." Guto sussurrou: "Cala a boca e espera." Eu comecei a rir baixinho.

Ela abaixou e levantou, com os braços estendidos, um montão de vezes. Finalmente ficou parada, os braços para cima. Ficou assim um instante. Quando os braços desceram, ela passou a mão direita para as costas e desabotoou o sutiã. Entrou rápido no chuveiro, de calcinha. Eu vi o corpo de costas. Todos nós vimos o corpo de costas.

"Não deu para ver nada", insistiu Serginho, e o Guto disse: "Espera, idiota, ela não vai sair do chuveiro de costas."

Eu imaginava que a mulher do professor fosse mais baixa e tivesse os cabelos cor de cobre. Deitados no concreto áspero, em cima da caixa-d'água, continuamos esperando. Era uma noite de janeiro, de céu claro, e estávamos no meio das férias e da guerra de verão. Imaginei que o Chinês jamais deveria saber que estivéramos ali, compartindo a mulher do talquinho, que era deles, em plena guerra de verão — uma guerra que só era interrompida nas noites de sábado, quando éramos todos convidados para as mesmas festas, e nas manhãs de domingo, quando íamos à igreja ouvir o padre Jairo.

Era uma noite de janeiro e a mulher não terminava o banho nunca. Eu não conseguia esquecer as costas, a calcinha estreita, o sutiã preto, o corpo comprido e esguio. Esperamos um tempão.

Eu não consegui nunca mais esquecer as costas da mulher do professor de francês nem a alegria que sentíamos quando vimos a mão dela saindo por trás da cortina de plástico, arrancando a toalha branca. Ela saindo enrolada na toalha, os cabelos espalhados pelos ombros.

Ela esfregou a toalha no corpo, e a toalha foi escorregando para baixo. Primeiro surgiram os seios, redondos e grandes. Depois a linha da cintura, o ventre plano e liso, o tufo de pêlos. Foi por ali que ela começou a espalhar o talco.

Parecia feliz, virando a latinha de talco numa esponja e esfregando a esponja pelo corpo. Levantou um braço, espalhou talco. Depois colocou uma perna em cima da pia. Vimos as costas curvadas, a marca da espinha, a curva das pernas. Era uma mulher muito alta e muito bonita. E eu nunca mais consegui esquecer as costas da mulher do professor de francês.

Eles moraram na cidade seis meses mais. No outro verão, quando estávamos preparados para começar tudo outra vez, eles foram embora.

Ela chamava-se Claudette, e o professor de francês dizia: Clôdét.

(1975)

DIZEM QUE ELA EXISTE

para a Lu

1

Ela tinha sete anos e nas noites de temporal mergulhava num pavor sem fim. A cada trovão que explodia, a cada raio que rasgava o negror da noite e se infiltrava pela veneziana fechada, ela sentia o afago da morte que acossava, inevitável, da escuridão.

Então, pedia:

— Deixa eu deitar na sua cama?

E ouvia a voz do irmão, três anos maior que ela, trazida num vento de deboche:

— Menina é tudo assim: morre de medo. Pode vir, medrosa. Venha, medrosa!

Ela atravessava em dois saltos a distância que a separava da noite protetora. E ao lado do irmão, sentia que a explosão dos trovões e o fulgor dos raios apavoravam menos.

Muito tempo mais tarde, ela tinha 22 anos e ia se casar no dia seguinte. Estava em casa, conversando com o irmão mais velho, quando desabou o temporal.

Pela janela do apartamento os dois viam como o céu se estilhaçava cada vez que um raio rompia a noite. Viam também como o vidro da janela tremia cada vez que um trovão explodia no breu.

Ela estava tensa e ansiosa e observava em silêncio o temporal. O irmão estava sentado numa poltrona à sua frente, de costas para a janela e para a noite.

Ele perguntou:

— E então, está com medo?

— De casar? — ela quis saber, e riu.

O irmão ficou quieto um instante e depois disse:

— Da solidão. Sei lá.

— Às vezes, eu penso nisso — ela disse —. Mas não quero pensar agora.

E lembrou, de repente, que quando viu o irmão vestindo um terno pela primeira vez não conseguiu agüentar o choro de emoção. O irmão sabia disso.

O irmão começou a falar de todos os medos que havia sentido ao longo da vida. Insistia: seu maior medo, desde sempre, havia sido o mesmo: medo de ficar sozinho. Medo da solidão.

Num fio de desalento, sussurrou:

— E não tem jeito: ninguém, ninguém vai poder me ajudar.

A irmã sentiu um tremor, caminhou até a poltrona e fez um afago na cabeça do irmão mais velho.

Ele sorriu e depois disse:

— Medo maior do que esse, só tive um. Durou anos, e quem me curou foi você.

— Eu? E que medo era esse?

— Quando a gente era criança — ele disse —. Lembra das noites de temporal no campo? Eu morria de pavor. Sentia que ia ser levado embora do mundo. Cada vez que um raio faiscava, cada vez que um trovão explodia, eu tinha certeza: ia ser levado. Ficava rezando para que você pedisse logo para vir ficar perto de mim. E quando você enfim pedia era um alívio. Porque quando eu chamava você de medrosa e você vinha buscar proteção eu me sentia forte e protegido.

O irmão mais velho acendeu um cigarro, olhou para a irmã que estava parada na sua frente com um sorriso de surpresa. E disse:

— Eu sempre quis contar, mas tinha medo de contar e sentir medo de novo. Agora contei, e não sinto nada.

Ela não disse que foi a lembrança daquela proteção a mina de onde havia tirado, ao longo da vida, forças do nada, para enfrentar outros temporais, outras trovoadas, outras tantas noites de pânico.

2

Na verdade, quando ele disse o que disse eu fiquei furioso. Meu pai havia morrido dez dias antes.

— É bom você saber que essa dor nunca vai passar, que essa lembrança vai assaltar cada minuto de todos os dias e de todas as noites que estão à sua espera. Essa dor não vai ter fim, você terá de se acostumar com ela.

Meu pai havia morrido dez dias antes, e eu me surpreendia chorando a qualquer hora e em qualquer lugar, de repente. Andava na rua, ou estava dentro de um táxi, ou na mesa, comendo, e a maré explodia. Ele, em vez de me tranqüilizar, de explicar que aquilo tudo era natural, avisava, fulminante: aquilo tudo não passaria jamais.

Minha raiva durou muito tempo, até eu entender que o que ele disse era verdade, e era também a melhor forma de mostrar que estava ao meu lado.

3

Aqueles foram tempos sombrios, mas nós tínhamos uma vantagem enorme: éramos jovens e acreditávamos.

Numa noite daqueles tempos nossa reunião estava no fim. Alguém repartia as últimas tarefas, quando ouvimos o aviso:

— Cuidado, eles estão chegando.

A debandada foi geral, mas eu tinha de ser o último: era minha a tarefa de queimar os papéis, principalmente a lista de nomes e os recados. Só depois poderia escapar.

Enrolei os papéis, acendi o isqueiro que meu pai havia me dado de presente de aniversário e, quando enfim a tocha acabou de queimar, espalhei as cinzas no chão e saí correndo.

Eu estava na rua, me aproximando da esquina, quando fui apanhado. Não dava para tentar mais nada. Meu amigo havia me esperado na porta, mas tinha corrido mais e conseguiu escapar, dobrando a esquina e se safando na noite. Ele sempre foi mais veloz do que eu, e enquanto dois guardas me derrubavam no chão e um deles punha o pé nas minhas costas, apertando firme e dizendo coisas que eu não conseguia entender, imaginei meu amigo atravessando o parque e mergulhando nas brumas. Ninguém conseguiria encontrá-lo.

Tiveram tempo de me bater duas ou três ou quatro vezes com um bastão de madeira antes de me levantarem do chão. Eu não enxergava mais nada quando começaram a me empurrar para o automóvel, mas percebi que alguém chegava. Eles gritaram com fúria. Limpei os olhos e vi: era o meu amigo. Foi agarrado, derrubado e depois erguido e jogado no banco de trás do automóvel, em cima de mim.

O automóvel arrancou na noite, e o homem enorme que ia ao lado do motorista volta e meia se virava e distribuía pancadas a esmo. Acertava quase todas.

Dois dias depois, fomos soltos. Era a minha primeira vez, eu sentia que tinha agüentado bem. Pelo menos, saí inteiro e andando.

Na rua, meu amigo me disse:

— Eu voltei, naquela noite, porque senti que não podia deixar você sozinho. Uma vez, me levaram sozinho. O desespero é muito grande. Sozinho, é muito pior.

De vez em quando, ainda nos encontramos. Nunca mais tocamos no assunto.

Ele sabe que eu sei o quanto devo. E sabe também que sei que jamais poderei pagar, e que sei que ele sabe. Mas tenho certeza de que, para meu amigo, nada disso tem a menor importância.

4

Naquele inverno raivoso os dois completavam cinqüenta anos de vida vivida lado a lado.

Ele ainda sentia a mesma emoção e o mesmo alumbramento de sempre quando chegava em casa ao entardecer e a encontrava sentada numa cadeira de vime, no alpendre da casa ampla e branca, à sua espera. Roçava um beijo fugaz na testa da mulher e caminhava para a sala. Eram assim, um tanto solenes e sempre envoltos em silêncio. E assim haviam vivido a vida vivida.

Ele era um homem rijo, que trabalhava ignorando calendários.

Por aqueles dias daquele inverso raivoso ele andava arrastando uma gripe impertinente e azeda, que afrouxava seu corpo e parecia roubar parte do ar que respirava, mas não prestava maiores atenções. Era médico e, talvez por isso mesmo, não costumava ligar quando era assaltado por coisas menores como uma gripe sem graça, por mais impertinente que ela fosse.

Naquela noite, foi deitar cedo. Chovia forte quando, pouco antes das nove e meia, alguém chamou no portão.

Enquanto ele se levantava e buscava um roupão para ir ver quem era o forasteiro, a mulher havia se enrolado numa capa de chuva e saído antes.

— É o Vidigal, lá do Casemiro Sales — disse ela ao marido. — Diz que a filha do Casemiro está ardendo em febre. Pede que você vá até lá. Expliquei da gripe, pedi para esperar até o amanhecer, ainda mais com esta chuvarada enlouquecida, mas o Vidigal diz que o patrão está aflito, e insiste.

— Pois então eu vou — disse o homem. — Tenho de ir. Vou me vestir, encilhar o cavalo e pegar o caminho.

— Mas fica a hora e meia daqui, homem! E campo afora, nessa chuva!

— Eu vou. Tenho de ir.

— Vou junto.

— Vou sozinho. Eu mais o Vidigal, e ninguém mais.

Seis meses antes, por uma coisa à toa, discussão sobre questão de terras, Casemiro Sales, fazendeiro de léguas de campo, havia brigado com ele. E mais: disse que se tornasse a vê-lo em suas terras ele seria homem morto. O médico encarou Casemiro Sales e falou: "Se é assim, que mate agora", antes de virar as costas e sair com passo calmo.

Nunca mais se falaram, e agora ali estava o Vidigal pedindo em nome do patrão.

Quando apareceu de novo, carregando na mão direita a maleta de couro com seus apetrechos de trabalho e puxando com a outra mão as rédeas de um cavalo encharcado, o médico disse:

— Vamos logo.

Estava coberto por uma capa e da aba do chapéu escorria água. A mulher tentou, uma vez mais, ir junto: achava que sua presença preservaria o marido da chuva e das ameaças antigas. Pensava: "E se quando chegar lá a menina já tiver morrido? E se ele não conseguir fazer nada e a menina morrer em suas mãos?"

Sentia que não podia, não devia, deixá-lo sozinho. Mas conhecia o marido havia mais de cinqüenta anos, tempo mais do que suficiente para saber que de um não ele nunca voltava atrás.

Viu os dois a cavalo, mergulhando no temporal e na noite, e sentiu que a aflição crescia. Lembrou a gripe do marido. Sabia, era preciso: não se perdoaria jamais se o deixasse sozinho. Mas também sabia: de um não do marido ninguém o arrancaria, nunca.

Calculou: uma hora e meia de chuva na ida, outro tanto na volta. E o negror, e a ameaça, a apreensão, e ele sozinho, lá, na companhia apenas do inimigo, indo tentar salvar a vida da filha do homem que o havia ameaçado de morte. Ele sozinho, sozinho.

Então decidiu. Saiu do alpendre, desceu até o jardim que ficava na frente da casa que permanecia intacta, ampla e branca, no véu da chuva. E ali, no jardim, abriu os braços debaixo do aguaceiro. Sentiu o corpo se encharcar, sentiu os primeiros tremores de frio, sentiu que se empapava de chuva e de noite até a alma.

Era a única forma de acompanhar o homem que a acompanhara durante cinqüenta anos: estar com ele, ainda que à distância. Ali, desprotegida da noite, tendo como único abrigo a intempérie.

5

O homem estava na sala, lendo o jornal numa poltrona de tecido florido.

Enquanto lia o jornal, lembrava de outros dias, outras horas. Lembrava do avô médico, lembrava do pai morto, lembrava da irmã, lembrava do amigo, e lembrando estava com todos eles.

O homem estava lendo o jornal quando a mulher pediu que ele fosse dar banho no filho.

O homem perguntou se o menino não sabia tomar banho sozinho. A mulher disse que sim, mas que sempre era bom ficar por perto. Afinal, o menino só tinha seis anos.

O homem dobrou o jornal antes de colocá-lo no chão, tomou o resto de bebida que havia no copo e foi até o banheiro. O menino já havia tirado a roupa, estava debaixo do chuveiro e pediu:

— Abre a água para mim? Abre e tempera, pai.

Havia certa solenidade no tom de voz do menino, e o homem achou graça. Abriu primeiro a torneira de água quente, depois de ter afastado o menino para um canto do chuveiro. Pôs a mão debaixo do jorro de água e, aos poucos, foi abrindo a outra torneira. Fez tudo aquilo como se fosse uma espécie de cerimônia, dando importância a cada gesto. Finalmente, disse ao filho:

— Experimenta. Acho que está boa.

O menino entrou debaixo do chuveiro e agradeceu:

— Está ótima, pai, obrigado.

O homem ficou olhando o menino ensaboar o corpo e se perguntou se aquela meticulosidade toda era normal, ou apenas encenação para deixá-lo impressionado. Para estabelecer normas e limites, fez questão de recordar que estava ali em missão supervisora:

— Não esqueça de lavar a cabeça.

O menino, então, pediu:

— Passa xampu no meu cabelo? É que eu tenho de ficar com os olhos bem fechados e não consigo passar xampu.

O homem pensou em perguntar ao menino qual era a dificuldade de passar xampu com os olhos fechados, mas preferiu não dizer nada.

Continuando a solenidade, o menino reclamou duas vezes: queria mais xampu. "A mamãe sempre passa duas vezes, que é para o meu cabelo ficar bem limpinho", explicou com certo fastio.

De repente, o menino, ainda de olhos fechados, perguntou ao pai:

— Sabe a Cecília?

— Sei — respondeu o pai, que, na verdade, não sabia.

— Ela é imunda. Ela é uma porcalhona.

— A Cecília? — quis saber o pai, percebendo que entrava em terreno perigoso. Não tinha a menor idéia de quem era Cecília.

— Ela mesmo. Uma porca. Você nem sabe.

— Pois não sei mesmo. Nem parece. Por que você está dizendo isso da Cecília?

— Nem parece? Parece sim, pai! Ela é uma porca, nojenta, feia. Eu detesto ela. A Cecília é a menina mais suja da minha sala. A mais porca de todas as meninas da minha sala.

O homem respirou aliviado: agora sim, sabia quem era a Cecília. Recordou um rostinho arredondado e dois enormes olhos azuis.

— Ela é a menina mais porca e mais feia e mais nojenta da escola inteira.

O pai notou, então, que o filho estava começando a chorar. Antes que tivesse tempo de dizer qualquer coisa, o menino continuou:

— Ela é a menina mais asquerosa do mundo. Não existe ninguém mais horroroso que a Cecília. Eu detesto ela mais do que detesto todo mundo que detesto. Ela é feia e é horrível. Sabe?

— Não, filho. Não sei. Não sabia.

— Sabe, sabe sim! Ela tem o nariz escorrendo o tempo inteiro, pai — e o menino chorava debaixo do jorro do chuveiro. — Hoje mesmo ela estava com o nariz escorrendo, ela é porca, ela é...

O homem aproveitou que o choro havia cortado a voz do menino e disse:

— Mas, filho, quando a gente está resfriado...

— Ela é pior, pai — o menino interrompeu, sem deixar de chorar. — Eu detesto ela e não quero mais falar com ela nem olhar para ela nem que ela olhe para mim nem que fale comigo nem que sente na minha sala nem que vá na minha escola nem que more na minha cidade.

E teve de interromper de novo, porque de novo o choro cortou a sua voz. O homem se perguntou como é que tudo aquilo havia começado. Queria fazer alguma coisa para suavizar a tristeza do menino, mas não sabia o que nem como. Decidiu ficar quieto. Estava ajoelhado no chão frio do banheiro, e havia aberto a cortina do chuveiro, e a água respingava em sua roupa, mas o homem não parecia se importar. E então o homem lembrou-se do próprio pai e sentiu uma fisgada no pescoço.

— O pior de tudo — disse o menino de repente, chorando cada vez mais — é que hoje a Cecília disse que não vai mais ser minha namorada. Ela disse que agora é namorada do Rafael. Eu detesto essa nojenta feia, asquerosa, de nariz escorrendo...

E então o pai fez a única coisa que podia fazer para dizer ao menino que entendia toda a sua dor infinita, e que não poderia impedir aquela dor nem impedir que a mesma dor tornasse a acontecer muitas vezes ao longo da vida; precisava mostrar ao menino que daria qualquer coisa em troca daquela e de todas as dores que ainda viriam.

O pai entrou debaixo do chuveiro, ajoelhou-se ao lado do filho, abraçou-o com força e começou a chorar também.

(1995)

HISTÓRIA DE PAI E FILHO

Pelo menos uma vez por semana, pai e filho atravessavam a praça e tomavam a rua do restaurante *Los Geranios*. A casa deles ficava a três quarteirões de distância, além da praça de Coyoacán. Eles vinham caminhando devagar. O pai e o menino, de uns seis ou sete anos, conversavam pouco enquanto andavam. Os dois costumavam sentar-se numa das mesinhas da calçada e ali mesmo pediam o almoço. Às vezes, o dono do restaurante sentava-se com os dois e conversava com o pai. Outras vezes, aparecia alguém para dividir a mesa e atrair as atenções do pai. O menino continuava a comer em silêncio, alheio às presenças ocasionais. Ouvia a conversa, é claro. Mas na maioria das idas ao restaurante deixava-se ficar, comendo em silêncio enquanto voava para longe. Bem que no começo, quando *Los Geranios* era novidade, ele gostava da comida italiana. Mas com o passar do tempo e o número cada vez maior dos amigos que se sentavam para conversar com o pai, o lugar foi perdendo a graça.

Certo sábado, o pai chamou o menino para passear. Avisou que a mãe não tinha hora para voltar e que eles almoçariam sozinhos. O menino disse que não queria ir a *Los Geranios*. "Não estou com fome", disse. O pai insistiu, o menino concordou, mas com uma condição: "Eu não vou comer nada. E não vale insistir: não quero comer lá."

Caminharam em silêncio ou quase, como sempre. No caminho, o menino pediu um sorvete. O pai perguntou: "Não é que você não está com fome, que não vai comer nada? Se quiser sorvete, é de sobremesa." O menino disse que então não precisava. Continuaram atravessando a parte ajardinada da enorme praça de Coyoacán, no lado oposto ao da igreja muitas vezes centenária, e encontraram a mesa na calçada.

O pai pediu uma cerveja gelada, o menino pediu um suco de laranja. O dono do restaurante aproximou-se sorridente e sentou-se ao lado do pai.

Contou que naquele sábado havia coelho ensopado, feito no molho de vinho e ervas. Ficaram conversando, o pai pediu outra cerveja, depois a terceira, e disse que iria provar o coelho ensopado. Perguntou ao filho: "E você, o que quer?" O menino, com ar enfastiado, respondeu: "Você sabe: eu quero é ir embora."

Sentindo que a conversa poderia tomar um rumo complicado, o pai tentou contornar: "Assim que eu acabar o almoço, a gente vai embora."

O menino rebateu: "É que você demora muito, eu já estou cansado de ficar aqui." Era um menino muito bonito, que falava com voz firme, olhando fixo os olhos do pai.

O amigo do pai, que era o dono do restaurante, quis intervir:

— Eu mando fazer um talharim com molho especial para você. Uma receita que não dou para ninguém. Quer?

Mas o menino cortou de vez:

— Eu não quero ficar sentado, não quero comer, quero ir embora.

E então o pai, já sem a paciência do início, definiu a questão:

— Quer ir, vai. Mas fique onde eu possa ver você. Quero comer em paz.

O menino não teve dúvidas: caminhou uns vinte metros e escalou a árvore que estava plantada na calçada. Encarapitou-se na forquilha formada por um galho baixo e não muito grosso, e lá ficou. O pai levantou-se da mesa e tentou convencê-lo a descer. O menino respondeu: "Você disse para eu ficar num lugar onde pudesse me ver, e aqui você pode me ver. Só saio daqui na hora de ir embora."

A lógica era evidente, e o pai retornou para a mesa na calçada, onde comeu sem nenhuma vontade o coelho ensopado em molho de vinho, ervas e batatas redondas. Pediu um café, pagou a conta e foi apanhar o filho.

O dono do restaurante acompanhou toda a negociação à distância. Três meses depois, pai e filho foram embora da cidade. E certa manhã de sábado, o dono do restaurante aproximou-se da árvore. Subiu num banquinho e, com um serrote afiado, cortou o galho bem rente ao tronco, de tal forma que outro jamais brotasse naquele lugar.

Escreveu uma carta ao pai do menino contando que ninguém mais subiria naquele galho. Que a árvore ficara marcada para sempre pela lembrança e pela amputação.

Quando o pai voltou à cidade, dois anos mais tarde, foi ao restaurante encontrar velhos amigos. O dono não estava. O pai deixou um bilhete com abraços e elogios à cozinha, que — dizia ele — continuava intacta como na memória.

O pai voltou à cidade várias vezes, e sempre foi ao restaurante. Nas últimas visitas já não almoçava mais em *Los Geranios*: deixava um bilhete cumprimentando o dono, sentava-se em uma das cadeiras da calçada, tomava uma cerveja e ia embora.

O filho só voltou à cidade treze anos mais tarde, e faltavam dois dias para o Natal. Chegou ao aeroporto às seis da manhã, e meia hora depois estava na praça de Coyoacán. Viu a praça amanhecer, os cafés abrindo suas portas, as pessoas estreando a calçada do dia; viu a livraria abrir, e a marcenaria, e o dia ir invadindo a vida das pessoas. Quando o dia começou a ganhar ritmo, o filho atravessou a praça e foi até o restaurante, que continuava fechado. Mas o que o filho queria estava lá: a árvore na calçada, o tronco erguendo-se aflito para o céu. E, a certa altura, a cicatriz do galho cortado, a forquilha quebrada para sempre.

O filho olhou a árvore e depois continuou caminhando pelo bairro. Viu a casa onde haviam morado, viu o mundo de antes.

Algumas horas mais tarde, telefonou para o pai contando como tinha sido sua primeira manhã na cidade. O pai ouviu em silêncio, e só depois de desligar confirmou que, a partir de uma certa idade, é cada vez mais desagradável chorar no telefone.

(1996)

QUANDO O MUNDO ERA MEU

— É que eu acho que não estou preparado para isso.

Os dois estão sentados num banco da praça Sete de Setembro. Faltam vinte para as quatro da tarde de um domingo de inverno, e o sol esbranquiçado bate forte sobre eles, mas não dá calor. Guilherme esfrega as mãos, como se quisesse se livrar de alguma coisa. Prega os olhos no chão, e repete:

— Faltou tempo. Não estou preparado.

Bernardo está impaciente. Vira para o lado, vê o relógio no topo do Colégio Estadual. Dá um leve tapa no ombro de Guilherme, e diz:

— Vamos lá. Não tem jeito. Chegou até aqui, tem de ir até o fim. Não dá para voltar atrás. Vamos lá, e seja o que Deus quiser. Você sabia que isso ia acontecer.

Guilherme não diz nada. Bernardo insiste:

— Vamos, está na hora. É agora ou nunca.

— E se eu não for? Não muda nada. Se não for hoje, pode ser semana que vem. Quem é que disse que tem de ser hoje?

— Essas coisas, ninguém diz. Mas você sabe: tem de ser hoje. Não adianta: você veio até aqui, agora tem de ir até o fim. Não tem volta.

— Que horas são?

— Quinze para as quatro.

Bernardo sente que começa a ficar irritado. Insiste:
— Vamos lá, chega de enrolar.
Guilherme respira fundo, fica um minuto olhando para as árvores da praça Sete de Setembro. O ar está absolutamente parado. Bernardo passa o braço pelos ombros de Guilherme, os dois se levantam. Bernardo diz:
— Fique tranqüilo. Vai dar tudo certo.
— Sei lá. Não estou preparado. Mas, enfim, você é que sabe. Vamos lá.
— Eu estou com você. No fundo, você não está sozinho. Quer dizer: vai ter de resolver sozinho, entende? Mas estou com você.
E os dois saem caminhando a passos apressados na direção do Cine Majestic.
O filme desse domingo de março é *Helena de Tróia*.

Bernardo paga as duas entradas. Logo depois da porta de vidro, o saguão acarpetado de vermelho abre-se para eles como a sala de espera dos tempos que virão. Bernardo compra uma caixinha de balas de hortelã. Entrega a caixinha de balas para Guilherme. De tão nervoso, Bernardo ficou generoso. Guilherme sente que o mundo está depositado em cima de seus ombros. Caminham lado a lado, passando em silêncio por pequenos grupos de garotos e garotas. Caminham com a calma dos que vão enfrentar uma noite sem fundo, um mar de temporais. Guilherme sabe que, lá fora, o sol esbranquiçado continua a iluminar sem calor, e sabe que não há nenhuma brisa. Guilherme sente que os olhos do mundo apontam para ele.

E então, no meio de um oceano de vultos sem rosto, Guilherme vê a nuca, os cabelos castanhos e cacheados presos numa trança, a blusa azul-claro de Sônia Pires. E um despenhadeiro abre-se à sua frente. Ele pára na beira do precipício e segura o braço de Bernardo, que não viu o perigo e caminhava para o desastre.

— Olha ela ali.
— Ali onde?
— Ali. De costas. De azul-claro.
— Ah.
— E agora, o que é que eu faço?
— Em primeiro lugar, mantenha a calma. Fique calmo.
— Está bem. Calmo. Estou calmo. E aí?
— Aí, nada. É isso. Vamos até lá. A gente chega, cumprimenta, você puxa conversa, e pronto. Entra com ela, entendeu? Com ela! Não deixe ninguém sentar entre vocês dois. Se der, escolha o corredor, fique você na ponta, ela ao lado, e o resto das meninas que se arranje do jeito que for. Entendeu?
— Entendi. Mas o que é que eu digo?
— Sei lá. O que você disse a ela ontem?
— Não foi ontem, foi sexta-feira. Eu perguntei se podia ir com ela na sessão das quatro de domingo. Quer dizer, esta aqui, de hoje, de agora.
— Assim, se podia ir com ela? Não perguntou se ela queria ir com você?
— E qual a diferença? Não entendo você, Bernardo. Acho que falei direito, com muito respeito, entendeu?
— E ela?
— Ela? Ora, ela disse que ia pensar. Ontem, no clube, perguntei de novo. E aí ela disse que sim.
— Está vendo? Está tudo certo. Agora é só a gente ir até lá.
— Mas o que é que eu digo?
— Sei lá! Diz assim: "Oi."
— Mas quando é que eu peço em namoro?

— Na saída. Na saída, entendeu bem? Na saída!
— Por quê?
— Porque é melhor.

As meninas estão reunidas num pequeno grupo. Quando os dois estão quase chegando, Fernando aparece na sua frente, vindo do nada.
— E aí, é hoje?
Os dois ficam desconcertados, e Bernardo pergunta:
— Hoje o quê?
— Está todo mundo esperando para ver. Minha irmã me contou. E então, Guilherme: é hoje?
Guilherme sabe que tem um segundo para decidir: ou vai em frente, ou desiste de uma vez por todas. Sente um medo estranho, único. Bernardo adivinha, e determina:
— É hoje. Vamos lá.
Guilherme sente que irá odiá-lo para sempre. Quer perguntar a Fernando como é que a irmã dele ficou sabendo, se ele só tinha conversado com Bernardo. Não dá tempo de perguntar nada: Fernando já está longe. Guilherme então pergunta aos céus se o cabelo está ajeitado, se usou a dose correta de brilhantina, se dá para sentir o *Lancaster* que cuidadosamente espalhou pelo peito e pela nuca, se Bernardo não irá atrapalhar tudo, se Fernando saberá ser discreto. Mastiga depressa uma bala de hortelã.

Os dois caminham na direção das garotas. Guilherme sabe que Sônia Pires sabe que ele está se aproximando. Guilherme se pergunta por que ela não dá logo meia-volta para esperar por ele. Guilherme sente que as palmas das suas mãos estão úmidas. Guilherme olha para os sapatos brancos, vê seus próprios pés afirmando-se a cada passo. Sabe que caminha para o céu ou para o inferno. Sabe que não existem atalhos nesse caminho. Quando

está quase ao lado de Sônia Pires, ela dá meia-volta e sorri. Guilherme sente a mão de Bernardo apertando seu braço. Guilherme sabe que a primeira etapa foi vencida. Guilherme sabe que agora começa a pior parte. Guilherme abre um sorriso, olha fundo nos olhos de Sônia Pires, e se atira no vazio:
— Oi.

Muito, mas muito tempo depois — lá pelas seis e meia da tarde daquele domingo perdido de um inverno permanente —, Guilherme chegou ao ponto final do ônibus. Bernardo esperava por ele.
— E aí?
Guilherme afunda as mãos nos bolsos da calça, chuta uma pedrinha com o pé esquerdo, o pé enfiado no sapato branco, e diz:
— É esquisito, não é?
E os dois começam a caminhar na direção de suas casas.
Guilherme sente um calor vazio no meio do corpo. Bernardo está afoito, mas sabe que tem de dosar as perguntas.
— Tudo bem?
— Tudo.
— E aí?
E Guilherme não diz nada.

Dizer o quê? Pensa que é inacreditável o que pode acontecer em tão pouco tempo. Menos de duas horas da sessão das quatro daquele domingo, depois a conversa meio sem jeito, apressada, sufocada, na saída, e depois caminhar à procura de Bernardo até concluir que ele teria entrado no ônibus das seis e estaria esperando no ponto final. Uma vida inteira passada naquele meio tempo. Outra vida ameaçando começar. Vontade de sumir no mundo.

— Amanhã a gente conversa. Eu avisei que não estava preparado para isso. Agora, sei lá...

Bernardo quer perguntar mais, quer acabar a conversa logo. Quer, precisa saber. Mas cala. Vê Guilherme acenando com a mão e caminhando para a porta de sua casa. Vê Guilherme entrando em casa. E fica pensando que a vida tem dessas surpresas. Guilherme e Sônia Pires. Quando seria a vez dele e alguém? Pensa também que Guilherme está estranho, tenso feito corda de varal.

(Por que as coisas têm de ser assim? Cá estou, na imensidão deste quarto bagunçado. Não posso nem aumentar a música, senão vem reclamação. Ninguém respeita ninguém; você tem de respeitar todo mundo.

Foi tão fácil e tão difícil, e agora não sei mais nada.

Vi que Bernardo e Fernando saíram de perto, soube que dali para a frente era só comigo, bateu um certo frio no meu peito mas logo achei que tudo ia dar certo. Ela também apressou o passo e deixou as outras garotas para trás. Estávamos indo bem, ela ajudava. Pude até mesmo escolher a fileira. Disse a ela:

— Se você estiver de acordo, vamos sentar nesta ponta aqui. Tudo bem?

E acrescentei, com uma voz soturna — eu tinha pensado um bocado até decidir qual seria a melhor hora para fazer pela primeira vez uma voz soturna:

— Eu só sento na cadeira do lado do corredor. Mania, você sabe.

Ela ficou parada um instante, com cara de quem não estava entendendo nada, e depois perguntou:

— Nessa ponta está bem para você?

— Perfeito. É só uma velha mania.

Acho que todo mundo deve ter velhas manias. É importante. Muitas, não: apenas o suficiente para dar um certo ar de mistério. Na verdade, eu estava morrendo de medo que ela perguntasse o porquê daquela velha mania, que tinha acabado de ser inventada. Mas ela não perguntou nada: foi piedosa. Ou não tinha prestado atenção. Ou foi sábia. Ou tudo isso ao mesmo tempo.

Ela estava usando um perfume bom. Suave. Na mesma hora senti que tinha sido um acerto usar o frasco de *Lancaster* que meu pai trouxe da Argentina. Trouxe para ele, é claro. Mas pai é pai.

E aí chegaram as outras garotas, que passaram por nós e foram sentando ao lado dela, uma a uma, fileira afora. Achei esquisito a maneira da Maria Alice passar: encolhi os joelhos, mas ela passou devagarinho, assim meio distraída, e senti suas pernas deslizando pelos meus joelhos encolhidos. Aquilo me deixou desconcertado, sem graça e me sentindo uma espécie de tarado sem remédio. Na mesma hora, pensei que mais tarde teria de comentar aquilo com Bernardo, com Guto Pompéia e com Sérgio Eston. Bernardo andava de olho nela. Dizia que ela era um bom exemplo de garota avançada. Eu, na verdade, não sabia se era elogio ou não. Sérgio Eston dizia que aquela alemãzinha que tinha namorado o irmão do Guto Pompéia, a Petra, também era avançada, e todos nós achávamos que Petra era uma garota diferente, alguém havia garantido que o irmão do Guto Pompéia tinha papado aquela alemãzinha fácil, fácil. Eu achava o nome dela muito feio. Mas achava que ela era bonitinha de verdade. Enfim: essa história de garota avançada não era simples de se entender e de explicar.

O que interessava, o que podíamos entender, era o seguinte: Maria Alice era mais alta que todos nós, e isso deixava todo mundo meio sem jeito. Lembro que uma vez Bernardo estava dançando com ela numa festa na casa do Luiz e ela deixou-se chegar perto, bem perto. Ele fez que não notou nada, apertou-se um pouco mais, e então ela disse: "Vamos parando por aí. Não vou ficar dançando assim com um guri de quem eu como o cabelo." Bernardo saiu arrasado. Eu demorei um pouco para entender aquela questão de comer cabelo, até que percebi a maldade duríssima: era a forma de dizer que ela era maior, mas tão maior, tão mais alta que, quando dançava com ele, Bernardo ficava lá embaixo. Lembrei disso e lembrei também que Bernardo e eu éramos exatamente, ou quase, da mesma altura. Ela podia comer meu cabelo enquanto dançasse comigo. Então, por que aquele deslizar pelos meus joelhos? Será que ela não viu, não entendeu que eu estava com Sônia Pires? Será que não viu, não entendeu, o que ia acontecer?

Naquele verão passado, Maria Alice tinha namorado um sujeito do Rio. Ele era bem mais velho, devia ter uns dezessete anos. Será que Maria Alice era avançada? De repente, sentado ali ao lado de Sônia Pires e pensando em Maria Alice e em Bernardo e naquele namorado passageiro que se chamava Alex, eu senti a urgente necessidade de levantar, chamar os meus amigos, e sairmos atrás do tal Alex para moê-lo de pancadas. Bernardo merecia aquela vingança, Maria Alice merecia aquele meu súbito ciúme, eu merecia o desafio daquele deslizar de coxas em meus joelhos. Avançada, claro, e muito. Maria Alice. Mas eu não devia pensar nisso. Não naquela hora. Maria Alice era Maria Alice, Sônia Pires era Sônia Pires. O mundo também é feito dessas diferenças.

As luzes se apagaram em seguida. No meio do noticiário, eu sentia que estava ali há séculos. Quando veio a parte dos esportes, senti falta dos comentários que ouvia ao longe, quatro ou cinco fileiras atrás. Imaginei Fernando, Bernardo e Sérgio Eston trocando idéias certeiras sobre o futebol mostrado no noticiário. Naquele tempo, esperávamos o fim de semana para ver nos noticiários dos cinemas os jogos de futebol da semana anterior. Todo mundo sabia o resultado, mas ninguém tinha visto o jogo. Era um tempo em que não havia televisão como existe hoje. Havia o *Canal 100*. Aquela parte do noticiário era o máximo. Eu não agüentei e sussurrei baixinho no ouvido dela:

— Olha aí, esse é um deus.

E ela perguntou:

— Quem, o Pelé?

Preferi não dizer nada. Achei meu comentário infeliz. Afinal, ela era católica de ir à missa, e o que eu tinha dito podia ser ofensa. Ela aliviou:

— Não entendo nada de futebol, mas acho Pelé o máximo.

Era uma final de campeonato do Rio, um Flamengo e Fluminense. Pelé nem aparecia. Entendi que com as garotas é preciso às vezes ter uma paciência sem fim. Continuei olhando o jogo mas não via mais nada. Estava tão, mas tão emocionado que cheguei a pensar que as garotas são que nem o Maracanã lotado em dia de final. A gente sente que flutua, que está no ar, é uma emoção danada. Mas era melhor não pensar nisso. Falar, então, nem se diga.

Aí vieram *trailers* e anúncios, e enfim começou o filme — *Helena de Tróia*. Eu tentava me ajeitar na cadeira, não sabia o que fazer, até que resolvi ficar quieto e engolir aquela xaropada.

Tudo é uma questão de tática, garantia sempre Sérgio Eston. Ele sabia usar palavras difíceis. *Tática*. Eu não sabia direito o que era tática, mas entendia o que ele queria dizer: tudo era questão de saber a hora certa para fazer a coisa certa. Qualquer engano seria um desastre total.

Havia, e eu sabia, as regras básicas. Passar o braço por trás da cadeira e delicadamente tocar o ombro da moça era difícil, mas podia ser permitido. Nunca na primeira vez, é claro. Era preciso dar tempo ao tempo, que nem meu avô falava quando eu queria fazer alguma coisa que ele achava arriscado. Dar tempo ao tempo. Passar o braço pelos ombros de Sônia Pires: eu nem tinha pensado nisso. Sabia que era difícil. Uma batalha. Pegar na mão, nem pensar. Dar tempo ao tempo.

— Para elas, é o primeiro compromisso. O começo de tudo. É muito difícil. É quase impossível — assegurava Fernando.

Bernardo tinha ido além:

— Eu sei como é isso. Pegar na mão é mesmo muito, muito difícil. Depois, tem outra coisa terrível, que é esse negócio de beijo. Complicadíssimo. Tudo tem de ser muito calculado. Por exemplo: no cinema, você passa o braço pelos ombros. E depois, muito depois, tenta pegar na mão. Se ela deixar, você ganhou. Mas isso nunca acontece na primeira vez. Nem na décima. Demora um tempão. Então, se quiser ir mais longe, e se ela estiver seguindo seu jogo, você tem a oportunidade única de saber se ela é séria ou não. Sabe como? Passe de leve, e várias vezes em seguida, um dedo pela palma da mão dela. As garotas ficam loucas com esse negócio. Mas só as avançadas.

Então, eu quis saber: as que não ficavam loucas é porque não eram avançadas, ou porque não queriam nada com você? E o que era ir mais longe?

Bernardo ficou quieto, Fernando entrou no assunto com uma resposta fulminante:

— Isso aí, você tem de sentir na hora. Ninguém vai explicar. Só você vai ficar sabendo. Não tem lição. É puro mistério.

Eu quis ter uma irmã grande, para perguntar essas coisas para ela. E eu só tinha irmã pequena. E além do mais, minha irmã não era avançada coisa nenhuma. Mesmo porque só tinha oito anos.

Mas naquele momento em que estava começando *Helena de Tróia* o que eu tratei de fazer foi pensar na tática. Descobrir a hora certa — de fazer o quê, eu não sabia. Mas sabia que não podia errar.

Sabia também que Brigitte Bardot ia aparecer a qualquer momento vestida de guerreira grega. Mas com quem eu iria comentar seu jeito desaforado, e aqueles peitos que pareciam sempre a ponto de explodir, e falar do que eu faria se a pegasse de jeito — numa praia deserta, por exemplo? Entendi que minha vida estava mudando. Que, se aquela história com a Sônia Pires tomasse rumo, eu nunca mais seria o mesmo. Era como perder as confidências com os amigos, perder Brigitte Bardot. Porque, afinal, quem tinha namorada séria não ia ficar falando por aí no que faria se pegasse a Brigitte Bardot de jeito. E claro que ninguém ia dizer o que aconteceria se pegasse a namorada de jeito. Pensar, a gente pensava; mas dizer, nem pensar.

Naquela altura, o filme já estava quase que pela metade, e eu não tinha feito nada. Na verdade, eu não havia nem mesmo *tentado* nada.

E então, com toda calma do mundo, passei meu braço direito por trás da poltrona de Sônia Pires, indo pela borda, com cuidado, muito cuidado, para que ela percebesse que havia um braço ali, que era o *meu* braço, e que esse braço estava preparado para descer devagar até ficar apoiado no ombro dela, e que na ponta do braço havia, haveria, a mão que iria apertar levemente aquele ombro, e que essa mão tentaria qualquer coisa que nem eu mesmo, o dono da mão ousada, atrevida, sabia o que era ou seria. Eu estava iniciando uma operação que, sem dúvida, ia ser muito delicada, trabalhosa, arriscadíssima. Calculei que tinha mais ou menos meia sessão de cinema para tentar. Tratei de me concentrar no filme enquanto levava adiante aquela operação sem volta possível. O problema é que o filme era ruim demais. Ainda tive esperanças de que Brigitte Bardot aparecesse vestida de guerreira grega com um decote encorajador que me servisse de alento e inspiração. Qual o quê.

Tem um problema do qual eu ainda não falei, e é bom falar agora. Justo naquele momento, enquanto eu estava mergulhado até a alma na dúvida sobre a tal tática que deveria utilizar, percebi que estava vivendo uma paixão sem fim por Sônia Pires.

Eu era o camarada mais apaixonado do mundo. E assim, num instante tudo aquilo ficou parecendo meio ridículo, uma perda de tempo. De repente senti, tive a certeza mais absoluta, de que deveria levantar, puxar Sônia Pires pela mão, com toda a delicadeza de que fosse capaz, e ir saindo, pois juntos iríamos desbravar universos, conquistar mundos. Comecei a pensar nisso, comecei a ter essa certeza mais absoluta, e decidi que tinha de criar coragem e me concentrar em dois pontos únicos: a tática da mão, e a espera de Brigitte Bardot e seu decote inspirador. O resto seria conseqüência — ou resultado. Eu só dependia de mim.

O braço direito estava bem apoiado no respaldar da poltrona do cinema, a mão que havia no final do braço direito desceu com uma suavidade fria, calculada mas decidida, e apoiou-se levemente no ombro de Sônia Pires. A mão direita sentiu uma leve contração. O rosto do dono da mão direita virou-se levemente para observar o rosto da dona do ombro. O rosto da dona do ombro estava impassível, mas havia um brilho estranho, único, veloz, naqueles olhos. Então a mão que estava no fim do braço direito apertou com suave determinação, com segurança absoluta, o ombro de Sônia Pires, que abriu um sorriso imperceptível e se deixou abandonar.

Eu sentia um pânico do tamanho do universo. Sabia que a batalha estava ganha. E resolvi saltar etapas e barreiras. Abri a mão, estendi os dedos e apertei com um pouco mais de firmeza o ombro de Sônia Pires, tentando dar a entender que pretendia puxá-la de leve, apenas a medida exata, para perto de mim. E ela veio. Sim, ela veio.

A cabeça de Sônia Pires apoiada de leve em meu ombro direito, minha mão espalmada, meus dedos inábeis e prenhes de uma avidez que eu não conhecia, apertando levemente o ombro direito de Sônia Pires. O mundo era quase meu, e eu não sabia o que fazer com ele. Tentei outra operação muito mais arriscada: estendi devagar meu braço esquerdo tateando à procura da mão esquerda — qualquer mão — de Sônia Pires. Encontrei primeiro seu braço esquerdo. Toquei de leve, fui descendo e encontrei sua mão — fechada feito ostra. Depositei com suave pavor minha mão esquerda sobre a mão esquerda de Sônia Pires, sempre fechada, e lancei o gesto derradeiro, suicida: apertei sua mão muito de leve. Ela encostou ainda mais a cabeça em meu ombro. Eu sentia um anel de fogo apertando minha testa, sentia um tremor descontrolado nos joelhos, sentia uma orquestra em minha cabeça. Eu estava feliz e apavorado. Depois de um tempinho, ela delicadamente retirou a mão encolhida de dentro da minha mão. E a mão de Sônia Pires sumiu no breu.

Quando o filme terminou meu braço direito estava dormente, minha mão esquerda estava uma brasa, meu peito galopava, minha boca estava ressecada e eu estava agoniado. Ela afastou-se de mim num relâmpago, virou-se num sorriso delicado, e eu me levantei. Enfiei fundo as mãos no bolso, respirei com toda a minha alma e mergulhei numa dúvida ácida: deveria sair de mãos dadas com Sônia Pires? Ela se encarregou de esclarecer as coisas: segurou firme a bolsa com as duas mãos enquanto murmurava:
— Vamos?

Saímos caminhando seguidos pelo séquito das outras garotas, passamos pelos sorrisos vitoriosos de Sérgio Eston, Fernando e Bernardo, eu queria ver onde estava Guto Pompéia, ele poderia explicar tudo, ele sempre tinha uma explicação para os mistérios da vida e do mundo, e eu imaginava quantos passos faltariam até a portaria do cinema.

De repente lembrei, num sufoco: eu não tinha perguntado se ela queria ser minha namorada. Havia ainda muita guerra à minha frente. Havia um caminho longo e desolado até a calçada, atravessando aquela multidão de vultos, em cada vulto eu sentia um par de olhos cravados em mim.

Na confusão da saída resolvi encarar o risco de vida.

— Preciso falar com você. Podemos ir andando na frente?

— Tem de ser agora?

Achei que era o momento certo para lançar, pela segunda vez, minha voz soturna, cuidadosamente treinada:

— Tem.

Ela baixou os olhos sem dizer nada e saiu caminhando, conduzindo. Fui atrás. Na esquina, ela disse:

— Eu posso vir até aqui. Depois vou encontrar as meninas. Precisamos voltar juntas para casa.

Parado ali na esquina, eu tinha de manter uma calma que não existia, frente a frente com Sônia Pires, o peso de sua cabeça, de seus cabelos, ainda no meu ombro direito, e o suave contorno de seu ombro direito ainda cravado na palma de minha mão direita, e em minha mão esquerda o vazio do dorso de sua mão esquerda, era tudo ou nada.

— É que eu queria perguntar uma coisa. E tem de ser hoje. Tem de ser agora.

E ela quieta, olhando meus olhos.

— Posso?

— Como é que eu vou saber? Quem quer perguntar é você...

Eu não estava preparado para isso. Eu não estava preparado para nada.

— Então, acho que posso.
— Então pode.
E ela quieta, olhando meus olhos. Arrisquei:
— Acho que posso.
— E cadê a pergunta?
— É que eu não estou preparado.
— Então, por que tem de ser hoje?
— Não sei. Mas tem de ser hoje.
E ela quieta, olhando meus olhos. Disparei:
— Você quer ser minha namorada?
— Era isso?
— Era.

Ela sorriu com os olhos, respirou fundo, demorou uma vida e finalmente disse:
— Quero.
E eu quieto, olhando seus olhos. E ela murmurou:
— Claro.
E eu quieto, olhando seus olhos.
E ela continuou. Sorriu de novo, o sorriso mais belo do mundo, e sem dizer nada repetiu com os olhos "quero", virou as costas e saiu caminhando na direção do grupo de garotas que esperavam na porta do cinema. E eu senti que estava afundando aos poucos no chão daquela esquina, e que o céu daquela esquina me envolvia feito um lençol negro.
Eu tinha uma namorada. E o mundo era meu.

(2001/2008)

UM DIA DE CALOR

O Mercedes 220-S preto, placa AB 7472, roda macio, o motor é como um relógio elétrico: nada mais que um zumbido. E Guilherme pensa: "Que bom." Pensa que Pedro até que foi gentil — mais que isso, generoso, de repente — emprestando o carro. Pensa que Rosinha vai gostar, hoje é importante Rosinha estar feliz e ela fica feliz quando anda de Mercedes. Já aconteceu outras vezes, como quando Pedro viajou e deixou o carro e os dois foram para a praia: Rosinha gostou muito. Hoje é importante, mas qual. Pensa que seria bom se Rosinha gostasse, mas que nada, sabe que não vai adiantar.

O Mercedes fica parado na esquina, Guilherme entra na lanchonete e pede cigarros, fósforos e uma ficha de telefone. Fala com Rosinha: "Cheguei; você está bem?"

Inútil perguntar mais. Ela responde rápido: "Estou descendo." Guilherme diz: "Estou no bar, aqui embaixo, espero aqui mesmo."

Pede uma Coca-Cola enquanto olha a rua. E descobre que será um dia de calor: são nove da manhã e já não se agüenta mais. Fevereiro é sempre assim. Março será pior. Dizer que janeiro é mês quente é lenda. O quente mesmo vem depois; dias de sol.

Rosinha está bonita quando chega. A saia azul e a blusa branca não conseguem o desleixo desejado. As pernas queimadas e macias dançam dentro da saia curta. Guilherme diz: "Tudo bem?"

Já perguntou isso antes. Rosinha não sorri quando diz: "Tudo bem, já tomou sua Coca-Cola?"

Guilherme apanha a bolsa a tiracolo da moça, grande, de couro claro, a mesma dos fins de semana e das escapadas de antes, haverá outras?

Caminham em silêncio até o Mercedes preto. Rosinha pergunta: "Ué, Pedro viajou?" Guilherme sorri, não diz nada. No carro, enquanto o motor começa seu zumbido, ele pergunta: "Rosinha, você está mesmo decidida? Sabe que é assim, que não tem outro jeito? Não vai ficar me culpando a vida inteira?"

Pergunta mais: "Você não quer tentar deixar as coisas como estão, tocar adiante, depois a gente dá um jeito, eu sei que a gente dá um jeito?"

A moça cruza as pernas macias, pede um cigarro, estende os braços para trás ajeitando os cabelos, e diz: "Vamos, Guilherme, vamos que temos de estar lá em vinte minutos."

Na verdade, ele sabe que não há outro jeito. Mas gostaria que fosse diferente. Enquanto põe o carro rodando macio, liga o Blaupunkt e procura uma musiquinha que não seja barulhenta. Olha para Rosinha, seu ventre já não tão chato como antes, as pernas macias, o rosto duro virado para a frente, fumando devagar, a boca agressiva e petulante, e pensa em antes, em como foi a primeira vez, como ela não queria e ele conseguiu que quisesse, que quisesse muito e cada vez mais, e depois para sempre.

Agora, chegaram. Ele estaciona o Mercedes preto em cima da calçada. Tem esperanças de ser visto: da outra vez, quando veio sozinho, ninguém deixara de ver seu espanto quando falaram do preço, e ele sentiu-se mal. Agora é diferente. O carro preto é uma vingança.

Dá a volta no Mercedes, sente a primeira brisa do dia, alcança Rosinha, passa o braço em seus ombros, apanha a bolsa, pára, olha para o rosto duro da moça, depois encosta levemente o corpo contra o dela e diz: "Vamos."

Entram primeiro no *hall*, depois na sala de espera, Rosinha olha para ele e diz: "Espere aqui; não sei quanto tempo demora; espere aqui."

Ele sabe que demora pouco. Meia hora, quarenta minutos. Depois, Rosinha ficará deitada, descansando. Talvez o resto do dia. Mas ele não quer sair dali, não vai levantar nenhuma vez, vai ficar ali mesmo, esperando.

Passa um rapaz de branco, usa muita brilhantina e tem cara de quem acabou de fazer a barba. Depois a secretária chama discretamente e ele entende que, antes de qualquer coisa, é preciso tirar do bolso o envelope e contar lentamente as notas de cem. As notas emprestadas por Fernandes, que saberá cobrar esse favor de todas as maneiras, por muito tempo.

Rosinha já desapareceu, sem olhar para trás, as pernas sempre macias dançando dentro da saia azul-claro. Guilherme espera e fuma e lembra.

Quando saíram pela primeira vez juntos, Rosinha era amiga da mulher que fora sua. Uma vingança, e Rosinha servia. Foram discretos. Ela era uma menina. Guilherme ensinou o gosto dos martínis, ensinou rápido demais, na volta para casa foi fácil tocá-la de leve, fazê-la sorrir no banco do velho Volkswagen e estender calmamente a boca, entreabrir os lábios, dizer baixinho *não* enquanto ele começava a descobrir um mundo diferente no meio de seus cabelos e entre seus dentes brancos e pequenos.

Rosinha sabia pouco, perguntava pouco, queria aprender em silêncio, olhava para ele com olhos grandes e espantados: "Mozart é bom? Por quê? É bonito."

O amor no banco do velho Volkswagen, infeliz, e ela dizia que não e Guilherme sabia que tinha de ir adiante, e um dia foram jantar na praia, na estrada ela encostou a cabeça em seu ombro e disse: "Seja bom para mim, não me maltrate muito, não me magoe demais."

Às vezes brigavam por causa da chuva. Outras vezes se devoravam por causa do vento. Ou por causa da chuva outra vez. Ou por causa de nada.

Guilherme abana as mãos vazias enquanto espera. Pensa no Mercedes estacionado na calçada. Agora, o calor é mais forte. Há muito sol na rua. Um dia de sol, e ele sorri.

(1975)

MEU PÉ DIREITO

Entre o primeiro e o terceiro andar, contei cinqüenta e quatro batidas do meu pé direito no chão do elevador. Hoje, quatro anos depois, posso bater sessenta e oito vezes o mesmo pé enquanto percorro o mesmo número de andares — desde, é claro, que seja em um elevador normal. Deve-se dar a primeira batida no momento em que a porta do elevador é fechada, e a última quando ela se abre. Apóia-se o calcanhar, e o pé deve, necessariamente, permanecer no mesmo ponto.

Era a primeira vez que nos falávamos por telefone, depois de um ano, e era a primeira vez que iríamos nos encontrar depois de um ano. Subi aqueles três andares e foram cinqüenta e quatro batidas de meu pé direito. Eu estava evoluindo rapidamente.

Quando apertei o pequeno botão da campainha do apartamento, senti calor por dentro, e a agonia e o medo desapareceram quando vi você do outro lado da porta, queimada pelo sol da travessia. Sua blusa era provavelmente branca, um colar de ouro com uma presa de javali no pescoço, e não falamos muito no começo. Lembro de você com seus olhos grandes passando a mão em meu rosto e dizendo que eu tinha emagrecido, e isso foi uma pequena vingança. Na verdade, eu tinha engordado três quilos.

Depois você deitou a cabeça em minhas pernas, no sofá, e ficamos outra vez em silêncio. Eu queria largar a amargura e as coisas que tinha perdido mas que ficaram presas à minha memória. Depois saímos e caminhamos um tempão até encontrarmos um bar todo branco, que nos pareceu um bom lugar. Sentamos e começamos a conversar e a dizer que tudo seria nosso outra vez, que igual não, seria melhor, as melhores coisas as que faríamos, e começamos a falar nessas coisas e desisti das pequenas e amargas derrotas dos últimos tempos.

Na verdade, era como se eu me sentisse outra vez cheio de forças e sabedoria. Queria meu lugar e minhas coisas de volta, embora não soubesse direito qual seria esse lugar e, muito menos, quais as coisas.

Só que nada mais seria igual, apesar do tanto que repetimos isso um para o outro. Dizíamos que as coisas seriam melhores, porque não podíamos deixar de acreditar nisso.

Era a nossa única saída, e quando acabou, quando vimos que não seriam nem melhores nem iguais, seriam simplesmente nada, quando vimos isso não soubemos como voltar a contar histórias e a descobrir magias inesperadas.

Aquele foi um dia 10 de dezembro, e foi há quatro anos.

Num elevador normal, hoje, bato o pé direito sessenta e oito vezes em média, entre o primeiro e o terceiro andar.

É claro que não pode haver ninguém mais no elevador, para que eu possa me compenetrar no ritmo e principalmente na respiração, porque essas são duas coisas fundamentais. Desenvolvi várias técnicas paralelas para as distâncias mais longas, mas por enquanto sei que meu melhor desempenho se dá sempre nas distâncias inferiores, entre o primeiro e o quinto andar. Sei também que com o tempo acabarei me dedicando às distâncias maiores, que permitem menos brilho no número de batidas do pé direito, mas exibições primorosas de táticas, regularidade e resistência. O problema que venho enfrentando nas tentativas de longa distância — embora, é claro, sem nenhuma responsabilidade, uma vez que minha especialidade continua sendo as distâncias de até cinco andares — é que os prédios mais altos são mais modernos e os elevadores chegam a atingir velocidades alucinantes. Dia desses fiz um teste num hotel e me surpreendi: tanto na subida quanto na descida, não consegui manter, numa distância de dezoito andares, uma média superior a seis batidas por andar. Tentei a minha especialidade, e entre o primeiro e o terceiro andar não consegui nada além de quarenta e duas batidas. Terei de estudar melhor a questão do equipamento para estabelecer metas.

Seja como for, é preciso reconhecer que estou numa excelente forma e em plena evolução. O incidente com o elevador do hotel não quer dizer nada. Pensando bem, talvez eu não tenha me concentrado de maneira apropriada na respiração e no ritmo, que, como disse, são aspectos fundamentais. Claro que não havia ninguém mais no elevador.

Claro que as coisas não foram exatamente iguais ao que dissemos naquela tarde. Mas era preciso ter dito tudo aquilo, era preciso que nos repetíssemos muitas vezes as mesmas palavras, que repartíssemos forças e mentiras por um tempinho a mais, eu sei disso.

(1974/1992)

2

Noite de sexta-feira
Contradança
Novembro
Um gosto amargo no corpo
No jardim
Quando o canário
Essa mulher
As três estações
As cartas
Coisas da vida
Um senhor elegante
Aquela mulher
Bangladesh, talvez

NOITE DE SEXTA-FEIRA

Enquanto esperava pelo copo de cerveja, passou a mão esquerda pelos cabelos, num gesto antigo. Depois acendeu um cigarro longo, desses de filtro branco, e a mão desceu distraída até o joelho. Descobriu uma pequena mancha na calça cor de creme, uma pinta escura e mínima. Tentou removê-la com uma leve fricção do polegar, depois passou discretamente a ponta do indicador na língua e voltou a esfregar. Mas a saliva tampouco foi suficiente para acabar com a mancha.

Estava nessa tarefa quando chegou o copo alto e estreito, com cerveja de barril. Um dedo de espuma, a exigência rigorosa de todas as noites.

Desistiu da mancha e, enquanto esperava que a espuma desaparecesse de vez, olhou em volta. Mas naquela hora o bar ainda estava meio vazio, quer dizer, vazio para uma sexta-feira num bar da moda.

Calculou que teria tempo para três copos iguais àquele antes que o bar ficasse insuportável. Os vampiros — assim ele chamava os engordurados invasores de todas as sextas-feiras, onze da noite — levariam um tempinho até chegar. Tomou um gole demorado e, ao afastar o copo, passou delicadamente a língua nas pontas do bigode, apagando as marcas da espuma.

A porta do bar era de madeira pintada de branco, e tinha um enorme vidro no meio, feito uma vitrine. Pelo vidro desfilavam as pessoas na rua.

Terminou o terceiro copo e enquanto esperava pela conta olhou os pequenos grupos amontoados no fundo do bar, à espera de uma mesa — a dele, por exemplo. Foi quando viu os três entrando pela porta branca, de vidro oval.

O casal — um mulato de roupas coloridas, desagradavelmente gordo e pretensioso como todo músico de terceira, e a falsa loura no início de uma decadência que seria cruel — ele conhecia. A novidade era a moça pequena, de imensos olhos escuros, o nariz delicado e perfeito, com os cabelos formando uma negra e ondulada moldura para o rosto, uma espécie de retrato antigo saído de alguma galeria perdida na memória.

À toa, porque não existia nenhuma razão, resolveu chamar os três para a sua mesa. Enquanto explicava que estava de saída, recomendou que não traíssem sua gentileza: era preciso fingir que ele estava à espera dos três, evitar que percebessem, lá nos fundos do bar, como haviam furado a fila. Sorriu, mas a moça de cabelos negros não demonstrou nenhum interesse pelo sorriso, pela gentileza, ou pelo cigarro que ele amassava obstinadamente no cinzeiro cheio, tomando cuidado para não derramar cinza na mesa branca. Sorriu novamente, afastou a cadeira e saiu.

Caminhou três quarteirões até a *trattoria* do Giovanni, onde também não havia mesas. Sexta, à noite, é sempre assim. Ficou apoiado no balcão, tomando um Campari e esperando a vez de ser chamado para uma mesa. Para ganhar tempo, pediu que preparassem um filé ao molho de mostarda, alguns aspargos na manteiga, e que gelassem meia garrafa de *rosé* português. Parte da rotina das sextas-feiras passadas na cidade.

Enquanto esperava pela mesa apoiado no balcão confirmou que a mancha escura na calça cor de creme realmente não tinha nenhuma importância. Passou a mão esquerda pelos cabelos e acendeu outro cigarro, soltando aos poucos a fumaça pelo nariz enquanto bebia goles do Campari.

Depois foi para uma mesa que tinha ficado vazia, e precisou de quase uma hora pra terminar o filé, os aspargos, o vinho português, um pêssego, um café com uma casquinha de limão e um cálice de Fernet.

Pouco antes das duas da madrugada assinou a conta, deixou duas notas velhas como gorjeta e saiu. Caminhou seis quarteirões andando devagar até a garagem onde estava o automóvel. No caminho comprou o jornal da manhã seguinte, e notou a mesma sensação de estar, de algum modo, antecipando-se ao tempo. Enquanto caminhava procurou imaginar uma linha de equilíbrio, um fio de trapezista, e se manter sobre ela. Caminhava com os braços abertos, o jornal dobrado na mão direita. Era difícil, e o truque não durou mais do que cinqüenta metros. Imaginou como seria cair de um fio estendido nas alturas, o pânico nos rostos da platéia, o medo da dor do impacto, a rede que não existia.

Depois, enquanto pensava no que fazer, viu o velho Mercedes ser cuidadosamente baixado pelo elevador automático da garagem.

(ou)

Enquanto esperava pelo copo de cerveja, passou a mão esquerda pelos cabelos, num gesto antigo. Depois acendeu um cigarro longo, desses de filtro branco, e a mão desceu distraída até o joelho. Descobriu um pequeno furo na calça cor de creme, um furinho mínimo, resultado de alguma ponta de fósforo mal apagado ou uma pequena fagulha do cigarro. Cruzou o joelho sobre a perna esquerda e a preocupação diminuiu.

Pensava no quanto um furinho mínimo na calça pode aborrecer alguém, quando chegou o copo alto e estreito, com cerveja de barril. A espuma, grossa e amarelada, escorria pelas bordas do copo, tornando melosa a tarefa de beber.

Olhou com irritação toda aquela espuma: por mais que exigisse um dedo, nada mais que um dedo, não era nunca atendido. Esperou que a espuma baixasse a um nível aceitável e olhou em volta. Havia gente demais, porque era um bar da moda, e nas noites de sexta-feira não sobrava lugar para ninguém. Calculou rapidamente quanto tempo agüentaria ficar ali. Talvez o suficiente para outra cerveja. Gostaria de saber o que havia acontecido com aquele bar. Os vampiros — assim ele chamava os engordurados invasores de todas as sextas-feiras, onze da noite — tinham acabado, definitivamente, com as possibilidades de aquele continuar sendo um bom bar. Passou delicadamente a língua nas pontas do bigode, apagando as marcas da espuma.

A porta do bar era de madeira pintada de branco, e tinha um enorme vidro oval no meio, feito uma vitrine. Pelo vidro desfilavam as pessoas na rua.

Terminou o terceiro copo e enquanto esperava pela conta olhou os pequenos grupos amontoados ao redor das mesas. Olhou os três que tinham sentado, sem cerimônia ou convite, na sua mesa.

O casal — um mulato de roupas coloridas, desagradavelmente gordo e pretensioso como todo músico de terceira, e a falsa loura no início de uma decadência que seria cruel — ele conhecia. A novidade era a moça pequena, de imensos olhos escuros, o nariz delicado e perfeito, com os cabelos formando uma negra e ondulada moldura para o rosto, uma espécie de retrato antigo saído de alguma galeria perdida na memória.

À toa, porque não existia nenhuma razão, resolveu cumprimentar os três. Enquanto explicava que estava de saída, perguntou à moça de cabelos negros se ela já tinha jantado. Sorriu, mas a moça de cabelos negros não demonstrou nenhum interesse pelo sorriso, pela gentileza, pelo convite e muito menos pelo cigarro que ele amassava obstinadamente no cinzeiro cheio, derramando cinza na mesa branca. Sorriu novamente, insistiu várias vezes no convite, até que ela se levantou e foi saindo com ele, sem nenhuma palavra.

Caminharam três quarteirões até a *trattoria* do Giovanni, onde também não havia mesas. Sexta, à noite, é sempre assim. Ficaram apoiados no balcão, ele tomando um Campari, ela tomando um suco de laranja com um jorrinho de vodca, esperando a vez de serem chamados para uma mesa. Para ganhar tempo, ele pediu que preparassem um filé ao molho de mostarda, alguns aspargos na manteiga, e que gelassem meia garrafa de *rosé* português. A moça consultou o cardápio durante séculos. De vez em quando, erguia os olhos para examinar seu acompanhante, ou para examinar as pessoas nas mesas. Depois de muito examinar, pediu um coquetel de camarões. Ele encomendou, então, meia garrafa de branco chileno. Parte da rotina das sextas-feiras passadas na cidade. A novidade era a moça pequena, de imensos olhos escuros, nariz delicado e perfeito.

Enquanto esperavam pela mesa apoiados no balcão dos fundos da *trattoria*, ele confirmou que o pequeno furo na calça cor de creme realmente não tinha nenhuma importância. Passou levemente a mão esquerda pelo contorno suave do rosto da moça, depois a mão desceu pelo pescoço e pelo ombro direito e ele sentiu a moça encolher levemente o corpo. Quando colocou as mãos nas costas da moça para mostrar que havia uma mesa vazia e que podiam enfim sentar-se, confirmou que ela não usava nada debaixo da blusa branca.

Precisaram de quase uma hora para terminar o jantar, devidamente arrematado por ele com um pêssego e por ela com uma torta de amoras. Houve ainda dois cafés com uma casquinha de limão, um cálice de Fernet — que ela provou e desaprovou com uma careta — e um cálice de licor de tangerina, que a moça tomou sem reagir.

Pouco antes das duas da madrugada ele assinou a conta, deixou duas notas velhas como gorjeta, e saíram. Caminharam seis quarteirões andando devagar até a garagem onde estava o automóvel. No caminho ele comprou o jornal da manhã seguinte, e comentou com a moça: sempre que comprava jornal àquela hora tinha a sensação de estar, de algum modo, antecipando-se ao tempo. Ela apenas sorriu, pela primeira vez na noite. Enquanto caminhavam, ele imaginou uma linha de equilíbrio, um fio de trapezista, e procurou se manter sobre ela. Caminhava com os braços abertos, o jornal dobrado na mão direita. Ela achou graça, mas a graça não durou mais do que cinqüenta metros. Ele imaginou como seria cair de um fio estendido nas alturas, o pânico nos rostos da platéia, o medo da dor do impacto, a rede que não existia. Comentou isso com ela, e a moça respondeu que nos circos sempre põem uma rede para o trapezista.

Caminharam o resto dos quarteirões sem se tocar, e falaram alguma coisa sobre a dificuldade em conseguir uma boa, velha e confortável casa naquela cidade.

Depois, enquanto ele perguntava o nome da moça e para onde iriam, viu o velho Mercedes ser cuidadosamente baixado pelo elevador automático da garagem.

(1974/1994)

CONTRADANÇA

Do mar vinha um vento frio. Sentia o vento caminhar por baixo da camisa e via como agitava os cabelos da moça. Não falaram muito, durante os primeiros minutos da viagem. Estavam na coberta superior da barca e podiam ver as luzes da costa se afastando enquanto a barca mergulhava na escuridão da noite, cruzando o canal. A moça tinha grandes olhos acesos e sorria de frente para o vento.

Ele pensou: "É uma boa noite, e estou em paz. Dentro de quarenta minutos chegaremos do outro lado e minha preocupação será conseguir um táxi que me leve para a casa de J. Não devo pensar em nada mais. Quarenta minutos e começa tudo outra vez ou termina tudo uma vez mais. Não devo pensar nisso."

Ela continuava olhando o caminho de espuma branca que brilhava na noite à medida que a barca ia abrindo suas marcas na água, cruzando o canal. Ele pensou: "Poderíamos seguir direto para alguma praia, sem parar em nenhuma pergunta."

Olhava seu rosto virado contra a noite, os olhos grandes, a curvatura suave do rosto bem-acabado. Esperava que o sorriso se alargasse ou se fechasse de vez. Ela disse:

— Sobrou algum cigarro?

E pensou: "Não diga nada, não destrua tudo, melhor assim. Estenda o cigarro, e só."

Ele estendeu o maço, ela tirou um cigarro longo e branco e depois murmurou: "Obrigada."

Ele pensou: "Grandes olhos dourados. Que estranho. Dourados e acesos e quisera que fôssemos para alguma praia sem perguntas nem medo, e rolar pela areia até o fim, até acabar a noite e o outro dia e a outra noite. Posso tocá-la agora. Virar seu rosto de frente, mergulhar meu pavor em seus grandes olhos dourados e prometer outra fuga, depois fugir outra vez, até quando?"

Disse:

— É uma boa noite. Gosto deste vento. Gosto deste mar sujo e feio. Gosto deste mar quando é noite.

Antes de responder, ela pensou: "Não é isso. Isso não é tudo. Mas não devemos insistir se não existe." E depois falou:

— É um mar muito sujo. De dia, as manchas chegam a assustar. Muito óleo, neste mar.

Ele carregava uma grande bolsa de couro pendurada no ombro. Pouco antes, quando caminhavam na cidade em direção ao cais, ele apanhara a bolsa do ombro da moça e dissera: "Pesa muito. Como se fosse um pára-quedas."

Podia tocá-la agora, virar seu rosto de frente. Podia dizer de repente: "Vamos, agora. Chegamos e vamos embora, não sei para onde. Vamos buscar uma praia. As praias são imensas de madrugada." Podia perguntar coisas. Disse:

— Quanto tempo leva a travessia?

Ela sorriu mais. Olhou para o outro lado, abriu os grandes olhos dourados e perguntou:

— O quê?

— A travessia. Quanto demora?

— É rápida. Não demora muito. Quase não se sente. Pouco tempo.

Ela tinha um jeito estranho de olhar. Como se estivesse pensando uma coisa, olhando outra, falando uma terceira. Às vezes sabia que as perguntas eram rodeios de outras que jamais surgiriam. Melhor assim.

Ela disse:

— Você fica em casa do seu amigo quantos dias: dois, três?

E pensou: "Quisera que você não fosse. Que as coisas pudessem ser de outra maneira. Que pudéssemos ter tudo sem perder nada."

Ele disse:

— Não sei. Talvez até amanhã. Ou mais dois dias. Não sei. Não tenho nada para fazer, aqui ou lá.

E pensou: "Mas tem de ser assim, preciso ir, as coisas não mudam sua maneira de ser. Não quero perder nada do que tenho. Nada. Quero mais. Perder, não. É tão pouco."

Ela disse:

— Podíamos almoçar amanhã. Seria bom. Você telefona? Não sei como estarei. Você telefona.

E pensou: "Podíamos talvez não nos vermos nunca mais. Não. Ou amanhã e depois e depois. Podíamos tudo e nada."

Ele disse:

— Sim, podemos. Você não estará ocupada. Não na hora do almoço. Nem de noite. Vamos caminhar, amanhã de noite.

E pensou: "Vamos para uma praia longe, vamos rolar na areia, até o fim." Quando falava, punha a mão no ombro da moça. Mas ela não virou o rosto para ele nem uma única vez. Ele, depois que ficaram em silêncio, passou lentamente a mão nos cabelos da moça. Ela olhava a escuridão das águas. Depois olhou de frente e viu que as luzes se aproximavam outra vez. Ele passou o braço por trás de seu pescoço e puxou-a para perto. Ela disse: "Não, não faça."

E pensou: "Não agora, não nunca. Chega de marcas e de tudo."

Quando a barca atracou, o movimento fez com que ela perdesse o equilíbrio por um instante. Agarrou-se na amurada e sentiu a mão dele segurando seu braço esquerdo.

Ele ajudou-a com a bolsa até a fila de táxis. Ela perguntou:

— Seu amigo mora para os lados de onde vou, vamos para o mesmo lado. No mesmo carro?

— Sim, vamos. Eu fico antes, você continua.

Melhor assim. Não telefonaria amanhã, nem nunca nem depois.

Ele pensou: "Dizer ao motorista: Siga adiante, passe as avenidas todas, contorne a baía, siga até a vila onde há pescadores e um pequeno hotel com telhado de palha, onde nas noites de chuva e de vento a gente ouve todos os lamentos da areia e do mar." Dizer a ela: "Vamos embora para sempre, até amanhã ou depois."

Ela disse:

— Melhor assim. Você fica, eu continuo. Assim.

E pela primeira vez em toda a noite a moça virou para ele seus grandes olhos dourados e sorriu de um jeito diferente. Estendeu a mão e passou-a levemente pelo ombro e pescoço dele. Depois continuou sorrindo enquanto pensava: "Assim. Melhor. Agora, antes que não seja mais possível escapar." E pensando: "Não agora: um dia."

(1976)

NOVEMBRO

para Helena e Eduardo Galeano

Havia pouca gente no bar porque no inverno a aldeia não recebe visitas e seus moradores quase não saem de noite: depois das nove é raro encontrar alguém nas ruas.

Da porta espiou rapidamente as mesas: ainda não. Olhou o relógio enquanto caminhava para o balcão de madeira escura, polida pelo tempo e os copos e o roçar de braços, mãos, cotovelos: faltava quase uma hora. Quando veio pela rua, sabia que estava adiantado. Não pensou que tanto.

Pediu uma cerveja de barril com pouca espuma, e antes que o homem magro começasse a servi-lo mudou de idéia e pediu rapidamente uma bebida mais forte e mais quente, um *brandy*, sim, qualquer marca, se tiver algum *brandy* com mais de cinco anos, melhor.

Junto à janela havia uma mesa e ele achou que estava bem. A janela não mostrava nada: havia uma cortina de pano xadrez, vermelho e branco, ocultando a rua. O parapeito da janela era largo e funcionava como estante para uma longa fileira de livros, as lombadas gastas e um pouco sujas. Na parede, um papel, letras a mão: "*Take a book, bring a book.*" Livrinhos policiais, comprados em alguma estação ou consumidos durante algum vôo.

Era um bom *brandy* e ele pensou se ela teria guardado na memória que algumas bebidas tinham feito parte de suas vidas: as bebidas e suas cores: o vermelho do Campari no verão, a cor envolvendo os cubinhos de gelo, o ouro efusivo da cerveja, a exigência da pouca espuma, a cor densa do conhaque. Pensava no tamanho da memória de cada um: de tudo, quanto teria sido guardado? Quanto sobrevivera? E para quê? Haveria espaço para mais?

Lembrou que sempre houve aquela ponta de certeza e as constantes pitadas de aventura, e era bom ter sentido que isso saltara de algum compartimento esquecido e inundara tudo. Valeria a pena esta aposta no escuro?

E quando se decidira pela aposta: no telefonema? Não tinha ele, enfim, esperado tanto, juntado fichas, reunido fundos?

"O mais provável é que não venha ninguém", pensou. E, quase sem perceber, começou a cantarolar baixinho, interrompendo a canção de quando em quando para terminar devagar o *brandy*. Quando faltavam quinze para as dez, pediu outro.

Quatro noites antes, ele fora claro: "Entre dez e onze. Depois, não: é como ter um código, uma senha, outra vez."

(Quatro noites antes, sua mão esquerda escorregara pelo chão, tateando atrás da campainha do telefone, o ruído tremendo no meio do sono, e tardou uma vida até entender a telefonista dizendo que era uma chamada pessoal de Londres, e já estava sentado na cama quando respondeu sim, sou eu, diga, e então ouviu: a mesma voz, a de antes, a de sempre, um pouco aflita.

— *Te acordei?*
— *É, mais ou menos.*
E um silêncio, e depois:
— *Dá para conversar? Eu queria falar com você. Acordou?*
— *Claro, claro. Que horas são?*
— *Quatro. Cinco para as quatro. Você está sozinho?*
— *Não.*

E depois de um silêncio:
— Dá para falar?
E ele já estava em pé, o telefone na mão, caminhando para o corredor, tomando cuidado para não tropeçar com o infindável fio, boa invenção, o fio comprido, o telefone circulante, brincavam, idéia da mulher, caminhando ele para a sala, ridículo, nu, apanhou o suéter cor de vinho em cima do sofá, sentou sem jeito na poltrona.
A mesma voz:
— Faz tempo que eu queria conversar com você, quem me deu seu número foi um amigo seu, chamado Andrew, faz uns dois ou três meses que ele deu o número, eu queria falar com você faz tempo, você está bem?
— Claro, claro. Onde é que você está?
— Em Londres, a telefonista disse Londres, você está dormindo eu não devia ter telefonado.
— Ah, é isso. Londres, claro.
— O que você está fazendo?
— Dormindo. Estava dormindo. Quero ver você.
— Por que você não telefonou, não me procurou?
— Não sei.
E outro silêncio, ele procurou cigarros, andou pela sala, repetiu:
— Quero ver você. Foi para isso que você ligou, não é?
— Foi. Mais ou menos. Não sei.
— Eu achava que um dia a gente ia se ver, tinha vezes que achava que não, que nunca. Quero ver você amanhã.
— Você vem? Para Londres?
— Não, nem quero ver você em Madri. A gente se vê em algum lugar, sei lá, um lugar que não seja aqui nem aí, um lugar neutro, entende? Neutro.
— Está bem. Qual?
— Você pode vir?

— *Você não disse que não queria me ver em Madri?*

— *Não, não é Madri, estou dizendo vir para a Espanha. Você tem dinheiro para vir?*

— *Tenho, quer dizer, um pouco, acho que dá. Tenho, tenho sim.*

— *Amanhã?*

— *Não, amanhã não.*

— *Depois de amanhã?*

— *Onde?*

— *Não sei, um lugar... estou pensando, não sei.*

— *Depois de amanhã pode ser. Não sei também se posso, depois de amanhã.*

— *Mas você telefonou...*

— *Claro.*

— *Escuta, não vamos ficar até amanhã no telefone. Vou dizer o lugar, vou dizer direito, anota aí.*

— *Espera: quando?*

— *Quinta-feira. Quinta, de noite. Daqui a quatro noites.*

— *Está bem.*

— *Anota, é meio complicado.*

— *Tem de ser complicado?*

— *Tem. Anota.*

— *Está bem.*

— *O lugar é uma cidadezinha chamada Calella. Ca-le-lla, com dois eles. Calella da Costa. Você tem de ir de avião até Barcelona. De lá, se tiver dinheiro, alugue um carro.*

— *Não sei se tenho esse dinheiro.*

— *Então, apanhe um trem. O único perigo é que existem duas Calellas, a nossa é a da Costa. O trem demora uma hora. Fica depois de uma cidadezinha chamada Sant Pol. Não tem erro. Em Calella, procure um desses três hotéis: vou dar três porque não sei qual deles estará aberto nessa época.*

— E se estiverem os três fechados?
— Um estará aberto. Anota: Calella Park, Vila ou Codina.
— E se tiver mais de um aberto e a gente se desencontrar?
— Não acabei ainda. Anota mais uma coisa: na quinta-feira à noite estarei num bar chamado Nag's Head. É uma espécie de barzinho inglês, fica numa rua chamada General Mola. É fácil achar, Calella só tem vinte ruas. Espero você entre dez e onze da noite. Depois, não.
— Mola?
— É.
Acendeu outro cigarro e perguntou:
— Você vai?
— E você?)

Ele agora repetia a pergunta: "Virá?" E se perguntava: "Como será, como estará? Quanto tempo: três, quatro, cinco anos?" Seria bom se não demorasse tanto, seria bom ver que a vida não foi demasiado dura, não a maltratou além da conta, que a alegria não secou, não desapareceu.

Olhou o relógio: dez e cinco. Olhou em volta. Um casal ocupara uma das mesas, duas moças conversavam no balcão, uma era muito alta e muito magra, as duas bebiam um licor branco, anis, pensou, depois pensou que não, deveria ser Cointreau, as duas não tinham cara de quem tomasse anis, e pensou que as duas não estavam quando ele chegou, vieram depois e ele não tinha reparado. Girou devagar o copo de *brandy* entre os dedos da mão direita, imaginou: Será assim: quando a porta abrir, as moças do balcão estarão olhando. Aquele barbudo de suéter amarelo também: tem cara de quem vigia a porta, na espreita, quem sabe em qual espera. Tem cara de quem vem ao Nag's Head de vez em quando, ver gente ou fazer hora. Será assim: a porta abrindo devagar, ela entrando, quem sabe o mesmo colar de prata, o dente de javali entre os botões da blusa, ou sobre o suéter, na porta parada olhando um pouco nervosa, um pouco sem jeito, medo de que ele não esteja, encontrando a mesa, caminhando decidida, sorrindo, talvez, e ele, o quê: levanta? Sorri? Diz: "Temi que você não viesse?" Diz: "Olá, boa noite." Pergunta: "Tudo bem?"

Será assim: ela virá até a mesa caminhando decidida, e ele ficará sentado, sorrindo, ela ficará um instante em pé à sua frente, depois sentará, e ele dirá: temi que você não viesse, e ficarão os dois se olhando em silêncio um tempo, ele pensará: "Que bom que você não cortou os cabelos", ela pensará: "Está um pouco mais gordo, quase nada, continua magro", e ele pensará: "Melhor que isso, o quê?"

Escolherão as palavras com cuidado e delicadeza, caminharão cheios de medos pelas coisas da memória, contarão pouco, perguntarão quase nada, cuidando para não se tocarem, não, há que dissimular, cuidar muito.

Será assim: ela virá e ficará um instante em pé e sentará e ficarão os dois se olhando em silêncio um tempo e falando com cuidado entre um silêncio e outro e não se tocarão e logo ele pensará que foi um erro e oferecerá uma bebida. Ela perguntará: "O que você está tomando?", ele dirá: "Um *brandy*", ela dirá: "Como sempre. Às vezes lembro de você tomando conhaque." E sentirá que foi uma falha, essa brecha para que a memória salte na mesa.

Ele sentirá que está mais frágil, que perdeu parte da velha força e da infinita magia, sentirá que está mais gasto e mais velho, e terá medo que ela pense a mesma coisa, que perceba. Ela terá um medo maior: de estar definitivamente distante dele, de suas coisas e seu mundo. Mas nisso ele não pensa.

Trocarão impressões sobre a vida em Londres e a vida em Madri. Evitarão questões delicadas: a vida de cada um. Ele se queixará do trânsito e dirá que a cidade é praticamente feia. Ela achará graça e dirá que Londres é praticamente maravilhosa.

Ele dirá que acha Londres demasiado britânica, e perceberá em seguida que a piada é velha e, além disso, sem graça. Ela perguntará: "Há quanto tempo você vive em Madri?" Desistirá de perguntar por que ele foi parar justo em Madri. Ele terá vontade de falar e contar algumas coisas. Espera pelas perguntas, que não chegam.

Logo será meia-noite e eles não terão dito praticamente nada. Ele perceberá que está ficando um pouco bêbado, e achará uma graça infinita em quase tudo. Ela perceberá que está ficando um pouco feliz, e terá medo outra vez.

Pouco depois da meia-noite, ele perguntará:

— Em que hotel você está?
— E você?
— Perguntei primeiro.
— Responda primeiro: primeiro em tudo...

E ele pensa: "Alguma ironia, algum descuido?"

— Está bem, primeiro em tudo: hotel Codina.
— Na metade da outra quadra.
— Sim, meia quadra daqui. Você também está lá?
— Não, agora estou aqui. Estarei lá daqui a pouco.

E os dois riem.

"Está tudo bem." Ele se repetirá várias vezes: "Tudo bem. Amanhã seguimos para o norte. Se conseguirmos acordar numa hora decente, estaremos em Perpignan para o almoço. Fôssemos ingleses, eu diria que estaremos em Carcassone para o chá." Se perguntará se a idéia de ir a Carcassone é boa. Pensará que talvez seja melhor estender a pergunta a ela. Decidirá que o melhor é a surpresa: acordar, dizer: "As malas não foram desarrumadas, não é?, estamos indo embora."

Pouco antes da uma da manhã ele estenderá seus dois braços até os ombros dela, apertará levemente os dedos e dirá:

— Vamos, princesa, vamos: considere-se absolutamente seqüestrada.

E ela sorrirá, como antes, como sempre.

Na manhã seguinte, ele perguntará:

— Lembra de ontem? Pois você continua seqüestrada: estamos indo embora.

A viagem será rápida e pacífica no Renault alugado. A determinada altura do caminho, perto de Gerona, ou mais adiante, perto de Figueras, ela perguntará:

— Para onde estamos indo? Este não é o caminho da França?

E ele dirá:

— O seqüestro continua, com direito a almoço.

E ela dirá:

— Só almoço? E depois?

E ele sentirá medo outra vez. Dirá: "O seqüestro continua até nunca mais"?

Não será ainda uma da manhã quando os dois saírem abraçados, caminhando pela rua até a linha do trem, e depois cruzarão a linha e continuarão até a praia. É uma noite escura e fria, mas não venta, e os dois caminharão em silêncio pela praia. Antes das duas estarão entrando no hotel. Serão os dois os únicos hóspedes esta noite, e o rapaz da portaria sorrirá malicioso quando os dois caminharem juntos para o elevador.

No quarto, ela dirá:

— Tenho um presente para você.

E da bolsa de brim azul surgirá a pequena locomotiva de um trenzinho elétrico perdido em algum lugar da memória.

Explicará:

— Guardei esta locomotiva todos esses anos.

Depois dirá:

— Fique com ela, sempre foi sua. Não quero vê-la nunca mais entre minhas coisas.

E dirá:

— Quero vê-la entre as suas.

Agora faltam cinco para as onze, e ele sabe que ela não virá, que não veio nem virá nunca mais. Vai até o balcão e pede mais um *brandy*. E, quando volta para a mesa, vira subitamente para trás: no balcão, a moça muito alta e muito magra continua bebendo Cointreau. Sua companheira se foi. Mas a moça não está olhando para ele.

São onze e cinco e ele quer pensar que assim foi melhor. Pensa que talvez os vôos para Barcelona tenham sido suspensos por causa do tempo. Em seguida sorri: foi um dia de céu claro, um céu sem nuvens, um dia frio de sol esbranquiçado.

Pensa que talvez não houvesse lugar no vôo de Londres a Barcelona. Mas sabe que nessa época do ano sobram lugares nos vôos, ainda mais numa quinta-feira.

Quando faltavam quinze minutos para a meia-noite ele caminhou até o balcão. Devia 270 pesetas e pensou que, de uma forma ou de outra, o Nag's Head era um bar acolhedor e barato. Se perguntou quanto custaria um *brandy* de cinco anos em Madri. Confirmou que a moça alta definitivamente não estava olhando para ele, pagou e foi embora.

Enquanto o rapaz da portaria buscava a chave do 32, ele pensou em perguntar se alguém havia telefonado, se havia algum recado. Desistiu: quem saberia encontrá-lo ali?

Enquanto ele esperava o elevador, o rapaz da portaria tocou com os dedos da mão direita a nota de mil pesetas cuidadosamente dobrada dentro do bolso esquerdo da camisa. A moça loura fora clara: "Só entregue o envelope se ele perguntar se alguém deixou algum recado. Se não perguntar nada, devolva-me o envelope amanhã de manhã." E estendeu uma nota verde de mil pesetas, acrescentando: "O envelope fechado, naturalmente."

Enquanto o homem subia os três andares no elevador, o rapaz da portaria pensou: "O que haverá dentro do envelope?" Lembrou que a moça loura era bonita e que usava um colar prateado com um dente de javali.

Ouviu o elevador parar no terceiro andar, adivinhou o caminhar do homem pelo corredor, a chave girando na fechadura do 32. Pensou que a moça estaria adivinhando o mesmo trajeto: eram os dois únicos hóspedes no hotel.

Quando o rapaz da portaria começou a dar voltas no envelope imaginando um jeito de abri-lo sem deixar vestígios, soou o zumbido da campainha do telefone interno.

(1978)

UM GOSTO AMARGO NO CORPO

Não foi nenhum ruído estranho, porque o único ruído que chegava pela janela aberta, pelo terraço clareado, era o de um mar ainda desconhecido, nem próximo nem distante. Não foi nenhum ruído estranho porque havia um silêncio delicado que o rumor manso do mar não conseguia quebrar. Não foi nenhum ruído o que o despertou, enfim, porque ele não tinha chegado a dormir. Fechara os olhos tentando estender a claridade suave que entrava pelo terraço abrindo uma brecha azulada no tapete verde-claro do quarto, mas a brecha morria pouco antes de chegar aos pés da cama. Fechara os olhos sentindo crescer o rumor manso de um mar ainda desconhecido e não conseguira dormir.

Acomodou-se no travesseiro, tratou de levantar o corpo com o cuidado de um gato vagabundo para não despertar a moça.

Conseguiu safar o braço esquerdo e percorreu com os dedos a mesinha de cabeceira buscando o maço de cigarros, o isqueiro redondo, cor de vinho. Acendeu o cigarro e tratou, então, de adivinhar no escuro o rosto adormecido da moça.

Sentia, no ombro, o peso do corpo esguio da moça, a respiração descansada. O rosto da moça estava virado para a parede, e a claridade azulada que o terraço deixava entrar pelo janelão aberto era demasiado tímida, insuficiente para que ele agora pudesse ver o rosto da moça.

Pouco antes, um tempinho antes, quando se soltaram, ele ainda percorrera com a ponta dos dedos o rosto da moça, e os dedos percorreram aquele sorriso meigo, um daqueles sorrisos de alegria e gratidão que ele não via nunca — nada de luz, nada de luz, dizia ela sempre — mas sabia, adivinhava cada vez que se desprendiam nas noites escuras.

Aos poucos foi livrando o ombro do peso do corpo esguio da moça, da respiração descansada da moça. Apagou o cigarro, levantou, caminhou até o terraço. Ouviu, distante, o rumor manso do mar, que de repente se rompeu com o ruído de um automóvel que passava, rápido, pela avenida.

Voltou para o quarto, encontrou o relógio: duas e meia. Dentro de quatro horas a telefonista do hotel chamaria. E, outra vez, seria hora de partir. E, outra vez, ele não conseguia dormir na véspera de uma partida.

Tinha sido um dia pesado, uma noite profunda. Horas antes, quando ele estava na poltrona do quarto com as pernas estendidas sobre uma mesinha e ela saíra do chuveiro enrolada em uma toalha branca, os cabelos molhados escorridos sobre os ombros, entendera que a noite seria profunda, deixaria cicatrizes, e que tudo seria inútil.

Ela parecia uma menina com a toalha, pensou, e depois pensou também que ela sempre se parecia a uma menina e sentiu que assim a recordaria para sempre.

Pensava nela sempre como uma menina capaz de inventar histórias e magias, uma menina de quem ele devia cuidar para que pudesse continuar fabricando alegrias e levá-lo para longe de tudo.

Ficaram conversando e tomando a bebida de uma garrafa verde que ele tinha colocado ao lado da poltrona. Misturava, cuidadoso, a bebida com água gelada, enquanto buscava um jeito de dizer: "Amanhã, muito de manhã, vou-me embora outra vez, não sei por quanto tempo." Um jeito de dizer: "Não será desta vez, ainda."

Queria dizer isso como se fosse uma história, parte do jogo, uma daquelas histórias que ele contava e ela ouvia com os olhos muito abertos de assombro.

Falavam de uma casa branca, onde todos os dias seriam de festa, onde inventariam feriados, onde ela aprenderia histórias e ele ouviria música, falavam de uma parede que seria pintada com figuras imensas, pediriam a Eduardo que pintasse estrelas e luas vermelhas e amarelas. E nessa casa branca de que falavam haveria um cachorro que ele queria suave, insolente, vulgar, e essa casa branca teria uma porta de madeira escura e vigas de madeira no teto e janelas enormes e uma lareira inútil, e ele estava contando como seria a lareira inútil quando a moça ligou um pequeno rádio.

Ele perguntou:

— Você quer mesmo ouvir rádio? Pensei que pudéssemos ficar conversando com calma.

Olhava o chão do quarto enquanto ouvia o cantor. Ele olhava seu rosto, os cabelos repartidos ao meio caindo como asas sobre os lados do rosto. Ela ainda estava enrolada na toalha branca, mas a toalha escorrera um pouco, escorregara sobre os seios pequenos, os cabelos caindo como asas sobre os lados de seu rosto faziam sombra no colo da moça.

A moça desligou o rádio enquanto ele sentia uma certa irritação com tudo. Perguntou se ela queria alguma coisa, ela disse que não. Perguntou se tinha sobrado gelo, ela disse que sim. Ele apanhou duas pedras pequenas e colocou-as com ruído no copo.

— Há certas coisas — disse — que não deveriam se repetir.

— Muitas coisas não acontecem duas vezes — respondeu ela.

Ajeitou a toalha e continuou:

— Você sabe que coisas não acontecem duas vezes da mesma maneira nunca? Digo: certas coisas.

— Não, não sei.

— Não há dois flocos de neve que sejam absolutamente iguais, nem duas peles de tigre, nem duas zebras com as mesmas listras, nem duas pessoas que deixem marcas iguais caminhando na areia...

— Nem duas ondas, nem duas nuvens...

— Não, isso não vale: as ondas estão em movimento, as nuvens também.

— Então, não vale o exemplo das pessoas caminhando na areia.

— Não, eu não disse isso: falei das marcas que elas deixam. E ondas e nuvens não deixam marcas.

Não dava para mais: era brincadeira curta. Ele perguntou:

— É isso?

Definitivamente, noite inútil: não tinha jeito. Ele perguntou outra vez se ela queria comer nada, outra vez ela disse que não; e depois ficaram em silêncio até que ela disse:

— Tem uma coisa que eu preciso conversar com você.

Ela mudou sua posição no tapete: estendeu as pernas, firmou o corpo nos cotovelos sem dar importância à toalha.

— A coisa é esta: estou indo embora. Desta vez é minha vez. Vou-me embora amanhã.

Ele primeiro pensou: está roubando minha fala. Olhava para ela espantado.

— Como é isso?

— Não dá mais. Vou-me embora. Não é o que você ia dizer? Não ia dizer, outra vez, que não será desta vez ainda, que você tem de ir uma vez mais?

— Não misture as coisas.
Ela olhou para ele e repetiu, com calma:
— Estou indo embora.
— Para onde?
— Longe.
— Está bem, eu também tenho de ir, amanhã bem de manhã. Mas eu volto, você sabe que eu volto, eu voltei sempre e vou continuar voltando sempre.
— Sei disso. Só que eu não. Eu vou, e pronto.
— Eu volto.
— Já sei. Mas eu não vou estar mais.

E então ele não disse mais nada, pensando que era mais um truque inesperado, mais um giro contra o qual não havia defesa e que na verdade a coisa era simples: acabou tudo.

Ela tinha o rosto calmo, limpo, e não havia nada em seus olhos quando ele caminhou até o terraço e ela se levantou e foi para a cama, deixando a toalha aberta no meio do tapete.

Ele ficou no terraço tentando adivinhar o mar e pensando: "Claro, ondas iguais não há mas não vale, estão em movimento, em movimento sempre, não chegam nunca." Voltou para o quarto, apanhou o copo, encheu-o até a metade, depois derramou água na bebida, saiu para o terraço e pensou que das muitas coisas que não deveriam acontecer duas vezes a moça tinha sido uma: deveria ter parado na primeira vez, antes que se tornasse um veneno, antes que se abrisse a cicatriz.

Agora, ficava outra vez aquele gosto de coisa inacabada, de coisa interrompida. Chamou-a em voz alta duas vezes. E então ela apagou a luz do terraço e chegou perto dele, em silêncio, como sempre. Abraçou-o por trás e ele sentiu o corpo nu da moça contra sua camisa. Perguntou:

— De verdade?

— De verdade. Não quero mais falar nisso.

E depois disse, em voz baixa:

— Você estragou tudo. Você e as missões peregrinas, as aventuras sem fim, o grande marinheiro, você, você, que no fundo só é capaz de coisas pequeninas, tão pequeninas.

Ele pensou que devia evitar a etapa das ofensas: não valia a pena. Ela era uma menina como sempre e estava ali, e amanhã bem de manhã ele iria embora antes que ela despertasse, e deixaria um recado gracioso e delicado e em duas semanas voltaria e iriam para outro lugar uma vez mais, e então teriam tempo de resgatar toda aquela memória, impedir o naufrágio, de colar cada caco partido, reconstruir tudo com mãos de artesão, e abraçou-a e ela se deixou, não disse nada enquanto ele a conduzia para o quarto e apagava a luz e se deitava ao seu lado, e foi tudo muito rápido e desesperado: deixar marcas fundas, cicatrizes que nada e ninguém apagariam.

E quando se soltaram e ele percorreu com os dedos o rosto da moça, pôde sentir aquele sorriso de gratidão e alegria que não via nunca mas adivinhava sempre.

Depois ela adormecera e ele ficara andando pelo quarto e consultando o relógio a cada tanto, até que pouco antes das seis entrou no banheiro, tomou um banho de chuveiro morno e prolongado, infinito, e fez a barba com delicadeza e cuidado, examinando no rosto que o espelho devolvia o tempo que passava e pensando que talvez fosse outra vez hora de deixar crescer a barba, e entrou novamente no chuveiro calculando que a qualquer momento o telefone soaria e que seriam seis e meia e hora de partir.

Não ouviu como a moça se levantava e se vestia com calma, olhando o quarto peça por peça pensando que levava em seu corpo um pouco das coisas dele, e depois a moça apanhava uma sacola de tecido marrom e caminhava para a porta ouvindo o chuveiro aberto, adivinhava seu corpo debaixo d'água, lembrava os jogos que inventavam quando se metiam os dois debaixo de chuveiros iguais, tantos hotéis, tantos quartos, tantos chuveiros, e saiu devagar pensando nisso tudo e quando estava no corredor ouviu tocar o telefone do quarto e pensou que ele não ouviria, e de repente lembrou que tinha esquecido no armário um par de sapatos de tênis, mas decidiu que tudo aquilo não tinha nenhuma importância: jogar tênis tinha sido, em um tempo, uma aventura igualzinha a imaginar a casa branca e um trem que não parava nunca e um barco que cruzaria o Mediterrâneo em todas as direções, tudo aquilo era um gosto amargo no corpo, um sorriso mais de desespero e agonia e vingança que de alegria e gratidão.

(1981)

NO JARDIM

E quando já não sabia onde agarrar-se, deu para cuidar da memória como um jardineiro cuidaria da terra. Como se fosse alguma coisa especial.

Dividia a memória como anos antes sua avó dividia um bolo em fatias. E a cada fatia, dedicava um tempo.

Assim, passara quase uma semana lembrando da casa da infância, o jardineiro que plantava flores brancas, o pinheiro que crescia ao lado da janela do quarto da irmã, das noites em que ele cruzava o quarto da irmã para passar pela janela e descer pelo pinheiro rumo à escuridão da noite.

Depois, dedicou duas semanas inteiras a recordar, dia a dia, todas as conversas que tivera com Horácio em Buenos Aires, nos tempos em que os dois viviam na mesma cidade. Horácio inventara uma estranha combinação culinária e passava a vida se divertindo entrando em restaurantes e pedindo talharins à Horácio, que ninguém conhecia. Explicava: na manteiga, com pimentões e um bife à milanesa. Comia como um passarinho, elogiava a própria receita e contava todas as histórias que um dia pretendia escrever e que não escreveu jamais.

Um dia surgiu a fatia de memória ocupada por Camila, e então passou a sentir um tempo diferente, de cansaço: um cansaço que afogava, cansaço de água.

A presença de Camila se tornara um fantasma pegajoso, tomara o espaço de todas as outras fatias da memória, invadia histórias alheias, metia-se com outra gente em paisagens que não eram suas, onde não havia estado nunca, e ele já não sabia ao certo onde colocar Camila na memória ou onde colocar-se na memória de Camila.

Naquele tempo viajou primeiro para San José de la Montaña e internou-se num hotel com a determinação de escrever um concerto para flauta. Não escreveu nada, mas passou algumas noites na cama de uma moça chamada Carmen, que tinha cruzado o mar sem saber por quê.

Depois, viajou para Barcelona junto com a moça chamada Carmen, e viveram juntos durante dois meses. Passados os dois meses, ele viajou para uma cidadezinha da costa, alugou um pequeno apartamento e começou a escrever um concerto para flauta. Camila invadia suas noites e não o deixava dormir. Olhava a manhã escorrer sobre o mar e aos poucos foi entendendo que não conseguiria jamais escrever o concerto para flauta enquanto não se livrasse daquela fatia de memória.

Pensou em regressar para San José de la Montaña e depois decidiu parar em qualquer outra cidadezinha da América Central. Sem que jamais pudesse explicar a razão, foi parar em Manágua. Passou doze dias instalado num quarto de hotel e na noite do último dia começou a escrever um concerto para flauta. Escreveu a primeira parte do primeiro movimento, mas havia alguma coisa errada com a orquestra. Pensou que a orquestra estava cheia de vazios e concluiu que era muito natural, pois seria impossível, numa só noite, arrancar bem. Tinha claro o caminho da flauta, mas havia vazios na orquestra e por isso ele decidiu que era impossível escrever um bom concerto em Manágua e viajou para a Cidade do México.

Alugou uma casa que ficava nos fundos do terreno de um grande e veterano casarão. Passou dois ou três dias pensando que o vazio da orquestra se devia ao vazio da memória de Camila, que desaparecera para sempre certa noite em que ele da janela do hotel adivinhava, no escuro, o lago de Manágua.

Terminou rapidamente a primeira parte do primeiro movimento do concerto para flauta, e então a orquestra passou a crescer com rapidez alucinante enquanto ele perdia o caminho da flauta.

Por aqueles dias Arthur passou pelo México, rumo a Los Angeles, para uma série de gravações de Rachmaninoff. Não contou nada de suas dificuldades, agora com a flauta. Disse apenas que tinha começado o concerto e pretendia terminá-lo antes do verão, quando receberia o dinheiro da encomenda e viajaria para o Rio de Janeiro, onde passaria dois meses regendo uma orquestra.

Arthur dormiu, comeu, bebeu e no dia em que embarcou para Los Angeles contou que havia encontrado Camila três meses antes, em uma festa em Veneza, e que estava belíssima.

Na semana seguinte ele conseguiu, trabalhando dia e noite, chegar ao fim do concerto, que não saiu nem bom nem ruim.

Chamou um copista para passar as cópias a limpo, corrigiu algumas passagens do *cello*, marcou melhor certos ritmos com os clarinetes, reforçou o canto triste de dois trombones e telefonou para seu agente confirmando as datas dos concertos no Rio de Janeiro.

Três dias antes de embarcar foi convidado para uma festa na embaixada francesa, e estava naufragando num mar de aborrecimento quando decidiu ir até o jardim. Descia a escada do terraço que conduzia ao jardim e ao caminho estreito de pedras que levava à piscina quando ouviu um riso. Deu meia-volta e lá estava uma mulher morena que ria como Camila.

Perguntou a um francês quem era a moça. O francês se chamava Francis e fumava um charuto enorme. Disse que não a conhecia, que era uma uruguaia que pintava quadros ruins.

Ficou olhando para ela um tempinho e depois caminhou para o jardim.

Estendeu-se na grama e pouco a pouco adormeceu sentindo no ar um vento de pinheiros e flores brancas e lembrando o jardim da infância. Era mais fácil.

Três dias depois embarcou, levando na bagagem o concerto para flauta, devidamente corrigido, e na poltrona ao lado a moça uruguaia que pintava quadros ruins mas tinha o riso mais belo que ele vira em toda a sua vida.

A temporada no Rio de Janeiro foi um êxito, e ele passou noites sem fim com a moça uruguaia que na manhã de um domingo embarcou para o Uruguai prometendo voltar um dia enquanto ele embarcava para Manágua prometendo não voltar nunca mais.

Não voltou nunca mais e Camila jamais foi a Manágua. Em Manágua, ele tentou primeiro escrever um segundo concerto para flauta, depois tentou escrever um conjunto de seis peças para piano, depois se aproximou suavemente e para sempre de uma moça de vestido verde, depois tentou um quinteto para clarinete mas não conseguia fugir de um movimento de Mozart.

Decidiu passar seis meses sem tentar nada enquanto por telefone seu agente avisara que sua conta bancária estava emagrecendo dia a dia. Passados os seis meses, soube por telefone que não tinha mais agente nem conta bancária.

O rádio anunciava perigos, a moça de vestido verde tinha olhos enormes que também estavam cheios de perigo, mas ele mal percebia tudo isso.

Escreveu para Arthur perguntando por Camila, Arthur não respondeu. Ele não soube nunca que Arthur não sabia nada de Camila.

A última vez que se soube dele, estava cuidando dos jardins de um ministério em Manágua, e tinha pedido emprego de jardineiro na embaixada da França, na esperança de que um dia houvesse uma festa e aparecesse a moça que foi para o Uruguai prometendo voltar.

(1983)

QUANDO O CANÁRIO

I

São três e meia da tarde, e ele está inquieto. Olha para as mãos, olha para mim, passa os dedos pelos cabelos. Sorrio para ele, tomo um gole de vinho. O almoço acabou.

— Vai dar tudo certo, pode deixar. Eu sei cuidar de mim, e não é bom você ficar preocupado.

Sorrio outra vez e digo:

— Eu sei, filho. Eu sei.

O garçom traz a sobremesa que ele pediu: morangos, nove morangos espalhados cuidadosamente em cima de um colchão de creme.

— Quer um?
— Não, obrigado. Estão bonitos, filho.
— É.
— A vida inteira, você gostou de morango.
— É preciso ser coerente, não é mesmo?

Sorrimos os dois. Ele continua inquieto.

— Eu sei, filho.
— Eu queria que você não se preocupasse.

Ele não desconfia que em nenhum momento me preocupei além da conta.

— Ela vai comigo.
— Eu sei.

Não sabia, mas não importa. Nem sei ao certo quem é ela.

Faltam vinte para as quatro deste sábado de outono, olho para o meu filho na véspera da grande viagem, e não sei o que dizer. Ele olha o relógio na parede do restaurante.

— Preciso dar uma passada na casa do Theo, para pegar um dinheiro que ele me deve. Depois, de noite, vou com o Rafael...

E interrompe, como se tivesse se aproximado demais do terreno das confissões mais profundas, suas torres guardiãs.

— Quanto você demora?

— No Theo? Ah, entre ir e voltar, uns quarenta, quarenta e cinco minutos no máximo.

— Então leva o carro, eu espero aqui.

— Sério?

— Claro. Vou pedir outro café, fico lendo o jornal até você voltar, daqui a pouco aparece alguém para conversar.

Ele sabe que aqui sempre aparece alguém daqui a pouco.

— Se você não puder voltar em quarenta minutos, não se preocupe: apanho um táxi e vou embora. Vamos fazer assim: eu espero até as quatro e meia. Se der, você me pega. Se não der, nos vemos em casa.

— Sério mesmo?

— Mesmo. Não se preocupe. São quinze para as quatro. Vai com calma.

— Obrigado, velho.

— Nada, filho.

Velho. Era assim que meu pai chamava meu avô. Era assim que eu chamava meu pai. Pela primeira vez, meu filho me chama assim.

Lembro do enterro de meu pai: eu ali, atônito, minguado, só fiz dizer "Tchau, velho", e minha mãe repetiu a minha frase e nunca mais estivemos tão próximos, como nunca havíamos estado antes.

— Tchau, velho.

Eu sabia.

— Tchau, filhote

II

Meu menino sai apressado, fico olhando e pensando que as distâncias foram se insinuando cada vez mais e que desta vez é para sempre, e que de alguma forma fomos nos perdendo um do outro, e que por mais que me alegre com o vento que ele ergue quando caminha, preferia que estivéssemos outra vez na areia, olhando o mar, cheios de assombro.

São quatro e quinze, termino o café, ninguém apareceu, não quero mais nada, muito menos esperar. Alguma coisa está se quebrando neste exato momento. Por que ouço esta voz do aboio? De que canto da memória vem esta voz? Será que esticando os olhos para além do janelão e vendo o sol correndo enfraquecido pela rua esta voz se apagará?

Peço a conta, os olhos ardem, ardem, tenho pressa. São quatro e quinze e não sei que rumo tomar. Não estarei aqui quando ele voltar, quando alguém chegar.

III

Esta esquina, eu conheço. Agora tento recordar exatamente como era nos tempos em que nada disto que está aqui existia e era outra a cor da vida. Ali, onde está o posto de gasolina, havia uma padaria. Às vezes, vínhamos aqui de madrugada. A moça — aquela — tinha a estranha mania de agitar a cabeça para os lados, fazendo os cabelos dançarem com enlouquecida suavidade. Depois os prendia com a mão e continuava falando.

Meus sapatos. Pretos, de bom couro, com furinhos bordados na ponta, e bem amarrados. Odeio sapatos.

Estou nesta esquina há cinco minutos, tento recordar exatamente como era nos tempos em que nada disso existia e era outra a cor da vida, e lembro que às vezes vínhamos aqui de madrugada, e escolho a calçada do lado de lá, atravesso a rua com cuidado e lá vou eu, caminhando na direção da vida que foi, da vida de antes, e logo ali ficava a casa do meu tio, onde está esse prédio tenebroso, a casa que foi, a vida que era, do lado de cá da calçada, e caminho com passos firmes, meus sapatos elegantes, odeio sapatos, e olho para a frente, sempre para a frente, porque nada importa, além do que está lá adiante.

IV

São quatro e meia e é preciso apressar o passo. Meus sapatos elegantes. Ali na esquina, nesta outra, ali nasce uma rua sem saída. Na rua sem saída havia uma casa com um portão de madeira na frente, e no portão, um sol pintado. Pensando bem, um sol um tanto ridículo. Mas naquele tempo era só um sol. E existia a moça, outra, e seus grandes olhos e seus dedos estreitos e seu ar de desamparo que me amparava. Onde andará? Havia um girassol no pequeno jardim, e eu passo direto pela esquina, sem desviar os olhos para a rua sem saída, o portão, o sol pintado no portão, o girassol plantado no pequeno jardim. Está tudo ali, não está nada ali.

V

São quatro e trinta e cinco e meu filho deve estar voltando para me buscar no restaurante onde já não estou nem estarei nunca mais, se é que ele voltou. Amanhã, ele viaja.

Meu menino.

VI

Quando Sérgio provou pela primeira vez um picolé de uva, sentenciou: "Tem gosto de borracha." Guto discordou. No fim, chegamos a um acordo: tem gosto de borracha mas é bom.

De limão. Peço picolé de limão, um tanto sem jeito. Meus sapatos elegantes, que eu odeio, não combinam com picolé de limão. E meu filho, gostará de picolé de limão? Ele tem hoje muitos anos a mais do que eu tinha quando Sérgio descobriu que o gosto do picolé de uva era de borracha. Existirá, ainda hoje, picolé de uva? Caminhar por uma calçada que bordeia a avenida que não existia, o que existia era uma rua longa, da qual saía uma outra rua sem saída com uma casa com um sol pintado no portão e um girassol plantado no jardim: caminhar por esta calçada que tampouco existia, com um picolé de limão na mão e a certeza de que estou fazendo o que tinha de ser feito.

Já nem sei que horas são, nem sei quanto caminhei. Chamo um táxi, dou o endereço de um hotel num bairro elegante como os sapatos que odeio. Na boca, o gosto ácido do picolé. Na boca, sim, um gosto de brasa.

VII

A janela mostra a noite e a paisagem vazia da cidade. A janela mostra, um pouco à direita, lá embaixo, a torre escura, a torre da igreja recortada contra a noite, e na torre o relógio solitariamente iluminado diz que faltam dez para as duas da madrugada, e me pergunto se o relógio estará funcionando. Dormi muito desde que cheguei a este quarto de hotel, um vigésimo andar acima da cidade.

Estou em pé olhando a janela e o mar de luzes, este nada. Estou com um cigarro aceso na mão direita e me sinto muito cansado.

Olho o relógio na torre da igreja e saio da janela. Vou até o telefone, espero um, dois, três, quatro, cinco toques, meu filho enfim atende.

Aflito, o menino. Serei aflito assim quando ele some e me telefona de algum lugar no meio da madrugada para dizer que está tudo bem? Conseguirei dizer a ele que está tudo bem?

— Preciso que você venha até aqui.
— Mas onde é que você está?

Ele, aflito, ouve o que peço: que venha e traga a mala pequena, a cor de cinza que uso para viagens curtas, com duas calças, três camisas, essas coisas, e que venha, que venha rápido, sim, quero conversar com ele, por telefone não, não, que venha.

VIII

São duas e vinte, ele chegou, está aqui, na minha frente, e não sei o que dizer. Meu filho faz um esforço enorme e inútil para parecer calmo.

— Mamãe está sem saber o que fazer. Diz que você endoidou de vez.
— Converso com ela depois.

Ele fica olhando para mim em silêncio.

— É que acabou — tento explicar.
— Eu não tenho de ouvir isso. Vai lá dizer a ela. Eu, não.

Trutas. Quando ele tinha dez anos, adorava trutas. Achava a comida mais elegante do mundo. Meu menino.

IX

Daqui a algumas horas ele parte para a grande viagem e eu aqui, de que viagem cheguei, a qual viagem me lancei, quais as cinzas do naufrágio?

X

Calma. Tudo que eu sempre quis ter: calma. Mas tudo que consegui foi sempre dizer uma coisa e pensar em outra. Meu pai dizia que picolé, só de coco ou abacaxi. Estranha figura, meu pai. Meu velho.

Calma, sossego: isso é tudo o que eu sempre quis ter. Tudo que sinto agora é sono.

XI

Dez anos. Quando José Carlos morreu eu tinha dez anos. Ele comia ponta de lápis e roía borracha. Disseram que foi por isso que morreu. Minha mãe não me deixou ir ao velório nem ao enterro. Lúcia disse que José Carlos estava todo azul. Ela ficou muito impressionada. Eu tinha dez anos e achava Lúcia um tanto dentuça. Depois, foi um amor sem fim, que acabou. José Carlos comia ponta de lápis e roía borracha e morreu, e muitos anos depois encontrei na praia uma senhora que me chamou e perguntou se eu não me lembrava dela, eu disse que não e ela disse que se chamava Aparecida e ela era mãe do José Carlos.

Eu não me lembrava dela nem de nada, e depois fiquei me perguntando se Lúcia teria continuado um tanto dentuça para sempre, e me perguntando por que os amores que acabam nunca chegam ao fim.

Às vezes tento dormir e sonho com José Carlos, nos sonhos ele nunca tem rosto porque na verdade não lembro como era aquele rosto, e são sonhos tremendos, como agora, porque eu também comia ponta de lápis e mais de uma vez roí borracha, principalmente nas aulas de matemática.

XII

É curioso o amanhecer nas cidades. Vi o dia amanhecer em um sem-fim de cidades, e é sempre curioso. Havia aquela cidade que escorria para o mar, o hotel ficava no alto da colina, eram casas brancas e tamareiras na encosta, e amanhecia com a luz vindo de algum lugar que eu nunca soube qual era, mas de repente, com um ruído de esgarçar, amanhecia. E havia ainda outra cidade, a minha, e certa vez, depois de anos de ausência, fiquei do outro lado da baía e vi amanhecer sobre a minha cidade, *contra* a minha cidade, e era a coisa mais bela do mundo, e quando dei por mim chorava em silêncio, doía a coisa mais bela do mundo, e agora amanhece aqui, e é outra vez curioso, é suave, de algum lugar de trás da janela do hotel onde estou vem a luz, e é como se iluminassem um cenário vazio, de vez em quando passa um automóvel, recordo que é domingo, vejo na torre da igreja que são sete da manhã, dentro de três horas meu filho viaja, sei que não sei por que fiz o que fiz, mas sei que tinha de fazer, e me sinto muito cansado outra vez, como explicar a ela o que aconteceu, assim tão de repente?, mas estava por chegar, como as marés, e agora amanhece e sinto sono e desamparo.

XIII

Na verdade, entardece mais rápido do que amanhece. Ou não?
    De alguma forma, entendo que o preço da lucidez é a solidão.
    Sete da manhã. Em três horas meu menino viaja. No fundo, e mesmo que não queira, odeio os dias felizes que ele ainda vai viver.
    Penso em certas coisas, estou tão cansado.
    O pintassilgo é o ritmista dos pássaros. Domina os mistérios da percussão, dos timbres e dos contratempos como nenhuma

outra ave. Seu canto é ágil e tem um balanço extraordinário, inacreditável.

Já o canário é um clássico. O canário está para Haydn assim como o pintassilgo está para Stravinsky. O senso de equilíbrio dos dois é tal que eles jamais cantam ao mesmo tempo. Às vezes, quando o canário canta, o pintassilgo resolve fazer pequenas intervenções percussivas, porém sem exageros, de modo a não comprometer o brilho da execução do companheiro. Creio que os dois se entendem muito bem.

E agora amanheceu. Chegou o dia, e o dia é hoje. Talvez seja exatamente o contrário: amanhece muito mais rápido do que entardece.

Certo entardecer: lá se vai o sol, e de repente é noite, *e há uma finíssima lua nova que se esconde e se desvenda por trás das nuvens, e continuamos na espreita, esperando o cometa Kohoutek, já visível a olho nu, mas ainda sem a cauda, o que não tem a menor graça.*

Imagine só: o pintassilgo, ritmista dos pássaros.

Eu não podia nem mesmo imaginar que minha vida viria abaixo ou se ergueria das ruínas um dia, em um amanhecer num quarto de hotel, e esta viagem, a nova, a derradeira, e passou janeiro, e o lugar que eu e você abandonamos, e fomos embora, e passou janeiro e as suas noites escuras e eu à minha procura, e as madrugadas, a cidade lá embaixo, com seus contornos vazios, um cometa sem cauda não tem, com razão, nenhuma graça.

XIV

Ela tinha olhos enormes e uma cama extremamente pequena. Meus pés sobravam. Era um prédio antigo, escuro, baixo, e o amanhecer vinha de repente muito mais rápido que qualquer entardecer, qualquer crepúsculo. E eu saía a pé e caminhava na direção da beira-mar, e de longe sentia a maresia invadindo tudo, minha futura memória, e nunca mais pude esquecer o prédio, minhas escapadas furtivas, aqueles dias de amanhecer sem fim.

Ela também, e todo o resto. E de repente, aqui, contornos vazios.

Às vezes, quando o canário canta, o pintassilgo resolve fazer pequenas intervenções percussivas, porém sem exageros, e de modo a não comprometer o brilho da execução do companheiro.

Creio, sim, que os dois se entendem muito bem.

XV

Vou esperar que acabe de amanhecer. De todos os amanheceres, o que restou? A encosta suave, casas brancas, tamareiras; os contornos de outra cidade, a definitiva, a minha, a que a memória guardou, cicatriz; e os contornos desta aqui, vazios de tudo.

Porém sem exageros: serenamente vazios e doloridos.

Em um ano será outra vez janeiro, e de repente, outra vez: na boca um gosto de brasa, nos pés a memória de maresias e eu sempre ouvindo a cada noite escura meus passos à minha procura, como vindos de um fundo de quintal, e o canto feito fio de faca, o corte, o carro subindo a colina devagar, o pé de erva-cidreira, minha mão para fora da janela do carro, o aviso de minha mãe: "Cuidado, isso aí corta que nem navalha.", e já o talho, o sangue, e o que não corta que nem navalha, minha mãe? Esse amanhecer sem os contornos da cicatriz, minha cidade, aquela, definitiva, e eu aqui, outro talho, outro fio de navalha, de onde este canto que dilacera?

Certas auroras trazem rebanhos, dizia o aboio.
As minhas trouxeram promessas de notícias que não chegaram.
Não houve a derradeira lua, derradeiras luas, derradeiras luzes.
Tudo sumirá aos poucos, no breu do sono. Depois será outra vez a vez da lua. Às vezes, quando o canário canta.

(1992/1993)

ESSA MULHER

e a gente se inventava como quem projeta catedrais
(de uma canção de Renato Teixeira)

1

A igreja se chamava Santa Maria del Mar e ficava para os lados do porto, onde as ruelas são de pedra, estreitas e tortas, e onde à noite ainda existem lampiões como os de antes, em postes baixos, espalhando luz amarelada.

A memória guardou o nome da igreja e o jeito da rua estreita e torta, onde uma noite, há tempos, ele caminhara sem rumo até encontrar outra vez um bar que se chamava La Taberna de Santa Maria e que ficava exatamente ao lado da igreja. Nesse bar havia um homem que tocava uma pequena flauta de madeira, e ele ficou ouvindo o homem até que alguém, lá nos fundos do bar, gritou alguma coisa. Outro riu, e o homem da flauta foi embora e deixou na mesa um maço de cigarros, uma caixa de fósforos e meia jarra de vinho escuro.

Na tarde daquele mesmo dia ele tinha caminhado pelas ruelas tortas do bairro do porto com uma moça muito alta, de mãos finas e compridas, de mãos imensas, e tinham caminhado durante muito tempo em silêncio até chegar a uma praça onde meninos jogavam bola. A bola viera rolando até os dois e ele dera um chute forte. Os meninos riram, ele também, e depois os dois se sentaram na beira de uma fonte redonda, no meio da praça. A fonte estava seca e a moça alta contou que quando ela era menina morava numa casa ali perto e que então havia água na fonte e que nas noites de sábado as pessoas vinham passear na praça, e algumas famílias traziam cadeiras e ficavam conversando até tarde da noite.

— Naquele tempo — contou ela —, a cidade era menor, as noites mais longas e quietas, as pessoas mais cordiais.

Eles dois tinham caminhado durante muito tempo, e a moça alta lembrou que perto de onde estavam havia uma igreja muito antiga, onde os pescadores, quando a cidade ainda tinha pescadores, iam rezar uma vez por mês, quando era tempo de lua nova, e que ao lado da igreja havia um bar com mesas de mármore. Os dois foram ao bar e buscaram uma mesa perto da porta de madeira, uma porta alta e larga, e ficaram tomando cerveja e olhando a rua.

Quando começou a escurecer e os lampiões começaram a espalhar sua luz amarelada, ele disse para a moça:

— Acho que é hora. Não vale a pena tentar estender o tempo.

Quis dizer mais coisas, mas ela olhava com um olhar cansado. Saíram caminhando sem se tocar.

Deram voltas pelas ruelas em silêncio, passaram outra vez pela praça da fonte sem água, e numa esquina a moça parou e pôs a mão em seu ombro:

— Sei ir sozinha, conheço o caminho. Não diga até logo, não diga nada.

E ele deu meia-volta para não ver a moça ir embora, e começou a caminhar até que encontrou outra vez o bar que se chamava La Taberna de Santa Maria e ficou tomando cerveja até muito tempo depois de que o homem da flauta desaparecesse.

2

Agora, ele não conseguia lembrar o nome da rua da igreja, e estava muito cansado para andar procurando e, além disso, não valia a pena perguntar, naquela hora da manhã o bar certamente estaria fechado.

Era muito de manhã e não havia ninguém à sua espera: decidira fazer a viagem em silêncio, sem dizer que vinha.

Perto do porto havia uma infinidade de bares. Ao lado de um bar chamado *O Número 7* havia uma banca e ele comprou um jornal. Depois entrou no bar e era o primeiro a buscar uma mesa naquela manhã. Escolheu a que ficava junto da última janela, à direita. Quando começou a ler o jornal, aproximou-se uma moça de avental azul e ele pediu café forte, pão, manteiga. Começou a ler o jornal pela página de cinema enquanto pensava em que hotel iria ficar, e por quanto tempo.

Não havia nada de novo no jornal: o homem lia nomes familiares, lugares conhecidos, histórias sabidas. E sentia que ali, na mesa da última janela da direita de um bar chamado *O Número 7*, ler o jornal do dia era como ler esse mesmo jornal uma semana depois, longe, lá de onde ele estava vindo: era como se já soubesse o suficiente para acompanhar nomes, lugares, histórias distantes.

Ficou olhando a rua despertar. Pela janela passavam pessoas, ônibus, automóveis, uns poucos colegiais, marinheiros recém-amanhecidos, dois mulatos de bicicleta.

Pagou a conta, ficou na calçada olhando a rua até que chamou um táxi e deu o nome de um hotel, o mesmo velho hotel onde ele ficara algumas vezes muitos anos antes, perto da praia, nos tempos em que esta ainda era a sua cidade.

Pela janela do táxi as ruas passavam depressa, e o homem não conseguia sentir nenhuma emoção: era como chegar a qualquer cidade bonita em qualquer parte do mundo. O homem pensou que tinha sido maior a emoção da travessia que a da chegada.

3

No quarto do hotel, ao lado da cama, havia uma mesinha com um telefone branco. O homem abriu as cortinas da janela. O quarto estava no oitavo andar. Por cima dos edifícios, o homem via a faixa azul do mar. Abriu a mala, guardou as roupas no armário, depois entrou no banheiro, abriu a torneira do chuveiro.

Enquanto se enxugava na toalha branca, o homem olhava o telefone. Pensou: "Ligar para quem?" A quem dizer: "Cheguei, outra vez estou aqui?" Ligar para quem: a irmã, o irmão, a sobrinha chamada Julia que ele ainda não conhecia?

Como seriam as vozes de antes? Caminhou até o telefone, marcou o número 9, pediu uísque, gelo, água. Do bolso de um blusão pendurado no armário tirou uma carteira de couro esverdeado, de onde saiu um maço de pedaços de papel, tirinhas finas anotadas ao longo dos tempos: nomes, números. O homem examinava papel por papel e às vezes sorria. A quem corresponderia um 261-9300 com a anotação "depois das nove"? Quem atenderia ao 525-4268? Em que cidade moraria a Inês do 251-8546? Junto ao 666-2178 ele anotara: "Família". De quem?

O homem deixou os papeizinhos e se estendeu na cama. Não tinha ainda acendido o cigarro quando bateram na porta com a bebida.

O homem ficou deitado em silêncio, tomando pouco a pouco a bebida do copo alto, até adormecer, pouco antes do meio-dia.

4

O homem sonhou que chamava todos o seus amigos e que estavam todos vivos e felizes, um pouco mais cansados, e depois falava com mulheres que estavam vivas e felizes, um pouco mais sozinhas, e depois se reuniam todos em uma mesa imensa e ele olhava um por um descobrindo brilhos raros em cada um, e duas ou três mulheres olhavam para ele com ternura infinita e tomavam todos de um vinho claro que estava dentro de um enorme barril de vidro transparente colocado bem no meio da mesa, e ele descobria o grande amor outra vez em alguns curtos sorrisos e conversavam felizes e depois ele se levantava e junto com uma moça magra e morena, uma moça muito jovem, uma menina, saía caminhando para a praia e caminhavam na areia e depois se deitavam e se juntavam com fúria até o amanhecer e depois entravam no mar e eram tragados pelas águas mornas e desapareciam para sempre.

5

Acordou sentindo no corpo o gosto da moça e na boca o gosto do sal do mar. No sonho a moça se chamava Camila. Lembrou que jamais, em toda a sua vida, conhecera nenhuma Camila. Ficou tratando de lembrar, deitado na cama, até que se conformou: não conhecera nunca a moça que o levara para o fundo do mar. Era uma moça de cabelos escuros, lisos e compridos, um corpo esguio de menina.

Vestiu-se devagar, saiu do quarto.

Começou a caminhar e lembrou que, naquela cidade, havia um sem-fim de meninas de cabelos escuros, lisos e compridos, e uma infinidade de corpos esguios todas as tardes.

Perambulou pelas ruas olhando rostos, corpos, jeitos. De vez em quando parava em alguma esquina, à espera de tropeçar com alguém conhecido. Às vezes, sentia reconhecer algum rosto. Se enganou sempre.

6

Certa manhã, em um café perto da casa de Regine, no Marais, Julio contava a Ernesto: "Se você ficar perto da estátua de Lord Nelson, em Trafalgar Square, e pensar com absoluta concentração em uma pessoa, ela aparecerá."

Ernesto embarcou essa mesma tarde para Londres. Quando voltou, uma semana depois, foram tomar café no mesmo lugar e Ernesto contou que, um meio-dia, ficara aos pés da estátua e pensara, com todas as suas forças, em um sujeito que lhe devia dinheiro e desaparecera justamente em Londres.

— E ele apareceu? — perguntou Julio.

— Nada. Começou a chover, corri pela praça, escorreguei, acabei no chão, de quatro.

7

Sorriu sozinho ao lembrar a história de Ernesto. Caminhou mais dois quarteirões e, na esquina, resolveu provar a sorte. Mas não conseguia pensar em ninguém, não conseguia isolar nenhuma pessoa na maré de rostos e nomes que crescia em sua memória. Antes que começasse a passar a maré, resolveu parar no rosto gordo, sorridente e brilhante de Pedro, o garçom de um restaurante francês que dava crédito aos amigos e contava histórias engraçadas. Que fim teria levado?

Mas não, por ali não passaria ninguém e muito menos o Pedro Garçom. Resolveu apanhar um táxi, estava cansado de caminhar de um lado a outro.

Quase sem perceber, deu um endereço: a mesma rua, o mesmo número onde um dia existira um restaurante francês onde trabalhava um espanhol gordo chamado Pedro, que dava crédito aos amigos e gostava de contar histórias engraçadas.

Não reconheceu, ou quase, a rua. Do restaurante não sobrou nada. Desceu do táxi e, da calçada, olhou o mesmo portão de antes, atrás do portão a escadaria que subia até a porta, e atrás da porta havia o balcão do bar, onde às vezes ele pedia uma bebida enquanto esperava chegar alguém, desde sempre detestara comer sozinho, e ali estava ele uma vez quando a porta se abriu e entrou uma moça magra, de cabelos curtos como os de um menino e olhos enormes, e Pedro não quis jamais contar quem era a moça, que nunca mais apareceu.

Parado ali, na calçada, tentou adivinhar o que haveria agora atrás daquele portão fechado, o que teria sobrevivido de tudo o que ele vivera lá em cima, noite após noite, quando era jovem e se inventava como quem projeta catedrais.

Só uma casa vazia, abandonada.

Sentia fome. Lembrou que algumas quadras além, no alto da ladeira suave, havia um pequeno café. Caminhou, sentou, pediu um sanduíche e uma cerveja. Doze anos: doze.

Caminhou sem parar até voltar ao hotel, e pouco depois das duas da manhã, quando finalmente começou a conseguir dormir, sentiu que acabava de completar um século de idade, um século de viagens e temporais sem naufrágio nem rumo.

8

Alguma coisa estava quebrada para sempre. Não conseguia saber o quê, nem quando se quebrara. Alguma coisa, entretanto, não poderia jamais ser reatada: barco à deriva, sem querer naufragar, nem ânimo de navegar.

Em que ponto a coisa tinha quebrado? O que fazia ele ali? O que viera ver? Quem viera ver? Estaria tudo quebrado a partir da memória, ou estaria a memória também enfeitiçada? Onde a coisa se quebrara: algum rosto, alguma ausência? Nas histórias sempre interrompidas, essa necessidade de deixar e levar pedaços?

Podia partir: ir embora, às vezes, era fácil. Ninguém sabia que ele estava na cidade.

Sim, queria voltar a certas partes: uma casa branca, com janelões e gramados e árvores, o pai com um rosto aberto, um sorriso sem fim, o pai aos domingos cuidava do jardim, ficava de cócoras mexendo a terra, explicando as plantas, ditando cuidados e carinhos, as unhas do pai sujas de terra nas manhãs de domingo, antes do mar havia a terra do jardim, todos os domingos de carinho e alegria, teriam sido todos? Nunca mais o pai pusera as mãos na terra: também o pai foi perdendo fôlego na caminhada, sua própria travessia.

Tornou a dormir e quando tornou a acordar era mais de meio-dia, e sentiu que não queria amanhecer naquela hora ou em nenhuma outra.

Fazia muito calor quando saiu do hotel, e adivinhou que ia chover.

"Na última vez em que estive aqui", lembrou, "na última tarde, na última noite, também choveu, uma chuva fina que não parava nunca."

E então soube, de repente, aonde queria ir.

9

O homem está sentado, sozinho, numa mesa nos fundos do bar. O homem fuma olhando a janela aberta para a rua. As mãos do homem acariciam, distraídas, o vidro grosso do copo de cerveja. Pela janela aberta do bar entram os ruídos do mundo. A janela é alta, o homem não vê a rua: vê outras janelas, as dos edifícios.

Aos poucos o bar vai ficando mais cheio de gente.

O homem termina a cerveja do copo e pede outra e pensa: "Basta de dar voltas."

O homem lembra que na última vez em que esteve na cidade passou por aquele mesmo bar com uma moça bonita.

Disse: "Vamos?", e a moça disse: "Vamos. Para onde?" Naquele tempo, não importava.

Caminharam, naquele tempo, em silêncio, até a porta do edifício onde ela morava, um edifício antigo, de três andares.

Ali ficou ele os dois últimos dias de um tempo que se acabou para sempre. Depois ele tinha ido embora, e nunca mais soubera nada da moça que morava na outra esquina daquele mesmo bar.

O homem termina a cerveja, paga a conta e caminha até a outra esquina, agora já de noite, e pára na porta do edifício, exatamente como se lembrara há instantes na mesa do bar: são cinco degraus até a entrada, escadinha estreita, e o homem entra e sobe até o terceiro andar, e já não sabe o que fazer.

10

O homem percebe que a moça está um pouco mais cansada, um pouco mais gasta pelo tempo, que afinal não foi tanto. Vê o assombro nos olhos da moça, entra na casa murmurando "que loucura".

O homem olha com calma cada canto, e depois se senta na poltrona de tecido florido, grandes flores azuis e verdes, e olha a moça parada no meio da sala, com ar de assombro, e então a moça sorri.

Conversam tomando um vinho velho e áspero, e o tempo escorre, e era e é tarde da noite quando o clima pesado vai deixando frestas pouco a pouco, e os dois puderam e podem outra vez contar histórias e pequenas mentiras, e é e era tarde da noite quando caminharam descalços e vagarosos e tinham medo e foram e vão até o quarto, o mesmo de uma vez, há tempos. E então falaram de coisas medrosas e inúteis, e se deitaram, e ele apagou a luz.

11

Não conseguir dormir era, às vezes, parte de certa rotina. Fazia calor. Sentado na cama, o homem olhava as costas nuas da moça, que dormia de bruços. Queria que fosse aqui, este o lugar, mas sabia que não, outra vez não.

> *Essa mulher se parecia à palavra nunca,*
> *de sua nuca subia um encanto particular,*
> *uma espécie de esquecimento*
> *onde guardar os olhos.*
> *Essa mulher se instalava em meu lado esquerdo.*
> *Atenção atenção eu gritava atenção*
> *mas ela invadia como o amor, como a noite.*
> *Os últimos acenos que fiz para o outono*
> *se deitaram tranqüilos*
> *sob a maré de suas mãos*

Isso foi antes, em outro lugar. Ainda era e é noite quando ela acordou e perguntou se ele não dormia nunca.

Antes de amanhecer ele abraçou as costas nuas da moça e sussurrou: "Atenção atenção, eu gritava atenção."

Ela acordou antes do amanhecer sem perder o ar de espanto. Ele, antes do amanhecer, falou durante muito tempo, não parou de falar um só instante, ela ouvia espantada o desfile de nomes de ruas, cidades, praças, pessoas, cafés, histórias estranhas, histórias violentas, histórias de alegrias e de derrotas sem remédio. Depois ele ficou em silêncio e parecia exausto.

Ela não disse nada quando ele se aproximou e acariciou seu rosto, ela não disse nada quando ele beijou sua testa, ela não disse nada quando ele acendeu o cigarro.

Ele olhou para ela com amargura, ela olhou para ele com o mesmo espanto que tinha e que tem.

Ele não ouviu — e se ouviu não fez nenhuma diferença — o que ela disse, primeiro em voz baixa e depois em um grito, quando começou a caminhar para a janela aberta para a manhã que começava a chegar.

(Devo agradecer à moça que se parecia à palavra nunca, por ter chegado, ficado um pouquinho e ter ido embora; e a Juan Gelman, por ter escrito o poema sem nunca ter visto a moça.)

(1980/1984)

AS TRÊS ESTAÇÕES

I

Aquele foi um verão diferente, único. Um verão que começou antes da hora e que desde o princípio deixou estabelecido que se estenderia pelo tempo, atropelando calendários, previsões e memórias.

A casa erguia-se branca no meio da encosta, rodeada de grandes amendoeiras. A encosta descia no rumo do mar, suave no princípio, abrupta no final. Na casa, a rotina estabeleceu-se com os primeiros dias de sol, quando a força do verão mostrou-se com toda a sua impertinência.

Todos os dias, pouco depois das oito da manhã, o motorista saía no carro branco e ia até a aldeia, seguindo veloz pelos quatro quilômetros da estrada que corria sobre as rochas, beirando o mar. Voltava sempre às nove trazendo pão, a correspondência que recolhia no correio e, algumas vezes, um pacote de laranjas. Quarta-feira era o dia em que a cozinheira gorda, negra e tranqüila ia com ele. Sentava-se no banco da frente, ao seu lado, e viajava em silêncio, suspirando e olhando o mar. Na volta, trazia duas grandes sacolas de verduras e frutas e um peixe embrulhado em papel claro. Nesse dia, o automóvel branco demorava um pouco mais para voltar.

A casa era silenciosa e tinha grandes janelões e duas varandas enormes que se abriam para o mar.

* * *

Todos os dias, às dez da manhã, a moça aparecia na varanda de baixo. Era uma varanda de madeira, que ficava exatamente em frente da maior das amendoeiras e da imensidão do mar.

A moça era bonita como o mundo, silenciosa como a casa e tinha vinte anos. Às vezes aparecia com um vestido curto, claro e leve sobre o corpo bronzeado. Às vezes, vestia um biquíni escuro e usava um chapéu de palha.

A mesa era comprida, e a moça sentava-se para tomar café, suco de laranja e depois roía com preguiça um pedaço de queijo e invariavelmente abandonava uma fruta pela metade. Fingia ler o jornal e só então subia para a varanda do andar de cima, onde estendia cuidadosamente uma esteira para tomar sol. Havia várias cadeiras de lona de diferentes cores e formatos na varanda, mas a moça preferia sempre estender-se ao sol deitada sobre uma esteira.

Era ali que o homem costumava encontrá-la. Ele acordava sempre mais tarde, quando a moça já tinha cumprido a cuidadosa tarefa de estender a esteira, deitar o corpo esguio, tirar a parte de cima do biquíni e esfregar lentamente um óleo com perfume de amêndoas pelo corpo.

Fazia algum tempo que o homem tinha passado dos quarenta anos, e seu ritual das manhãs era rígido: às onze horas, e depois de dizer bom-dia à moça na varanda do andar de cima, ele descia, tomava chá e suco de laranja, comia meio melão, passava os olhos pelo jornal e ia para o pequeno estúdio nos fundos da casa, onde ouvia música e fumava, longe da moça. Lia a correspondência, respondia algumas cartas, mas não tentava trabalhar.

Os dois dormiam em quartos separados. Naquele verão, a moça era uma recém-chegada na casa branca da encosta. Viera no meio da primavera, logo depois que a mulher do homem fora embora.

Houve um diálogo derradeiro entre o homem e aquela mulher, mas a moça não sabia disso.

— Ela tem *vinte* anos! Eu tenho *roupas* de vinte anos! Você tem *discos* de *mais* de vinte anos!

Ele ficou olhando a mulher e disse em voz baixa:

— Ouvi essa mesma frase num filme. Que, aliás, era muito ruim.

Ela foi embora e poucas semanas depois chegou a moça com seu corpo esguio e empinado, sua coleção de chapéus de palha e sua mania de andar descalça.

O quarto da moça ficava no segundo andar. Ela dormia sozinha numa cama que ficava ao lado da janela. O quarto era grande. Às vezes o homem caminhava pela varanda até a janela aberta e ficava olhando seu corpo enquanto ela dormia. Nessas noites, ele costumava entrar pela janela e se deitava, devagar, na cama da moça. Mas amanheciam sempre em quartos separados.

No quarto do homem, que ficava no outro extremo da varanda do andar de cima, havia prateleiras com alguns livros e um pequeno gravador. O homem ficava sempre até tarde lendo e ouvindo música sentado na cadeira de balanço ao lado da janela. No quarto do homem o janelão dava para a mesma varanda por onde ele se esgueirava certas noites para olhar o corpo adormecido da moça. Mas ela nunca tinha feito aquele percurso, jamais entrara no quarto do homem saltando pela janela aberta: vinha pelo corredor, descalça e em silêncio, e se aninhava no chão, ao lado da pequena cadeira de balanço, e então o homem sorria e a encaminhava delicadamente para a cama.

O homem costumava fumar na cama e a moça detestava o cheiro de cigarros, mas não era por isso que dormiam em quartos separados.

A rotina daquele verão tinha sido elaborada cuidadosamente pelo homem no inverno anterior, quando ainda era outra a mulher e estavam em outra casa. O homem decidira tornar-se metódico e sereno, e às vezes conseguia.

Agora, no verão, ficava no pequeno estúdio dos fundos da casa até uma da tarde, e então ia para a varanda do andar de baixo, sentava-se à mesa e sorria para a moça.

Naquele verão comiam frutas, verduras e frios cortados em fatias extremamente finas. A cozinheira negra e gorda e silenciosa deixava as travessas com as saladas e as frutas e só aparecia trazendo café depois de certificar-se, discreta, que o homem cruzara os talheres no prato.

O homem e a moça, na verdade, conversavam pouco durante aqueles almoços de verão. Depois do café o homem voltava para o pequeno estúdio nos fundos da casa, e às vezes a moça ia com ele. Ouviam música e conversavam, e então a moça voltava para a varanda do andar de cima em busca do sol do meio da tarde.

Duas vezes por semana o homem ia até a aldeia jogar tênis. Nessas tardes a moça ia com ele e ficava perambulando pelas poucas lojas. Depois ia esperá-lo no bar que ficava na pequena baía onde os pescadores atracavam seus barcos.

O homem temia que a moça se aborrecesse. Procurava ser atencioso e delicado, mas sentia que era pouco. Por isso, duas os três vezes por semana, iam jantar na aldeia. Nessas ocasiões, ela conversava alegre e fazia planos para quando o verão terminasse e os dois fossem para algum outro lugar. O homem tomava vinho branco e comia peixe e salada. A moça costumava comer devagar e tocava de leve a mão do homem por cima da mesa.

Certos sábados, o homem levava a moça para dançar. Na verdade, o homem não dançava: ficava apenas olhando os movimentos da moça, e sentia um prazer especial vendo suas pernas soltas dentro do tecido frouxo do vestido curto, e mais ainda quando ela rodopiava e ele adivinhava a curva suave das coxas, a pele dourada mergulhando na derradeira tela, delicada e branca. Nessas noites, quando voltavam para casa ele armava uma rede larga na varanda do andar de cima e ficavam os dois soltos na brisa até pouco antes do amanhecer, quando o homem levantava-se devagar e ia para o seu quarto. Foram muitas as madrugadas em que a moça acordou sozinha e nua na rede com a chegada do sol.

II

No almoço daquele dia havia figos, presunto e, numa vasilha funda de louça branca, uma salada cheia de verdes, tons avermelhados, brilhos inesperados. Em outra vasilha com água e cubos de gelo havia alguns pêssegos maduros. O homem abriu uma garrafa de vinho branco.

A moça tinha saído do chuveiro e foi para a mesa enrolada numa toalha branca. A moça usava um chapéu de palha cor-de-rosa com uma fita azul, e o homem sorriu para ela e pensou que era certamente a coisa mais bonita e delicada do mundo. Achou em seguida que aquele era um pensamento banal, mas inevitável. Depois do almoço, em lugar de levá-la para ouvir música no pequeno estúdio dos fundos da casa, conduziu-a com delicada firmeza para o andar de cima. Viu a toalha cair e sentiu como cada milímetro de seu corpo recebia a moça com fúria.

No verão ocorrem coisas estranhas, e muito mais num verão como aquele, diferente, único.

Na tarde daquele mesmo dia em que almoçara figos antes de mergulhar no corpo da moça, ele foi até a cidade. Ela ficou dormindo na cama do quarto do homem, que deixou a janela aberta para a brisa que vinha do mar.

Naquela tarde, ele foi até a aldeia dirigindo o carro branco, o que era raro: usava sempre o pequeno carro escuro, mais discreto e veloz.

Jogou tênis durante uma hora e depois foi direto para o bar que ficava na pequena baía, sem trocar a roupa do jogo, os cabelos ainda úmidos de suor. Sentou-se na varanda, pediu uma cerveja e o jornal da tarde.

O jornal não trazia nada importante — na verdade, não trazia nem mesmo alguma coisa interessante — e o homem deixou-o de lado. Ficou tomando a cerveja e tentando recordar onde havia lido a estranha confissão de uma mulher: *Tenho quase trinta anos. Tenho dois homens, oito gatos, não tenho cáries (um dos homens é dentista). Um dia estava contando os gatos e distraidamente me contei.*

Foi há muitos anos, mas a frase ficou presa na memória. O homem achava a citação das cáries um tanto de mau gosto, mas não estava assim tão preocupado com este aspecto da questão. O que ele queria de verdade saber era o seguinte: que coisas a sua moça contaria? Ela estava longe de ter quase trinta anos, mas era capaz de tamanha solidão, tamanho vazio, pensava o homem. Ela seria capaz de, distraidamente, se contar entre o que quer que fosse.

Tenho quase cinqüenta anos, pensou ele, e imediatamente achou que estava exagerando um pouco. Achou também que aquele tipo de pensamento não levava a nada, e então pediu outra cerveja.

Certa vez, numa cidade estrangeira, o homem sentou-se num café que tinha mesinhas na calçada e ficou olhando a rua. Começava a cair uma chuvinha fina, era a hora em que as pessoas saíam do trabalho, e ele notou que eram pessoas bem vestidas. Tentou construir histórias seguindo com os olhos alguns homens e algumas mulheres. Perdeu-se, de repente, na multidão, e sentiu que estava indo embora rumo ao desconhecido, e teve uma espécie de medo, embora em nenhum instante houvesse saído da mesa do café. Era como contar gatos e distraidamente incluir-se entre eles, pensou. E, com um sorriso breve, pediu outra cerveja.

Nesse instante o gordo apareceu, vindo do nada. Custou a reconhecê-lo, mas o gordo encaminhava-se para a mesa com um sorriso decidido e um olhar vitorioso. O homem detestava encontros imprevistos com a imprecisa memória, e levou vários segundos até encaixar naquele gordo de sorriso impertinente e cada vez mais próximo um colega dos tempos de faculdade.

A conversa até que foi menos pesada que o temido. O homem respondeu intercalando sorrisos e evasivas, e o gordo revelou-se menos afobado do que parecia no começo. Logo depois trocaram promessas de reencontros e números de telefone. O homem estava exausto de tanto esforço para não dizer coisa com coisa, deu o número de sua secretária na capital, não disse exatamente onde estava nem quanto tempo ficaria na aldeia. O gordo, já em pé, disse que iria embora na manhã seguinte. Enquanto estendia a mão para o até logo final, o gordo disparou a pergunta mais temida, a imagem que o homem tentava evitar o tempo todo.

— Nunca mais vi — respondeu o homem. — Nunca mais soube dela.

A secura chegou a surpreendê-lo, mas já havia dito tudo. Mesmo assim, acrescentou com outro daqueles seus sorrisos breves:

— Vinte e tantos anos. É muito tempo. Perdi-a de vista há tanto tempo que perdi também a conta. Ela foi-se embora num calendário antigo.

O gordo ficou em silêncio, depois tirou do bolso da camisa um cartão de visitas e anotou, no verso, um número de telefone.

— Desculpe o cartão, mas é o único papel que tenho. Seja como for, não vou mais precisar dele. Anotei o telefone dela. Faz tempo que não a vejo mas sei que continua morando no mesmo lugar. Telefone, ela vai gostar.

O homem ficou com o cartão de visitas na mão, vendo como o gordo se afastava. Depois, e antes que fosse soterrado pela maré de irritação, pagou a conta e foi embora.

III

O verão prosseguiu com sua rotina de dias inacabados e fins de tarde suaves e prolongados. Várias vezes, nas semanas seguintes, o homem e a moça foram no pequeno carro escuro nadar em pequenas baías que ficavam além da aldeia. Levavam frutas e vinho, estendiam-se ao sol, e o homem via a moça afastar-se no mar em braçadas lentas.

Em algumas tardes em que não jogava tênis o homem fazia caminhadas solitárias. Numa dessas tardes ele foi parar em uma praia onde nunca havia caminhado antes. Era uma pequena baía, uns vinte quilômetros ao sul da aldeia. O homem estava sozinho e chegou lá dirigindo o automóvel escuro, que estacionou no final da praia. Começou a caminhar pela areia e era uma baía pequena, de não mais de dois quilômetros de extensão, e a praia estava deserta. No meio da praia havia um rochedo que se estendia até quase a beira do mar, erguendo-se, em sua parte mais elevada, uns três metros acima da areia. O homem pensou que com a maré alta a água chegaria até os pés do rochedo. De longe, notou que havia alguém sentado na pedra. Caminhou devagar, sentindo nos pés a areia ainda morna do fim da tarde. Quando estava exatamente na frente do rochedo ergueu os olhos para a figura sentada no alto. Era um homem que fumava olhando o mar. Pensou em fazer algum gesto, mas desistiu: o homem chorava.

Na volta, fez um longo desvio por trás do rochedo. O homem continuava lá sentado, e ele não queria tornar a invadir aquele território proibido.

IV

Foi logo após o almoço de um sábado. A moça havia chamado duas amigas para o fim de semana, e elas trouxeram um rapaz que contava coisas que achava engraçadas. Os quatro riam o tempo todo. O homem não gostava de visitas, e ainda mais visitas que ele não conhecia, e além disso sentia-se um pouco constrangido na frente dos amigos da moça, jovens como ela, mas a moça estava contente e ele não chegou realmente a se irritar.

Uma das amigas da moça tinha olhos grandes, que estacionou no homem durante todo o almoço. Ele achou graça e quando o almoço acabou, deixou-os sozinhos. A moça saberia distribuí-los pelos quartos de hóspedes. O homem foi para o pequeno estúdio dos fundos da casa e ficou procurando um disco que não ouvia há muitos anos.

Da janela do estúdio o homem via plantas, as copas de algumas árvores e uma faixa estreita do mar, que parecia suspensa entre as folhas das árvores.

Quando a tarde estava chegando ao fim e a casa estava em silêncio, o homem tirou de uma caixinha de madeira que ficava numa ponta da mesa do estúdio o cartão com um número escrito no verso.

O gordo anotara o número daquela mulher perdida no tempo e na memória com traços rápidos em tinta azul. O número estava no outro lado do cartão de visitas do gerente de uma agência de viagens. O gerente tinha um nome comum.

O homem ficou olhando a estreita faixa de mar entre as folhas e dando voltas no cartão de visitas. Finalmente tirou o telefone do gancho e discou o número. Ela continuava morando na mesma cidade de antes.

O homem ouviu o telefone chamando, calculou distâncias, e enfim uma voz de mulher atendeu.

Perguntou por ela. Ouviu que não estava. Perguntou a que horas voltaria.

— Foram passar o fim de semana na praia, voltam amanhã de noite.

Foram. Então era isso: foram. Quem seria esse *foram*? Um marido? O primeiro, o segundo? Filhos? Quantos?

Vinte e tantos anos. Ou teriam sido mais? Lembrava aquele rosto e aquele corpo, uma geografia única, que ele percorrera tanto e da qual se impregnara há muitos anos, aqueles anos decisivos. Achava que tinha se livrado para sempre e agora tinha dúvidas.

O fim de semana prosseguiu, mas o homem ficou à margem. Nas poucas vezes em que saiu do pequeno estúdio nos fundos da casa ouviu os risos da moça e de seus jovens amigos na varanda do andar de cima. Pensou que era uma sorte poder ficar sozinho.

Pouco antes do almoço de domingo ele subiu à varanda do andar de cima. Encontrou a amiga da moça — a de olhos grandes — estendida ao sol. Não viu os outros. A amiga da moça estava deitada de costas para o sol. Tinha o corpo bem definido, a pele avermelhada, os cabelos recolhidos na nuca por um laço de fita branca.

Naquela tarde, o homem levou a moça e os amigos dela até a aldeia. Foram ao bar da pequena baía onde os pescadores costumavam atracar seus barcos, tomaram cerveja e ele contemplou tranqüilo a alegria da moça.

Na segunda-feira, quando acordou, a casa estava novamente em silêncio, e a moça estava outra vez sozinha, estendida ao sol.

Não tornou a telefonar para a mulher perdida no tempo e na memória naquela segunda-feira. Mas no dia seguinte, pouco antes do almoço, subiu até o quarto, pegou o telefone que ficava na mesinha com abajur e, dessa vez, a empregada atendeu na primeira chamada.

Não, não estava: tinha ido levar os meninos na aula de natação.

— O senhor quer deixar recado?
— Não, obrigado.

Meninos. Então, era isso: meninos. Quantos anos? Seriam gêmeos? Aula de natação.

Naquela mesma noite, tornou a ligar.

— Ela saiu, foi jantar fora.

Sem saber direito a razão, perguntou pelos meninos.

— Foram dormir na casa do pai. O senhor tem certeza de que não quer mesmo deixar nenhum recado?

Agradeceu e desligou.

Ficou pensando: quem a levou para jantar fora? Qual o restaurante? Iriam sempre lá? Estariam saindo juntos pela primeira vez? O que ela comeria?

Sabia, por exemplo, que às terças-feiras os meninos tinham aula de natação. Lembrou o corpo da mulher saindo do mar em tantos dias de sol, e o corpo dela saindo de piscinas e banheiras e chuveiros e águas tantas de tantas partes, o corpo dela na chuva naquela tarde em que ficaram parados na rua rindo, a geografia coberta de gotas, e era como se ele, na época, conhecesse o que havia atrás de cada uma das infinitas gotas.

V

O verão prosseguiu assim. Houve ainda três visitas de fim de semana: os amigos da moça voltaram uma vez, o irmão do homem passou dois solitários dias, o filho do homem veio com um amigo.

A moça observou como o irmão do homem era silencioso e surpreendeu-se na única vez que os dois conversaram na varanda do andar de baixo num fim de tarde. Tomavam latas de cerveja e riam alto, e foi aquela única vez em que a moça viu o homem verdadeiramente alegre.

Os dois pareciam recordar coisas da infância e ficaram até tarde. Quando escureceu e a moça quis acender a luz da varanda, o homem pediu a ela: "Queremos ficar no escuro adivinhando o mar", disse, e continuaram conversando. Mais tarde, os dois decidiram jantar na aldeia e chamaram a moça.

Naquela noite o homem estava radiante, e na volta pediu ao irmão que dirigisse o automóvel branco. "Quero continuar adivinhando o mar", explicou, sentando-se no assento de trás e abrindo a janela.

Quando chegaram em casa, o irmão despediu-se e foi para o quarto de hóspedes. O homem levou a moça para a varanda de cima. Ficaram sentados em duas cadeiras de lona, de mãos dadas, até que o homem estendeu a rede larga e com delicadeza despiu a moça.

Ela acordou no meio da madrugada ouvindo vozes ao longe. Estava sozinha na rede e sentiu a pele se contrair levemente com a brisa. Levantou-se e viu o homem debruçado na amurada, olhando o mar, onde havia pequenas luzes que oscilavam: as vozes que a moça ouvira eram dos pescadores de três barcos que trocavam informações sobre cardumes ali, ao pé da encosta onde se erguia a casa branca.

Havia uma lua enorme no céu e a moça caminhou até o homem e abraçou-o por trás. E então, a moça viu: o homem chorava em silêncio. A moça encostou o rosto nas costas do homem e abraçou-o com mais força.

Foram juntos para o quarto dele, e quando clareou o dia, pela primeira e única vez amanheceram juntos na mesma cama.

Quando ouviu o automóvel voltando da aldeia a moça levantou-se e entrou na rotina do verão.

O homem apareceu na varanda pouco antes das onze e não disse nada: agachou-se ao lado da esteira e afagou o rosto da moça antes de descer para o chá, o jornal, o suco de laranja e para alguma coisa que tinha se partido para sempre.

A visita do filho pareceu mais breve, embora ele tenha ficado o fim de semana inteiro. O homem trancou-se com o filho no pequeno estúdio dos fundos da casa e ficou lá dentro a tarde de sábado inteira. O amigo do filho ficou na varanda de cima, e várias vezes a moça viu como ele observava seu corpo estendido no sol, e achou engraçado provocá-lo um pouco passando a ponta do dedo pelos ombros e depois descendo lentamente até a linha da cintura. O amigo do filho do homem era pouco mais jovem do que ela.

No domingo de manhã o homem levou o filho e o amigo do filho para pescar numa praia que ficava a uma hora de distância. Voltaram no meio da tarde com alguns peixes. Conversaram animadamente na varanda de baixo na hora do jantar e quando acordaram na segunda-feira os dois tinham ido embora.

VI

Os telefonemas continuaram, da mesma forma que as idas à aldeia certas noites para jantar, quando a moça conversava alegre e afagava a mão do homem por cima da mesa, e houve alguns sábados em que o homem levou a moça para dançar. O homem continuou jogando tênis algumas tardes por semana e reuniu parceiros do jogo e a moça no bar da pequena baía onde os pescadores atracavam seus barcos.

Faltavam poucas semanas para o verão terminar quando a moça começou a pensar no que fariam. O homem dizia apenas que havia tempo para tudo, até para pensar com calma no que fazer quando o verão chegasse ao fim.

O homem não estava preocupado, e ela resolveu não pensar mais no assunto. Ele estava achando a vida uma coisa estranha, fascinante e um pouco assustadora. "Só um pouco", dizia a si mesma. Aquela languidez, aqueles silêncios e, ao mesmo tempo, a estranha e profunda sensação de terra firme. Sim, haveria tempo para tudo, e o melhor era pensar com calma, depois.

Três vezes ela saiu sozinha até a aldeia, dirigindo o automóvel branco e grande. Numa dessas vezes seguiu adiante, até encontrar uma praia onde não houvesse ninguém. Deixou as alpargatas no automóvel e caminhou descalça até o mar. Tirou a roupa e nadou sozinha e nua, e quando voltou para casa sentia uma felicidade estranha.

Os telefonemas continuaram e o fim do verão parecia não chegar nunca, e o homem ainda não havia decidido para onde iriam. Foi quando ele fez um balanço do que sabia da mulher que não via há mais de vinte anos e de quem a cada dia recordava mais e mais.

Eram dois meninos, bem menores que o filho dele. O mais velho tinha aula de natação e pintura, o menor tinha aula de natação e flauta, o mais velho estudava inglês, o menor ainda não. O menor tinha pego uma gripe que durou quase uma semana, mas estava curado.

A mulher bateu o automóvel na saída de um posto de gasolina e estava tendo problemas com o seguro, mas o irmão prometera ajudá-la. Alguém havia levado uma caixa de biscoitos dinamarqueses de presente e a mulher tentou aprender a fazê-los, mas não conseguiu nada além de pequenos blocos adocicados e queimados. O pai dos meninos saiu para uma curta temporada de pesca no interior e a mulher não deixou o filho mais velho ir junto, o que causou uma crise de cinco dias que só foi superada com a promessa de comprar uma bicicleta vermelha assim que o verão chegasse ao fim e as aulas recomeçassem.

A mulher fora ao dentista duas vezes, o pediatra estivera na casa dela uma vez. A mulher saiu para jantar pelo menos uma vez por semana ao longo daqueles dias de verão, e sua prima havia passado quatro dias na casa enquanto seu apartamento era pintado. A irmã continuava morando na Itália, mas tinha problemas com o filho mais velho e também com o marido. As duas conversaram por telefone várias vezes ao longo daqueles dias, mas ele nunca soube de que falavam.

O verão cada vez mais perto do fim, e o homem sem decidir o que fariam no outono enquanto sentia que algo estranho acontecia na vida.

Certa noite subiram para a varanda do andar de cima, onde pensavam terminar uma garrafa de vinho branco que ele abrira durante o jantar de peixe e salada.

O homem tinha necessidade de dizer coisas à moça mas não sabia como e logo percebeu que tampouco sabia exatamente o quê.

Dizer algo assim: *Tenho medo que você acabe se cansando e vá embora*. Ou então: *Tenho medo que você perceba que eu estou, no fundo, tentando roubar uma fatia da sua juventude*. Ou então: *Tenho medo que você perceba que eu dependo destes dias e destas noites para continuar sabendo que a vida vale a pena*.

Havia longos silêncios naquele fim de verão e às vezes ele achava que a moça sabia exatamente o que ele queria dizer e não sabia.

Um dia, descobriu que os dedos da moça eram mais longos do que ele tinha notado e que era estranho seu jeito de olhar o mar.

Pensou em tudo aquilo que certamente iria descobrir enquanto a presença da moça durasse, e sentiu que acima de qualquer outra coisa necessitava daquelas descobertas, daqueles alumbramentos: sentia que sem a moça seria como se o mundo deixasse de se mover.

VII

O verão finalmente chegou ao fim e o homem não sabia para onde ir ou o que fazer. Era como se o tempo já não tivesse nenhuma importância, como se o que estava por chegar fosse tão inevitável e tão desaforadamente impotente que não valesse a pena pensar em nada. "Deixar fluir", pensava o homem nas madrugadas em que saía ao terraço de cima já não para se esgueirar até o quarto da moça, mas simplesmente para ver a noite ocultando o mar e esperar pelos sinais do esperado amanhecer.

Um dia estava contando os gatos e distraidamente me contei. O que ele poderia contar?

Naqueles primeiros dias de outono os telefonemas para a cidade distante, para a casa da mulher perdida no tempo, começaram a escassear. O dia-a-dia de uma mulher sozinha com uma empregada e dois filhos e alguns homens ocasionais tornara-se um tanto monótono. Ele tentara encaixar-se naquela rotina, em vão. E no entanto, em certas noites sentia falta de notícias. Tomava sempre cuidado para telefonar apenas em horas viáveis. Sentia-se incapaz de ligar às quatro da manhã para contar como podia ver do janelão do quarto daquela casa que ela jamais conhecera o temporal armando-se ao longo do mar.

Naquela altura do outono a rotina era outra. O homem passou a acordar mais cedo. Quando o motorista saía para ir à aldeia buscar pão, a correspondência e às vezes laranjas, o homem já estava desperto. Caminhava pela estrada que corria sobre as rochas beirando o mar. Ia até a aldeia e ficava ali, na margem da estrada, esperando o motorista surgir de volta dirigindo o grande automóvel branco. Acomodava-se então no assento de trás e voltava para casa olhando o mar, a cada dia mais acinzentado e distante.

Continuavam almoçando à uma da tarde, mas agora havia sopas e queijos e pratos quentes na varanda do andar de baixo da casa.

A moça já não tinha nenhum sol para abrigar seu corpo esguio. Havia mais silêncio entre os dois. O homem explicou que ainda não havia decidido o que fazer nem para onde ir, mas que logo deveria recomeçar a trabalhar. Sugeriu à moça que buscasse alguma ocupação para se distrair. A moça disse apenas que estava bem, que ele não se preocupasse. O homem continuava indo à aldeia duas ou três tardes por semana para jogar tênis, a moça continuava esperando no bar em frente da pequena baía onde os pescadores costumavam atracar seus barcos. A moça mantinha a pele dourada, apesar de o sol aparecer cada vez mais esbranquiçado pelas manhãs.

Já não se estendiam mais na larga rede na varanda de cima. A moça continuava entrando descalça no quarto do homem, quando a noite estava avançada, e ia aninhar-se no chão ao seu lado, e perguntava com os olhos se estava tudo bem, e então o homem estendia um daqueles sorrisos breves antes de afagar seu rosto e pensar que sem ela realmente o mundo deixaria de se mover.

Houve uma noite em que a empregada preparou uma pequena perna de cordeiro feita no forno com manteiga e ervas. O homem levantou-se para cortar as fatias mais finas que a moça jamais havia visto. Fazia frio na varanda e o homem disse à moça que no começo da semana seguinte iriam embora. "Temos mais cinco dias", disse ele. A moça respondeu que preferia ficar mais algum tempo. "Tenho de voltar ao trabalho", disse o homem. "Mas você pode trabalhar aqui", respondeu a moça. "Acho melhor irmos embora", disse o homem. "Está bem", concordou a moça.

Naquela noite, pouco antes de entrar em seu quarto, a moça passou no quarto do homem, que tinha subido antes.

Não entrou: da porta, viu como ele estava sentado na pequena cadeira de balanço ouvindo uma música especialmente triste enquanto olhava pelo janelão aberto para o escuro do mar e da noite. A moça não precisou entrar para saber que outra vez o homem chorava sem saber a razão.

Naquela noite, bem mais tarde, o homem telefonou para a casa da mulher que não via há vinte anos ou mais. Dessa vez, a mulher atendeu. O homem assustou-se: era exatamente a mesma voz. O homem não disse nada. A mulher repetiu duas, três vezes, aflita: "Alô! Alô!" Depois, desligou. O homem pensou: sei tudo. Perguntar o quê? Dizer o quê? Por que correr riscos?

Deixou o telefone e tornou a olhar para o nada através do janelão. No dia seguinte acordou tarde e saiu para caminhar quando a manhã estava avançando rápida para o meio-dia. Não voltou para o almoço: caminhou até a aldeia e de lá continuou, num ônibus barulhento, para a mesma praia onde meses antes vira um homem sobre o rochedo.

A praia continuava deserta e o mar mais feroz. A maré alta realmente chegava até o rochedo. Sentou-se na pedra alta e ficou olhando as águas enfurecidas.

Uma mulher sozinha que se aproxima dos cinqüenta anos vivendo com os dois filhos subitamente pequenos, uma empregada e alguns homens ocasionais. Quem seriam aqueles homens? Haveria, entre eles, lugar para mais um?

"Tenho quase cinqüenta anos e uma mulher que tem oito homens. Um dia estava contando os homens e distraidamente me contei", pensou ele. Depois repetiu a frase em voz alta, mas sabia que era mentira.

Onde aquela geografia que ele descobrira sozinho, quando todos no mundo eram absurdamente jovens?

VIII

Aquele foi um outono rápido e profundo, um outono que começou sem que o homem percebesse e que desde o princípio não deixou memória.

Na casa branca que se erguia na encosta que descia para o mar a serenidade abriu espaço para uma nova rotina, mais amarga, mais corrosiva.

A maresia invadia as manhãs da casa, com seu cheiro forte de mar e umidade. A moça passava as horas da manhã na varanda do andar de cima. Costumava amarrar um lenço prendendo os cabelos e ficava olhando o céu à procura de alguma coisa que nunca apareceu. De vez em quando lia um livro. Já não dormia nua e espalhada na cama do quarto grande e branco. Encolhia-se debaixo de um cobertor tecido a mão e muitas vezes levantava-se de madrugada para fechar a janela. Muitas vezes também viu o homem sentado na varanda, vestindo um suéter grosso e fumando no escuro.

Certa noite ela acordou com o vendaval e sentiu medo. Caminhou pelo corredor até o quarto do homem, mas o quarto estava vazio. Foi até o janelão e viu: o homem estava na varanda, encolhido atrás da amurada, apenas o rosto sobressaía olhando o mar, e então ela viu ao longe, contra os primeiros sinais de claridade da manhã que parecia não chegar nunca, uma nuvem que se erguia das ondas e se aproximava lentamente da terra. O vento enlouquecia as árvores e ela sentiu mais medo. Caminhou até onde o homem estava, agachou-se ao seu lado atrás da amurada, ele passou o braço pelos seus ombros e em silêncio apontou para o mar e para a nuvem que se erguia cada vez mais próxima, e quando a nuvem enfim chegou a moça sentiu no rosto as minúsculas gotas de uma chuva fina e afiada, que durou o tempo exato da nuvem passar.

A nuvem e a chuva fina foram como uma cortina que abriu caminho para a manhã. A moça sentiu-se protegida e ao mesmo tempo atraída por um raro desafio, o de esperar a nuvem que vinha do mar. Ela tentaria, o resto da vida, calcular o tempo daquele vendaval. Às vezes, achava que tinha sido mais rápido. Às vezes, achava que tinha durado horas. Quando tudo acabou o homem ajudou-a a se levantar e sem dizer nada abraçou-a como quem inaugura a manhã clara, fria a derradeira. Assim era aquele outono na costa.

O motorista levou a moça no grande carro branco até o aeroporto naquela mesma tarde. A viagem entre o aeroporto e a aldeia levava uma hora. Quando o automóvel saiu, a moça olhou para trás e viu o homem no portão da casa branca que se erguia na encosta. O homem fez um gesto largo e lento e sorriu.

Era tarde da noite quando o homem tornou a telefonar para a casa da mulher, e esperou até que a empregada atendeu. A mulher tinha ido ao cinema com a amiga. O homem agradeceu, não deixou recado, disse apenas que tornaria a ligar no dia seguinte.

Lembrava a mulher de vinte e tantos anos antes, sua maneira despachada de caminhar, os gestos, o riso, o rosto, recordava os dois caminhando pela areia da praia, os dois abrigando-se da chuva numa parada de ônibus de uma avenida movimentada, mas não conseguia recordar seu próprio rosto daquele tempo, e era como se naquela história ele tivesse perdido os traços da juventude, e os traços que via ao lado da mulher jovem eram os de seu rosto de hoje.

Adormeceu quando pelo janelão entravam os primeiros clarões do dia — outro dia de outono na costa, com um céu claro e um sol esbranquiçado que não dava nenhuma gota de calor.

Na manhã desse dia, ele tomava chá na varanda de baixo e passava os olhos pelo jornal quando a empregada perguntou o que fazer com os papéis amassados que se amontoavam junto da cadeira de balanço do quarto.

O homem respondeu que tudo aquilo era lixo. No mesmo instante recordou o cartão de visitas amassado no meio daqueles papéis, mas não disse nada.

IX

O homem sempre teve uma memória espantosa para números de telefone. Conseguia, sem maiores esforços, recordar até quarenta números sem precisar consultar nenhum papel. Sabia que o telefone da mulher perdida no tempo continuava armazenado nessa impossível memória e que continuaria ali por um bom tempo.

Na semana seguinte discou o mesmo número e ficou esperando, mas ninguém atendeu. Era sexta-feira à noite e ele calculou que a mulher teria saído com os meninos para o fim de semana e que a empregada certamente estaria de folga.

Naqueles dias o homem voltou a trabalhar no pequeno estúdio dos fundos da casa e também na enorme sala que ficava no andar de baixo, ao lado da varanda de madeira.

Na mesa do pequeno estúdio a correspondência que o motorista trazia todas as manhãs começava a formar uma pilha de dimensões importantes, mas o homem não dava a menor atenção. Tampouco lia os jornais pelas manhãs, e disse à empregada que não atenderia nenhum telefonema, a não ser que fosse a moça. Mas a moça não ligou.

O homem tinha saído para caminhar pela estrada que ia até a aldeia e depois continuou, no mesmo velho ônibus que o levara outra vez, até a baía deserta que tinha um rochedo dividindo a praia. Tirou os sapatos e caminhou pela areia, olhou o rochedo e continuou até o fim da praia, depois voltou para a estrada e ficou esperando o ônibus, que demorou uma eternidade.

Quando finalmente chegou à aldeia o homem estava exausto. Telefonou pedindo ao motorista que fosse buscá-lo.

Tinha acabado de se estender no banco de trás quando o motorista disse que a moça estava de volta, na casa.

Ela estava na varanda do andar de baixo e sorriu para ele, que ficou na entrada da varanda e abriu os braços enquanto a moça corria sempre sorrindo ao seu encontro.

A moça tinha cortado os cabelos.

X

Fazia frio à noite, mas mesmo assim jantaram na varanda. Depois passaram para a sala enorme do andar de baixo, e a moça notou que naquele tempo todo nunca tinham usado aquela sala: nos dias de calor e mesmo depois, quando o outono chegou, ficavam apenas no pequeno estúdio dos fundos da casa ou nas varandas ou no quartos, e pensou que aquele era outro sinal de que as coisas estavam erradas.

— Como foi? — perguntou o homem.

Ela olhou para ele e disse:

— Você já perguntou e eu já contei: foi tudo bem.

O homem pareceu não dar nenhuma importância à resposta.

— Quer um licor?

— Não. Consegui meu emprego de volta.

— Não quer nada?

— Não, obrigada.

— Eu vou tomar mais um pouquinho de vinho.

— Preciso começar a trabalhar já. Nem sei como consegui.

— Vou apanhar outra garrafa, volto num instante.

— Eu quero *conversar* com você. *Preciso*.

— Claro. É só um minuto, vou buscar o vinho.

A moça ficou olhando o janelão fechado, vendo seu próprio reflexo no vidro e adivinhando, atrás da escuridão da noite, um mar que perdera o sossego há várias semanas.

O homem chegou trazendo uma garrafa de vinho e um copo baixo.

— Que bom que você voltou, essas duas semanas foram difíceis. Tem certeza de que não quer vinho?

— Tenho. Não, não quero.

— Que bom você estar de volta.

— É que não voltei.

Ele olhou para ela e começou a sorrir.

— Eu só vim me despedir. Já disse, consegui meu trabalho de volta, vou procurar um apartamento assim que chegar lá.

Então o homem parou de sorrir, sentou-se numa poltrona mais próxima da parede, estendeu os pés sobre a mesa de madeira, tomando cuidado para não derrubar nenhuma das pequenas peças de cerâmica que estavam ali em cima.

— Eu disse que precisava conversar. Preferia que não tivesse acontecido tudo isso, que pudesse ser de outro jeito, mas não deu. Acabou. Vim apenas me despedir e buscar o que deixei.

O homem não disse nada. Acendeu um cigarro, tomou vinho, ficou olhando para ela enquanto pensava: "Então, é assim. Não durou nem mesmo quatro estações. Eu sabia que seria assim, mas pensei que não precisava ser, que poderia ser diferente".

"Então, é assim", pensou ele. "Buscar o que deixei."

— E você sabe o que deixou?

Ela olhou um pouco surpresa antes de dizer:

— Claro.

"Sabe nada", pensou o homem. "Veio buscar o quê: você estendida no sol, você com o corpo úmido, as gotas sobre a pele, cada gota, cada milímetro dessa geografia perdida, você e seus dedos, e o mundo que se move porque você existe? Veio buscar isso? Você nunca vai saber o que está deixando, e nunca vai saber o que está levando."

— Eu sinto muito — ela disse.

O homem continuou em silêncio, a moça levantou-se e caminhou até a janela.

— Não foi o que eu pensei que ia ser. Foi perfeito, mas acabou — disse ela.

— Está bem.

— Não, não está bem. Não diga que está bem quando você sabe e eu sei que não está nada bem. Mas é o que tem de ser.

— Está bem.

— Você sabe o que aconteceu? — e ela estava quase gritando.

— Sei — disse ele num sussurro —, você veio buscar o que deixou e está indo embora.

Ela pensou então que o homem podia ser a pessoa mais insuportável do mundo.

— O que aconteceu é o seguinte: eu não posso continuar. Eu me *desapaixonei* por você.

"A banalidade não tem hora nem limites", pensou ele, e sorriu.

— Você pode rir o quanto quiser, mas é isso. Sabe o que é? As suas armas de sedução já não funcionam mais. Não me *atingem* mais.

— *Armas de sedução*? Nunca pensei que tivesse *armas de sedução*.

— Ah, tem sim, e sabe muito bem como usar cada uma delas, mas comigo agora não funcionam mais.

— Está bem. Lamento.

"Armas de sedução", pensou. "Meu Deus, me poupe de ouvir esse tipo de coisa."

— Eu preferia que fosse diferente.

— Eu também.

— Mas não foi. E agora, vou embora, vou começar por onde deixei.

— Está bem.

Ficaram mais algum tempo sentados em silêncio na sala, o homem tomando vinho e a moça olhando a escuridão, e depois ela subiu sem dizer nada e ele continuou fumando e tomando o fim do vinho.

Era muito tarde quando ele subiu, entrou no quarto, abriu a janela que dava para a varanda e para a noite fria, saltou, esgueirando-se até a janela do quarto da moça, abriu a janela tentando não fazer nenhum ruído, e entrou devagar na cama dela. A moça estava acordada e sorriu para o travesseiro.

A moça pensava: "Eu devia ter dito a ele: não pude suportar a maneira como você se fechava em seu mundo, estabelecendo limites e fronteiras; era como se você me escondesse, como se marcasse espaços, deixando claro até onde eu poderia ir; ou como se quisesse roubar aos poucos a minha juventude, e aí senti medo e por isso vou embora; havia segredos demais, zonas proibidas, distâncias."

Não amanheceram juntos: quando o homem acordou na cama da moça, ela já tinha ido. Na verdade, não levou quase nada. O homem viu suas roupas penduradas no armário, viu alguns livros empilhados embaixo da mesinha de luz, o chapéu de palha cor-de-rosa com uma fita azul pendurado num prego atrás da porta. Mas sabia que ela tinha ido para sempre.

XI

O homem nunca soube como foi aquele inverno na costa. A moça foi embora muito cedo, enquanto ele dormia, e depois ele quis arrumar as coisas dela como se a moça fosse voltar a qualquer momento.

Tirou seus vestidos do cabide, dobrou cada um deles com cuidado, e era como se carregasse corpos vazios de vida, pensou que o melhor era deixá-los pendurados, e então desistiu. Não quis abrir as gavetas, deixou tudo e saiu do quarto pensando que nada do que estava acontecendo era verdade e que ela voltaria ainda antes do almoço.

Passou o resto do dia na varanda do andar de cima, sentado numa cadeira de lona com uma manta azul sobre os joelhos, lendo um livro e adivinhando o rumo dos ventos e pensando que o inverno seria cruel e que mais valeria não esperá-lo. Não haveria a quarta das estações na costa. Ao menos, para ele.

Quando anoiteceu entrou no quarto e pegou o telefone. Tentou mas já não conseguiu lembrar o número da mulher que tinha ficado perdida no tempo e de quem ele sabia tudo ou quase.

Soube que nunca mais conseguiria lembrar o número e soube também que não procuraria quem pudesse saber. Estava corroído pela preguiça ou pelo medo, ou pelas duas coisas.

Na manhã seguinte, logo cedo, ele pediu ao motorista que o levasse ao aeroporto.

"Quando vi que cortou os cabelos entendi que tinha acabado", pensou. "Foi como se ela tivesse ficado mais velha ou mais triste, eu entendi na hora."

Levava uma pequena mala de lona, e disse à empregada:

— Não sei quando volto. Talvez na primavera. Cuide de tudo.

(1992)

AS CARTAS

Agora, já não. Mas teve uma época em que escrevíamos cartas. Era um tempo bom, e me lembro. Jamais pude vencer a memória: ela continua viva, e devolve as coisas quando quer. Devolve, por exemplo, o tempo das cartas.

Eram cartas estranhas, escritas por uma moça estranha. Eu recortava trechos das cartas da moça, e depois colava esses trechos em folhas de papel, e depois ia recortando as folhas e colando os recortes em outras folhas, armando mosaicos. No fim, não sabia mais em que ordem tinham sido recortadas, e do mosaico nasciam outras cartas, que eu então respondia.

De tudo o que ela me escreveu naqueles meses todos fiz cartas que falavam de ruas e esquinas, igrejas e rostos e luzes, e uma desesperança infinita aparecia de vez em quando, principalmente nos trechos em que surgiam coisas que não fizemos nunca. As cartas que armei das cartas que ela me mandou nos devolveram a areais sem fim e a noites de chuva, nos devolveram a quartos de janelas abertas e nos devolveram a camas desconhecidas, e nas cartas que armei das cartas que ela me escreveu venci batalhas em que eu era sempre jovem e percorri laranjais com meu avô e bosques de eucalipto em tardes de um outono sem chuvas.

Um dia fiquei esperando. Foi minha, a última carta: a resposta não chegou nunca.

Era um mês de maio em Madri e eu queria armar uma estranha carta definitiva onde caminharíamos juntos, cheios de preguiça, perseguindo um sol esbranquiçado em esquinas de ruas com nomes como os das ruas da infância: ruas que se chamavam da Amargura, do Peixe Voador, dos Perigos, da Lua.

Passou um tempinho e mandei duas linhas para o endereço de sempre, dando o nome de uma cidade da fronteira e um número de telefone.

Certa madrugada ela chamou. Pedi a ela que fosse me ver na fronteira. Das cartas, não dissemos nada: seu tempo começava a ser morto, e não se fala de tempos mortos. Pedi a ela que fosse até a fronteira e ela não viajou daquela vez, nem viajou nas outras, quando eu chamava por telefone no meio da noite.

Um dia, escreveu: "Penélope quis ser Ulisses, não conseguiu."

Nos vimos muitos meses depois, almoçamos e dissemos que tudo ia bem, e depois ela pediu que fôssemos até sua casa. Eu queria nascer e crescer dentro dela.

Deixei-a caminhar na minha frente e era bom ver seu caminhar. Eu diminuía o passo para vê-la mergulhar no meio das pessoas. De repente, em uma esquina, ela parou e deu a volta para ver onde eu tinha ficado. Atrás dela ficou o sol e jogou uma luz estranha em seus cabelos e atravessou, impune, sua saia. Ela sorriu à minha espera.

Ainda sorria quando cheguei ao seu lado. Continuamos caminhando um pouco mais. E então ela disse: "Foi bom ver você."

E eu entendi que nunca mais. Quando voltei para a fronteira, recortei as folhas onde tinha colado os recortes de outras folhas com recortes das cartas, e armei enfim uma carta cheia de fúria e tristeza, que naquela mesma tarde pus no correio.

Isso tudo aconteceu pouco antes do verão, aquele verão de chuva e caminhadas pela praia, caminhadas solitárias, aquele mesmo verão em que eu estava caminhando pela praia quando Eduardo chegou correndo para dizer que ela tinha disparado uma pequena Beretta contra o queixo.

(1982)

COISAS DA VIDA

Na verdade, foi fácil acostumar com o câmbio de cinco marchas. Bem mais complicado foi aprender a controlar a potência e a agilidade do motor. Hoje em dia, câmbio de cinco marchas é quase uma vulgaridade, qualquer automóvel japonês tem, mas naquele tempo era diferente. Eu havia comprado aquele carro italiano dois meses antes, e volta e meia ainda me surpreendia entrando em curvas fechadas numa velocidade muito superior à que seria recomendada. O carro era muito estável, tanto que eu às vezes não sentia que estava tão rápido, e ainda assim — ou talvez por isso mesmo — passei bons sustos naquelas primeiras semanas.

Na noite do telefonema, eu tinha acabado de jantar e me preparava para terminar a garrafa de vinho tinto ao lado da lareira. O canal 5 havia programado um bom filme para as onze da noite, e resolvi terminar de ler um livro meio sem graça enquanto esperava. Eu tinha acabado de apanhar o livro quando o telefone tocou.

Era uma noite fria, naquele começo de inverno. Eu estava morando na casa da montanha desde o finzinho do verão: cinco meses. O telefone não tocava quase nunca. Passava dias no mais completo silêncio pela simples razão de que pouca gente sabia meu número. Havia muitos recados no telefone do apartamento da cidade, e a cada três ou quatro dias eu apanhava esses recados usando o controle remoto da secretária eletrônica. Eu sempre me fascinei com esse processo: discava o número do apartamento da cidade, e através do aparelhinho de controle remoto acionava a máquina e ouvia os recados gravados. Também isso, hoje em dia, é banal. Mas naquele tempo, era um fenômeno.

O telefone da casa da montanha passava dias inteiros em silêncio porque os que conheciam o número sabiam que eu estava numa temporada de trabalho intenso, e prefeririam esperar que eu ligasse, temendo me interromper. É estranho como as pessoas respeitam certo tipo de trabalho. Temem interromper. Muitas vezes elas não sabem que só interromperiam o tédio da esterilidade, a impotente agonia.

Eu havia decidido, naquela temporada de alguma melancolia e muito trabalho, ficar isolado até o fim do inverno. Às vezes me dava alguns dias de folga e saía pela estrada no carro italiano. Seguia sem rumo até encontrar algum lugar que fosse simpático, ou então ia até a cidade para um encontro, um almoço, andar ao léu no frio, olhar as pessoas.

Da casa que eu alugara na montanha até a autopista que levava à cidade havia doze quilômetros, e era a parte mais perigosa do caminho. A estrada era estreita e, claro, cheia de curvas. Pela autopista havia mais vinte e quatro quilômetros até a cidade. Algumas vezes, ainda desacostumado com o automóvel italiano com câmbio de cinco marchas, eu havia feito a viagem em menos de vinte minutos. Um bom cálculo para uma viagem serena era de cerca de trinta minutos.

Na noite do telefonema, eu, como sempre naquela casa, jantara sozinho: brócolis cozidos na água e sal e depois passados levemente na manteiga, duas pequenas e esplêndidas trutas, batatas assadas no forno. Após o jantar, deixei pratos e talheres na pia da cozinha. Todos os dias, às dez da manhã, quando eu geralmente ainda estava dormindo, chegava a empregada. Ela arrumava o que havia para ser arrumado, preparava um almoço leve, limpava a cozinha, preparava o jantar, que deixava no forno, e às quatro e pouco ia embora. Era uma mulher calada e taciturna, que cozinhava muito bem. Quase não conversávamos. Às vezes, eu só notava sua ausência muito depois da partida. Quando ela precisava de alguma coisa, deixava uma lista na mesa da cozinha, e então eu ia até a aldeia, no pé da serra, a uns oito quilômetros da casa, fazer as compras.

Naquele tempo, eu estava trabalhando com algumas imagens fixas, que eram uma espécie de obsessão. Havia até mesmo escrito, com uma caneta de ponta grossa, a lista das imagens, e pregara o papel na parede do salão com janelas enormes que usava como estúdio.

A relação das imagens que eu buscava enquanto elas me perseguiam:

> — *três malas baratas, de papelão, empilhadas no canto de um cômodo qualquer, que eu não identificava muito bem, um cômodo mal iluminado;*
> — *uma caixa de pilhas Eveready;*
> — *um velocípede claro, encostado na parede de um quarto vazio;*
> — *uma bolsa pendurada num prego, na parede de um quarto vazio;*
> — *uma cômoda com tampo de mármore, um espelho manchado, e sobre a cômoda um rádio antigo e uma caixinha de madeira fazendo as vezes de porta-jóias, e um porta-retratos com a moldura vazia;*
> — *fardos de algodão empilhados num galpão de madeira, e a luz entrando por uma clarabóia que*

não se via, e no facho de luz que incidia sobre os fardos de algodão flutuavam pequenas partículas brilhantes;
— uma mesa de cozinha, e em cima da mesa um bule provavelmente azul, duas xícaras de ágata, a manteiga num pote de cristal;
— um rosto de criança olhando a chuva pela janela.

* * *

Naquele tempo, eu estava trabalhando com certa dificuldade. Estava sozinho e sentia uma estranha, profunda e incômoda piedade. Uma compulsiva piedade a esmo. Acordava no meio da noite recordando pessoas das quais fazia tempo não tinha notícia, e sentia por cada uma delas uma imensa piedade, porque não eram felizes. Repassava na memória cada rosto, cada nome, e me perguntava se alguma vez tinham sido felizes. Às vezes, tornava a fechar os olhos e continuava vendo aqueles rostos, e no torpor de um sono que não acabava de chegar eu tentava um sonho, no qual eu dizia às pessoas, aos rostos, que podiam contar comigo, que eu era capaz de entendê-las, que sentia por elas e por mim uma piedade infinita.

Naquele tempo eu não era feliz, mas não pensava em nada disso quando o telefone tocou. A única coisa que me ocorreu foi pensar quem me telefonaria naquela hora, e pensei que acabara de perder o filme que o canal 5 havia programado para as onze da noite.

Era a voz solene e aflita de Luís. Eram oito e meia da noite. Ele telefonava do hospital. Estava com a mulher desde as sete naquele hospital, esperando os resultados do exame em seu filho, um bebê de um mês e meio. Os resultados acabavam de chegar: o menino seria operado antes das dez da noite.

Eu havia encontrado Luís uma semana antes, numa escapada furtiva à cidade. Encontrei-o na porta do velho prédio dos Correios. Ele me contou que estava tendo problemas com o filho recém-nascido. Um problema congênito, de difícil diagnóstico. Naquela mesma noite do encontro acordei de repente, sentindo uma imensa piedade por Luís. E agora o telefonema.

— A criança chorou a tarde inteira — dizia ele. — Procuramos o médico, e ele não nos deixou voltar para casa. Viemos diretamente para o hospital. Uma sorte, disse o médico.

Eu conhecia Luís e Laura fazia algum tempo. Não éramos propriamente amigos, mas havíamos enfrentado, ele e eu, situações difíceis, e isso tinha gerado entre nós aquela espécie de companheirismo de trincheira. Gostava dele. Era dos poucos a quem havia dado o número do telefone da casa da montanha.

— Sei que você deve estar ocupado — dizia Luís —, mas gostaria que viesse até aqui. Não conhecemos muita gente na cidade. Laura está muito assustada. Eu estou muito sozinho.

A última coisa que eu gostaria de fazer naquela noite era sair no frio e dirigir até a cidade e entrar num hospital. Pensei no filme que o canal 5 mostraria e que eu acabara de perder.

— Em meia hora estou aí.

Apanhei cigarros, desisti de encontrar o isqueiro, peguei no aparador da lareira a caixa de fósforos, vesti um velho paletó de veludo, as luvas, um boné, enchi de uísque uma pequena garrafa de prata, que guardei no bolso de fora do paletó.

Eu havia deixado o automóvel fora da garagem e ele custou um pouco a pegar. Manobrei com cuidado e pensei que a estrada que levava à autopista estaria especialmente perigosa. A chuvinha que caíra de tarde era capaz de haver deixado pequenas poças nas curvas, e muitas vezes, quando anoitecia naquele inverno, essas poças se transformavam em pequenas placas de gelo. Só pisei fundo quando cheguei à autopista.

Havia pouco movimento, e sintonizei o rádio do carro italiano numa emissora que tocava velhos sucessos dos anos 50. Na verdade, a quinta marcha é uma verdadeira maravilha, sobretudo num motor como aquele, de ronco suave e contínuo. Não se deve jamais engatar a quinta marcha em velocidade inferior aos sessenta por hora, e nunca forçar o motor nesta marcha quando o automóvel estiver fazendo algum esforço — uma ladeira, por exemplo. Eu só usava a quinta a partir dos oitenta por hora. Queria tratar bem a caixa de mudanças: o carro era preciso, mas exigente. Era delicado. Era, por certo, diferente dos automóveis que eu tivera até então, velhos carros americanos com mudança automática e direção hidráulica, tudo muito suave, confortável e impessoal. No automóvel italiano, eu sentia o volante vibrar muito levemente enquanto observava o velocímetro subir e se estabilizar na marca dos cento e cinqüenta.

Fumei um cigarro ao longo da viagem da casa da montanha até a cidade, e pensei que seria uma boa idéia retornar ao hábito de fumar dois ou três charutos por dia, agora que não havia ninguém em casa para reclamar do cheiro.

Naquele tempo, eu estava assim: qualquer coisa era pretexto imediato para recordar que estava sozinho, que na casa da montanha não havia ninguém, ninguém ao amanhecer, ninguém no almoço, ninguém no fim da tarde, ninguém.

Eu nunca havia estado no hospital central da cidade, mas sabia como chegar lá ao sair da autopista. Eu morava naquela cidade havia cinco anos, e nunca tinha estado no hospital central. Naquele tempo, eu esbanjava saúde.

O pátio do estacionamento estava coalhado de carros de todas as cores e tamanhos. Fiquei imaginando quantos deles teriam cinco marchas, e concluí que bem poucos.

O edifício principal erguia-se iluminado contra o céu escuro. Luís e Laura estavam no setor de emergência pediátrica. Na recepção, me informaram: Setor B, sexto andar. Estranho método, colocar um setor de emergência no sexto andar. Os hospitais têm suas peculiaridades.

Na recepção, uma mulher com ar cansado pergunta se sou parente da criança. Explica:

— O horário de visitas terminou.

— A criança tem um mês e meio e vai ser operada.

— O senhor é parente? — ela insiste.

— Mais ou menos.

— Só pode subir se for parente.

— Então, sou — respondo e caminho para o elevador. Ela diz coisas que não ouço.

Sempre me irrito com a prepotência de recepcionistas, zeladores, porteiros, ascensoristas, balconistas, caixas de banco.

* * *

Luís estava tenso e muito assustado. Laura tinha os olhos vermelhos e me abraçou quando cheguei na pequena sala de espera do Setor B, sexto andar.

Luís me levou até um canto, pediu um cigarro. Eram nove e quinze.

— Vão começar a qualquer instante — disse ele. — A operação é demorada, vai levar umas três ou quatro horas.

E me explicou em detalhes o que o menino tinha, e como seria a operação. Na verdade, eu nunca havia imaginado que alguém pudesse nascer com semelhantes defeitos de origem. Mas só ficava pensando, enquanto Luís me explicava como seria a operação, aquele corpo que media pouco mais de dois palmos sendo revirado do avesso. Em seguida, fiz força para não pensar mais no assunto, para afastar a imagem.

Naquele instante, uma enfermeira avisou que o bebê tinha acabado de ser levado para a sala de cirurgia. Laura soluçou forte e foi chorar numa poltrona afastada. A irmã estava com ela. Eu não conhecia a irmã de Laura, que se chamava Inês. Era jovem e bonita, mas menos que Laura.

Luís e eu ficamos em silêncio durante muito tempo. De vez em quando ele dizia alguma frase, perguntava coisas sem muito nexo. Queria saber, por exemplo, se a empregada que ia na minha casa cozinhava bem, se sabia preparar costeletas de carneiro. Depois, mais silêncio, e então ele quis saber como eu me tornara sócio de um clube de vinho, que a cada mês entregava caixas de vinho especialmente reservadas aos sócios. Depois mais silêncio outra vez, e vinha a pergunta sobre determinado restaurante, ou sobre o empréstimo que eu tinha feito para comprar um quadro que acabei não comprando nunca.

A calefação da sala de espera funcionava bem, mas eu continuava sentindo muito frio nos pés, e percebia que Luís interrompia os longos silêncios dizendo frases cada vez mais disparatadas, porém sem perder a serenidade, falava uma coisa pensando em outra muito distante daquilo tudo, como se falar fosse um meio de esquecer onde estava, esquecer as poltronas, as grandes janelas que mostravam a cidade distante, o céu de inverno. O hospital era cercado por um grande jardim, e os primeiros edifícios, ali daquele sexto andar, apareciam longe, e o pátio de estacionamento ainda coalhado de automóveis de todas as cores e tamanhos e lá, entre eles, meu automóvel italiano.

Laura foi com a irmã até a cafeteria que ficava no outro extremo do corredor do sexto andar, Setor B; fiquei sentado a algumas poltronas de distância de Luís, que contemplava meus sapatos e de vez em quando saía do marasmo já não para perguntar, mas para fazer revelações inusitadas ou traçar paralelos e explicações que na verdade não tinham a menor importância e não interessavam a ninguém.

Falou, de repente, sobre as diferenças fundamentais entre os tipos de café que a América Latina colocava no mercado mundial. Explicou que o principal entreposto era Hamburgo. Fazia seis anos que eu não tomava café, mas ele não se importou com a informação. Continuou até concluir, com ar misterioso:

— Há muitos equívocos em relação ao que é *realmente* um bom café.

Eu pensava que existem lugares onde se trabalha melhor que em outros, e a casa alugada na montanha tinha sido um verdadeiro achado. Até o fim do inverno, com certeza, eu terminaria o que estava fazendo. Seria, então, novamente hora daquele período de expectativa e ansiedade. Naquele tempo, eu não precisava de dinheiro. Havia vendido bem meu trabalho, e o que estava fazendo na casa da montanha certamente seguiria o mesmo caminho.

Pensava nisso e pensava também que minha vida tinha entrado em outra daquelas espirais imprevistas e nebulosas, e que eu tanto poderia continuar naquela casa da montanha por muitas outras estações ou então de repente empacotar tudo e ir parar na outra ponta de algum outro mapa, e que sempre buscara esta espécie de liberdade de nômade sem notar que ela levava a muito poucos lugares, e em geral a lugares sem nenhuma surpresa, sem emoção, sem mistério.

De braços dados, Laura e a irmã voltaram da cafeteria. Sentaram-se em poltronas perto de onde eu estava. Laura e seu rosto lavado e estranhamente plácido fez com que eu sentisse uma súbita piedade por ela, por Luís, pelo bebê. Sentei-me ao seu lado, segurei sua mão. Ela esboçou um sorriso, como se dissesse está tudo bem, e minha piedade se multiplicou. Fiquei pensando que, em minha vida, nunca pude sentir a serenidade que sentia naquele momento, segurando a mão frágil de uma mulher bonita e desesperada.

Deixei a poltrona, deixei Laura e fui até a janela para fumar outro cigarro. Via a cidade, agora definitivamente adormecida, mergulhada em silêncio numa espécie de névoa azulada que se estendia até as sombras da cordilheira a um lado, até as sombras do oceano do lado contrário. Vi o estacionamento lá embaixo, agora bem mais vazio, e notei que havia árvores entre as filas de automóveis, e foi fácil localizar meu carro italiano.

Pensando bem, não havia nenhum motivo concreto para eu ter comprado um automóvel italiano. Foi uma época em que eu andava com vontade de fazer coisas inusitadas e um tanto extravagantes. Primeiro, deixei o apartamento da cidade fechado e fui para a casa na montanha levando apenas duas malas. Numa, roupas de inverno. Em outra, alguns utensílios que julgava fundamentais, alguns livros de cozinha, dois livros de poemas, nenhum bom romance, uma velha e pequena frigideira que me acompanhava desde meus vinte anos de idade, um cinzeiro de porcelana amarela, dois ou três porta-retratos. Precisei comprar de novo todo meu material de trabalho, e um toca-discos e discos, e equipamento de cozinha, roupa de cama, toalhas, essas coisas; decidi alugar, em vez de comprar, dois aparelhos de televisão. E para coroar tudo aquilo que eu não sabia ao certo aonde iria parar, um automóvel italiano.

O bebê continuava na sala de cirurgia, não havia sinal de nenhum médico à vista, faltava pouco para que fosse uma e meia da manhã, decidi levar Luís até a cafeteria. Ele deixou-se conduzir sem dizer nada. Pedi café para ele, chá para mim, perguntei se ele queria derramar um pouco de uísque na xícara.

— Cafeterias de hospital não servem uísque — respondeu sem humor.

— Sei disso — respondi, tirando do bolso do paletó de veludo a garrafinha de prata. — Vamos fazer uma espécie de *carajillo*.

— *Carajillo*?

— Os espanhóis costumam tomar, no meio da manhã, café com um jorro de conhaque — expliquei. — Um *carajillo*.

Ele sorriu, acendeu um cigarro, tomou o café. Ficamos em silêncio, e de novo senti piedade por Luís, por Laura, pelo bebê com o corpinho de dois palmos e pouco estendido numa mesa de cirurgia, mãos gigantescas revirando seu corpo, e de repente comecei a pensar que deveria fazer alguma coisa, algum esforço pelo menino, e pensei também no filho que nunca tive mas sempre imaginei, e imaginei com tanto empenho que sabia perfeitamente como eram, como seriam, suas feições, seus gestos, seu modo de caminhar, e em como havia crescido ao meu lado, e pensei em Bel e nos anos em que vivemos juntos, anos de turbilhão, e recordei o filho que não tivemos mas que imaginei, e era tão parecido com ela, e então pedi outro chá enquanto Luís avisava que ia ficar com Laura, e derramei um generoso jorro de uísque no segundo chá e me concentrei numa imagem só: eu, eu dizendo a alguém que faria qualquer coisa, daria qualquer coisa, o que fosse, qualquer coisa, o que fosse, qualquer, para que aquele bebê saísse vivo e inteiro da sala de cirurgia e vivesse para sempre, qualquer coisa, qualquer uma.

Quando voltei ao encontro de Luís e Laura, um médico estava conversando com eles. Cheguei a tempo de ouvir as três ou quatro últimas frases. Luís afastou-se rápido e entrou no banheiro da sala de espera. Laura abraçou-me com força e começou a chorar.

Estávamos assim, ela abraçada a mim num choro agitado e calado, eu sentindo que não conseguiria fazer nada além de afagar de leve seus cabelos enquanto murmurava está tudo bem, está tudo bem, quando um outro médico se aproximou. Tinha um rosto jovem, coberto por uma pesada máscara de cansaço. Chegou até onde eu estava abraçado a Laura, fez um gesto discreto para que eu me aproximasse sozinho. O médico achou que eu era o pai do bebê. Disse que estava tudo bem. A criança deveria ficar no hospital mais alguns dias, talvez duas semanas. Luís saiu do banheiro. Estava mais sereno. Ouviu, ao meu lado, as explicações do segundo médico, e depois passou o braço por meus ombros.

Eu estava muito cansado. Eram duas e meia da manhã. Fiquei em pé na frente de Laura, fiz um afago em seu rosto, um gesto de até logo para a irmã, abracei Luís.

— Ligo para vocês hoje à tarde.
— Obrigado por ter vindo.
— Nunca me agradeça uma coisa dessas. Telefono depois.

Deixei os três, fui até o elevador. Não haveria nenhum lugar aberto na cidade àquela hora, onde eu pudesse entrar, sentar em paz e tomar uma bebida honesta.

Meu automóvel italiano estava solitário numa parte do estacionamento, e cheguei ao absurdo de sentir um pouco de pena dele.

Entrei na autopista devagar, depois de ter circulado pela cidade deserta, e fui acelerando aos poucos. Estava agradável, no interior do carro italiano. Lá fora, além do frio, havia uma espécie de névoa azulando a madrugada.

Mantive o controle absoluto sobre o acelerador, fazendo com que o automóvel fosse ganhando velocidade num ritmo perfeitamente regulado, e quando o ponteiro do velocímetro atingiu cento e dez quilômetros por hora e senti no volante uma levíssima vibração, engatei a quinta marcha.

O ronco do motor então tornou-se praticamente imperceptível, a levíssima vibração no volante sumiu, e o motor caiu para três mil e duzentas rotações por minuto. Fui aumentando a velocidade fazendo uma pequena pressão sobre o acelerador, e sentia o automóvel planar por cima de uma pista extremamente calada, o automóvel macio e silencioso entre a pista e um céu cada vez mais distante. Minha vontade era continuar pela estrada deserta, sem hora ou destino.

Estava cansado e não recordava nenhum lugar aonde pudesse chegar àquela hora da madrugada.

Fiz, com muito cuidado, a curva para entrar na estradinha que me levaria da autopista à casa da montanha. Não haveria ninguém à minha espera. Imaginei Bel na madrugada gelada, despertando quando eu entrasse em casa, imaginei Bel na casa branca e solitária, cercada de plantas e árvores, a luz em cima da porta da entrada.

Quase não usei a quinta marcha naqueles últimos doze quilômetros entre a autopista e a casa da montanha. Quando cheguei, eram quatro e meia da madrugada. Eu tinha andado muito, sem rumo, pela cidade. Não entrei com o carro na garagem: deixei-o debaixo de um pinheiro. Quis sentir o aroma da noite, mas não havia nada além de ar gelado.

É estranha a sensação de voltar para casa de madrugada, quando se trata de uma casa na montanha e de uma gelada madrugada sem lua e sem ter ninguém à espera. Eu estava exausto, mas não tinha sono.

Entrei como se tivesse saído dez minutos antes para dar uma volta pelo jardim. Havia brasas sobreviventes na lareira, e foi fácil reavivar o fogo. Ao lado da poltrona, a garrafa de vinho e o copo pela metade, o cinzeiro e o livro sem graça que estava lendo enquanto esperava pelo filme que o canal 5 ia mostrar às onze da noite e Luís telefonou. Estava tudo da mesma forma que quando saí, da mesma forma que sempre desejei: sair e voltar muito tempo depois e encontrar cada coisa em seu exato lugar.

O filho que nunca tive havia escapado das trevas e ficaria bom e viveria para sempre.

Eu estava um pouco febril. Naquela hora não haveria mais nenhum filme em nenhum canal. Sentia preguiça até mesmo de ir ao banheiro buscar uma aspirina no armário onde guardava remédios, toalhas, sabonetes. Terminei a garrafa de vinho e tentei trabalhar um pouco. Sentia muito cansaço e, de repente, me senti entristecido. Era uma boa e ampla casa, e havia lá fora, no meio daquele fim de madrugada gelada, um bom jardim, e estacionado debaixo de um pinheiro havia um automóvel italiano.

Eu sentia uma imensa piedade por mim.

Sentia que era merecedor de toda piedade do mundo. Faltavam dez para as seis da manhã quando abri outra garrafa de vinho e telefonei para Bel, que estava distante, do outro lado do mundo, oito mil quilômetros de distância, horas de fuso horário, lá atrás, do outro lado do mar, do outro lado da minha vida.

Ouvi sua voz surgindo do meio do sono, e foi como se eu jamais houvesse me afastado daquela voz, daquele sono.

Contei a ela que estava um pouco exausto, e contei também que havia comprado um automóvel italiano que tinha cinco marchas, e isso era tudo que havia para contar.

Não perguntei a ela pelo filho que nunca tive.

Quando desliguei, morria de pena de tudo. E então saí para caminhar no jardim gelado, à espera da improvável manhã.

(1992)

UM SENHOR ELEGANTE

Foi a primeira vez que tropeçou com a palavra *Tegucigalpa* e mesmo depois de ter conhecido a cidade muitos anos mais tarde jamais conseguiu apagar uma imagem que até hoje, quase cinco dúzias de anos depois, ainda sobrevive: uma cidade de casas britânicas, cercas brancas, telhados muito acentuados, de madeira, e em volta uma selva feroz e um mar claro.

Os índios atacariam às vezes pelo mar, às vezes vindos da selva, e ele seria salvo por um menino de calças brancas e camisa com bordados de muitas cores, de sandálias e chapéu de palha, que iria mostrando veredas na mata quando os índios atacassem pelo mar, e pequenas grutas nas praias quando os índios viessem da selva. Junto ao garoto estava sempre uma menina de cabelos e olhos negros, de quem ele, muitos anos depois, não recordaria mais que um sorriso de dentes muito brancos e uma infinita sensação de beleza, e esse rosto sem traços definidos que a memória guardou é tudo que ele trouxe de Valquíria, que tinha seis anos e era acima de tudo a dona de um livro chamado *Tales of America* onde aparece a palavra *Tegucigalpa* e uma gravura com a cidade esprimida entre a selva feroz e o mar de águas claras.

Talvez por isso, a decepção quando ele foi a Tegucigalpa pela primeira vez: era a única imagem guardada com detalhes na memória, a última esperança de que alguma coisa tivesse podido sobreviver inteira, alguma coisa salva do naufrágio, alguma coisa que mantivesse entre os sobreviventes a ternura de um rosto vazio e indefinido. Agora, às vezes, não sabe ao certo se era Valquíria ou Valéria ou Vitória ou qualquer um desses nomes estranhos. E aliás, já nem importa.

Contei a história desse homem para Maria não em Tegucigalpa, mas em outro lugar.

Ela me olhava girando com calma o copo que às vezes erguia, para ver a cor do vinho contra a luz.

Eu ia contando a história e sentindo uma estranha maré de amargura que vinha subindo, subindo, e de repente, quando repeti que às vezes nem conseguia lembrar com certeza o nome da dona do livro, tive de parar. A maré subiu além da conta, tive de tirar rapidamente os óculos e fazer de conta que a fumaça do cigarro de Maria era o estopim de um lacrimejar estúpido de meu olho direito, e ela, delicada, pediu desculpas, mas não apagou o cigarro: sabia que seria inútil.

Agora que penso nisso recordo que ultimamente tem acontecido muito isso da maré subir demais. A força com que sobe a maré de amargura é cada vez maior. A maré existiu sempre, é verdade, ou pelo menos lembro como se tivesse existido sempre. Essa força de agora é o que me surpreende. Quando entendi que essa força não pararia de crescer, entendi também que a decadência era irreversível.

Foi mais ou menos naquela época, há uns dez ou doze anos, que passei a dedicar uma atenção cada vez maior a meus gestos, minha maneira de escolher a roupa, de apurar com cuidado quase místico as gravatas, aparar com rigor os cabelos, de reparar cuidadosamente no ciclo de cada camisa para evitar repetições, falhas imperdoáveis.

Descobri, enfim, que a elegância pode ser, mais do que qualquer outra coisa, a melhor defesa, o disfarce mais eficaz para a decadência.

Também isso expliquei para Maria. Ela sorriu e continuou girando devagar o copo de vinho enquanto eu contava como, aos poucos e cheio de espanto e angústia, fui descobrindo o corpo: primeiro o fígado, depois os rins, mais tarde os pulmões, um dia o estômago, outro os joelhos, e depois comecei a zelar de maneira especial e inútil pelos dentes, e contei como fui entendendo que os olhos que sempre falharam estavam secando, e então passei a descobrir os terríveis ruídos do corpo humano, uma espécie de lenta, lentíssima demolição. Mais do que nunca, a elegância passou a ser uma necessidade vital.

Ela então tocou minha mão muito de leve, e senti que vinha outra maré.

— Ela era elegante? — perguntou.
— Quem, Valquíria? Ora, tinha seis anos...
— Não, você sabe quem.
— Ah. Era, mas de um jeito diferente. Era muito jovem.
— Você a amava muito?
— Sim. Acho que sim.
— Era moça como eu?
— Naquele tempo? Mais ou menos da sua idade, talvez um pouco mais, talvez um pouco menos.
— Quanto tempo faz?
— Ah, não sei. Trinta, trinta e cinco... que importa?
— E ela abandonou você...
— Não, abandonar é outra coisa, ela foi-se embora quando achou que era hora de ir embora, só isso.

Ela continuou tocando de leve minha mão, seus dedos calmos tocando cada dedo de minha mão direita.

— A decadência — expliquei aquela noite — pode ser uma coisa especial. Pode ser, aliás, muitas coisas. Quando você começa a aumentar a quantidade de água que mistura no uísque, por exemplo, ou quando começa a ouvir Mahler demais, coisas assim.

Ela interrompeu com um gesto e perguntou:

— Era bonita?

— Muito. Muito.

Logo depois fomos embora, e Maria dirigiu devagar seu pequeno automóvel até a porta do edifício onde moro. Perguntei se não queria caminhar um pouco. Disse que não, que já era tarde.

— Esse é outro sintoma — expliquei. — Não durmo quase nunca. Como se tivesse pânico de dormir e não despertar, ou medo de sonhos dolorosos.

Sorrimos os dois e ela prometeu telefonar dois dias depois, de tarde. Dois dias depois seria sábado. De tarde.

Era uma noite agradável e tirei o paletó, afrouxei o nó da gravata, troquei os sapatos por chinelos de flanela marrom comprados em Madri alguns anos antes, derramei em um copo dois dedos de Four Roses e caminhei até a geladeirinha embutida na esquina da biblioteca, tirei a jarrinha de cristal e sobre a bebida despejei água gelada. Depois fui até a sala, abri a porta de vidro do terraço, acendi as luzes, caminhei de regresso até o toca-discos, escolhi um trio para clarinete, viola e piano, de Mozart, e saí deixando a música escorrer.

Sentei-me na poltrona do terraço olhando a cidade lá embaixo e o céu claro lá em cima, e comecei a tomar a bebida com calma. Verifiquei satisfeito que as plantas tinham sido molhadas e não pensei naquele apartamento vazio de gente. De repente recordei Raquel, e fiquei convivendo com aquela lembrança. Tão menina era, e de repente comecei a lembrar também de Tegucigalpa, aquela da infância no livro, e então senti frio e entendi que era hora de entrar e tentar encontrar alguma imagem boa enquanto esperava ser derrotado na cama outra vez, agora pelo sono.

A última imagem de antes da derrota foi um concerto, muitos anos antes, com um maestro grisalho regendo uma orquestra enorme que tocava Brahms e então Laura apertou levemente minha mão.

Maria tinha surgido no estúdio umas seis semanas antes, sem aviso. Encontrou-me por acaso. Veio com um homem magro e de barba, e escolheram um quadro que eu terminara dias antes, telhados que caíam rumo a um certo mar. Três dias depois ela telefonou e veio: queria um pequeno quadro de tons escuros, um quadro ruim que eu não chegara a terminar.

— Tem certeza que é esse o quadro?
— Esse mesmo — respondeu.
— É que não está pronto, não está à venda, e, além do mais, é um quadro muito ruim.
— Mas é o que eu quero.

A voz num sussurro diferente, num sussurro duro, como Raquel anos e anos antes quando queria alguma coisa.

— Troco o quadro por uma resposta.
— Está bem.
— De onde você saiu?

Ela riu e não respondeu. Levou o quadro.

Houve outra visita, e outra mais, e enfim soube que não era nada de Raquel a não ser uma cópia exata. Enquanto tratava de saber quem era Maria soube que Raquel morrera vinte anos antes. Não doeu: na verdade, desaparecera de uma vez quando se foi, e na memória as pessoas não morrem.

Maria era igual. Uma tarde chovia, e expliquei a ela que podia lembrar coisas da infância, chuvas de quando tinha oito ou nove anos, mas não podia lembrar coisas de três ou quatro anos atrás. A decadência, expliquei, é assim.

E Maria vinha sempre, e de vez em quando saíamos para jantar, eu comendo sempre pouco, ela ouvindo sempre muito, e um dia me disse que queria saber como tinha sido aquele louco amor que se chamava Raquel, e falei, e depois perguntou-me de todas as mulheres de todos os meus tempos, e contei histórias minhas como se fossem histórias de outros: um quarto de hotel em La Habana, uma praça em Barcelona, um terraço em cima do mar do Rio de Janeiro. Na noite de dois dias atrás contei a história do homem que imaginou sempre Tegucigalpa e que não sabia mais o nome do primeiro amor.

Isso tudo, na noite de dois dias atrás. E quando ela telefonou e depois veio e entrou no estúdio na tarde de hoje, disse que estava cansada, e sentou-se no sofá branco que está ao lado da janela. Perguntei se não queria sair e caminhar, disse que não, ofereci chá e licor de framboesa, aceitou, e quando voltei com a bandeja estava estendida no sofá, menina, e ouvimos música e ela disse que se sentia bem, uma paz estranha, disse ela.

Fui telefonar para Murilo confirmando o almoço de amanhã. Sentia uma coisa quebrando por dentro, a demolição inevitável e acelerada. Pensei que não podia escapar do que sabia: não podia mais amar as mulheres que sempre tinha amado, a vida dedicada à memória das mesmas mulheres, porque as mulheres tinham desaparecido pouco a pouco, e pensava contar isso a Maria quando regressei ao salão e Maria estava nua, o corpo branco estendido no sofá, e aproximei-me devagar e me sentei na beira do sofá, ela olhava com olhos enormes e sem nenhum sorriso, nenhum gesto, e então acariciei primeiro seus ombros e senti que lá vinha a mesma maré de sempre, agora com mais força do que nunca, e apalpei seus seios redondos e fiquei depois acariciando seu ventre e ela fechou devagar os olhos e quando foi embora a última luz da tarde, adormeceu.

Fiquei olhando seu sono e pensando que a vida tem dessas coisas, e então comecei a pensar se apesar de tudo ainda valia a pena, enquanto minha mão esquerda repousava sobre seu ventre suave e adormecido.

(1982)

AQUELA MULHER

— Ele tinha 65 anos e parecia ter mais. Era de uma elegância extrema. Eu gostava de seus paletós e de suas gravatas. Usava sapatos de amarrar, sempre polidos, sempre com aparência de recém-comprados. Era esmerado em seus gestos, só falava em voz baixa, tinha um humor corrosivo. Era de uma vaidade discreta e de uma generosidade que transbordava sua fragilidade. Gostava de música medieval, falava dos tempos dos trovadores, imaginava princesas delicadas presas de amores impossíveis. Fumava cigarros sem filtro e tomava café forte em xícaras grandes. Dormia poucas horas por noite. Comia feito um passarinho. Tinha um mar de tristeza guardado nos olhos. Até seu riso era tristíssimo. Vivia numa solidão imensa. Acho que foi a pessoa mais solitária que conheci. Era um homem do campo, da secura dos páramos, e desde os 16 anos vivia cercado de cidade por todos os lados. Isso não fazia outra coisa além de aumentar sua solidão e seu silêncio. Era mais velho que meu pai e, como se fosse ele, fazia um esforço enorme para me proteger, para proteger minha mulher e meu filho dos males do mundo, dos perigos da vida. Era um tanto medroso para as coisas desta vida e deste mundo, mas detestava sentir medo e detestava que percebessem isso. Eu percebia, claro. E fazia um esforço enorme para protegê-lo dos mesmos males do mundo, dos mesmos perigos da vida. A diferença mais evidente é que meu pai fazia tudo isso de forma discreta e silenciosa. Ele, não: dava conselhos diretos, telefonava para a minha casa quase que dando ordens para advertir perigos e ameaças que só ele via.

Era dono de uma alma dilacerada, e volta e meia se deixava ofuscar pelos fulgores de uma angústia ancestral, permanente, enraizada. Eu gostava dele como se gosta de um amigo de toda a vida. Já havia me acostumado com sua falta, mas de uns tempos para cá venho sendo envolvido por essa opressão constante das ausências mais fundas, que o tempo devolve a cada tanto sem aviso nem critério, e então as memórias se turvam e acabo convivendo com meus amigos que se foram e sinto sua falta com o peso de um sol que despencasse de repente e me atingisse em cheio. Mas não quero falar disso agora.

Era, sim, um homem solitário. Às vezes, em nossos encontros semanais, inventava histórias, enredos, personagens. Essas histórias volta e meia se alongavam, e nossos encontros semanais se transformavam numa espécie de seriado, aqueles velhos seriados de cinema da juventude: um capítulo atrás do outro.

Lembro de uma dessas histórias, a de um grupo de amantes de ópera que se reunia uma vez por mês para ouvir gravações raríssimas. Eram radicais: cultivavam apenas o único, o desconhecido. Isso tudo foi virando uma espécie de obsessão absurda, uma competição feroz para ver quem tinha mais segredos a revelar. Certo dia, um desses amantes do impossível prometeu que no próximo encontro iria trazer uma gravação única de Cristiana Novelli de Mimi, uma soprano de carreira breve e exemplar. Ela só havia feito três turnês e gravado apenas um disco, e depois abandonara tudo para se recolher num convento. Males de amor, disse o proprietário da cópia única da gravação única. Não disse nem mesmo o ano do prodígio, ou qual das óperas trazia a voz da soprano desconhecida. "Só tornará a ouvir essa voz quem for para o céu e tiver muito prestígio no Paraíso", assegurou com ar de vitória e mistério o dono do segredo.

A expectativa era imensa, e o homem passou o resto do mês buscando desesperado a forma de escapar do que havia criado. Não existia a soprano nem a gravação. Pensou em inventar uma viagem, em se internar num hospital, em ir preso, em fugir para as montanhas. Mas sabia que sua vida absolutamente monótona e inglória jamais tornaria a alcançar um momento como aquele: os outros integrantes do grupo ligavam para ele todos os dias pedindo mais detalhes, alguma pista, qualquer coisa que significasse compartilhar aquele segredo máximo. Pela primeira vez na vida ele despertava inveja, admiração, ciúmes. Houve até mesmo um comparsa que disse ter tido notícias de Cristiana Novelli de Mimi consultando uma enciclopédia de música da Universidade de Cambridge, edição de 1953, e outro que telefonou para assegurar que enquanto escrevia *Agua Quemada* o mexicano Carlos Fuentes procurou, desesperado, a versão da soprano para *Das Liebesmahl des Apostel*, de Wagner.

O dono da gravação única, do mistério máximo, corrigiu com um sorriso soberano: "Para isso, ela teria de ser *mezzosoprano*. E Cristiana Novelli de Mimi era soprano. A maior de todas, por certo, mas soprano." O outro tentou escapar: "É o que li num artigo publicado no *The Guardian*." O dono do mistério pediu para ver o artigo, esclarecendo que era só por curiosidade, e na mesma semana telefonou para o mal informado, indicando uma gravação de Ivonne Minton para *Das Liebesmahl des Apostel* e acrescentando, venenoso: "Uma *mezzosoprano* de alto coturno, como este *lied* exige." O outro não deixou passar em branco e disse: "Eu conheço a gravação." O calendário corria, a expectativa aumentava e a angústia do homem também. Vivia no claro-escuro da glória e do desespero. Finalmente, quando faltavam dois dias para a reunião mensal, ele tomou a decisão mais serena e sensata, a única apropriada para seu drama: disparou um tiro no céu da boca. Os amigos, consternados, chegaram ao desespero quando a viúva informou que o comportamento do marido nas últimas semanas era mais estranho a cada dia. "Na mesma tarde em que se matou ele empilhou vários discos no pátio da garagem, jogou gasolina e pôs fogo. Nunca saberei o que ele queimou", disse ela. O homem foi velado ao som de Wagner, e seus amigos sabiam que jamais conseguiriam perdoá-lo. Um deles procura até hoje, entre os maiores especialistas do mundo, alguma notícia de Cristiana Novelli de Mimi.

Meu amigo inventava histórias assim. Ou então retornava à infância e seus fantasmas. Devo admitir que nunca soube ao certo se o que ele me contava da infância eram memórias ou fantasmas inventados para cobrir outros fantasmas.

Certo dia, ele me contou uma história de amor. Foi a última das histórias que me contou. Durou meses. Foi quando pude enfim ter uma idéia do tamanho infinito de sua solidão. Ele contou que estava vivendo um amor decisivo, o seu derradeiro grande amor. Uma moça de Tucumán, no interior da Argentina, que ele havia conhecido na Itália cinco anos antes. "Estive com ela muitas vezes, sempre que viajo nos encontramos nos lugares mais insólitos e inesperados", sussurrou. "A última vez foi quando estive em Paris e em Berlim. Ontem, telefonei para ela. Não telefono quase nunca, porque ouvir sua voz me faz um mal muito grande. Prefiro as cartas, que não têm som. Mas ontem, telefonei. Conversamos durante quase uma hora. E decidi: vou largar tudo para ir viver com ela. Quero essa felicidade até o fim, acho que a vida me deve essa luz."

Contou dos olhos claros, dos cabelos negros, da delicadeza da moça. Contou que ela gostava de quartetos e quintetos de Mozart, que gostava das sinfonias de Brahms — ele tinha reservas em relação às grandes formações, dizia que naquela altura da vida gostava mesmo era da essência —, e que conversavam muito sobre essas coisas todas. Disse que com aquela moça ele era feliz. Que, pela primeira vez na vida, era feliz. Disse isso como quem conta uma banalidade qualquer, mas eu conhecia sua alma o suficiente para entender que o que estava dizendo era a confissão mais densa, desesperada e pesada, e também para entender que era mentira.

Durante três meses, em nossos encontros semanais, não falamos de outra coisa. Claro que nos encontrávamos muitas vezes em casas de amigos, almoçávamos de vez em quando, falávamos por telefone quase todos os dias, mas nossos encontros de quarta-feira eram espaço sagrado. E neles só falávamos da decisão assumida, da dificuldade de abandonar toda uma vida, do que fazer com a casa, os filhos, o emprego, e de como reunir dinheiro, e de onde ir viver com a moça de Tucumán — "ela é muito mais jovem que eu, devo pensar também nisso, mas não me preocupo muito". Um dia, contou que ela tinha 40 anos e morava com a mãe e uma irmã. Quando o verão começou, e aquele foi um verão bravo, ele informou: "Conversei com ela por telefone, de novo. Decidimos que vamos morar no Rio de Janeiro." E passamos então, durante semanas, a planejar como seria a vida dos dois no Rio de Janeiro.

Consegui um apartamento emprestado na avenida Atlântica: seis meses de frente para o mar, sem pagar aluguel. Ele disse que precisaria de um telefone. Disse a ele que consegui um telefone alugado. Ele disse que precisaria de um automóvel. Disse a ele que consegui com o vice-governador um automóvel com motorista para o primeiro mês, depois arrumaríamos outro jeito. Ele disse que precisaria de um trabalho que não ocupasse muito tempo mas desse o suficiente para viver. Disse a ele que consegui um emprego de professor visitante na Universidade Federal. Ele faria duas palestras de uma hora por semana, sobre o que quisesse — de preferência, literatura latino-americana —, a troco de uma bolsa de dois mil e quinhentos dólares por mês. "Isso, mais o que tenho de dinheiro, resolve o problema", afirmou ele com um sorriso. Ele não teria de pagar aluguel. E os preparativos foram avançando, os problemas foram sendo contornados.

Num de nossos encontros contou que havia conversado com dois de seus filhos, que haviam entendido tudo e garantiam que estavam dispostos a apoiá-lo. "Vai ser difícil conversar com minha mulher, mas você sabe: a decisão está tomada, não volto atrás. Tenho direito a essa felicidade."

Quinze dias mais tarde, apareceu extremamente feliz: "Consegui uma licença de um ano, com salário integral. Estou pronto." Combinamos então a data: afinal, eu precisava saber com certeza, para falar com o dono do apartamento, com o dono do telefone, com o vice-governador e com o reitor da Universidade Federal. "Quinze de setembro", ele disse. Comentei que era o dia do aniversário do meu irmão e que o clima do Rio naquela época do ano costumava ser agradável. Chegamos a conversar sobre a linha aérea, sobre horários de vôos, ele queria chegar ao aeroporto do Rio de Janeiro na mesma hora que a moça de Tucumán, dizia que nunca mais viveria nenhuma espera, que estava enfim voando para a felicidade derradeira, a que a vida devia desde sempre. Perguntei se ele queria que meu irmão fosse esperá-los no aeroporto. Ele disse que sim, mas depois mudou de idéia: queria começar a nova vida assim, sozinhos os dois diante do desconhecido da vida.

Naquele ano, o 15 de setembro caía numa quarta-feira — dia de nosso encontro semanal. Combinamos um almoço tardio, do almoço iria acompanhá-lo ao aeroporto.

Fui mais pontual do que nunca. Quando cheguei ao restaurante, ele estava sentado sozinho, à minha espera. Vestia um velho paletó de *tweed* escuro, a camisa sem gravata, o colarinho aberto com certo desleixo, a barba de dias salpicada pelo rosto magro e acinzentado, os cabelos desarrumados. Usava óculos escuros e bebia uma limonada. O cinzeiro pequeno estava coberto por quase uma dezena de tocos de cigarro sem filtro, os Pall Mall de sua preferência.

Perguntei se ele estava ali fazia tempo. "Cheguei cedo", murmurou ele. "Há uma hora e meia, mais ou menos. Na verdade, não reparei." E mergulhou em silêncio. Não perguntei nada. Depois de um tempo, pedimos comida. Ele quis apenas uma sopa e uma omelete. Na hora do café, contou:

— Telefonei para ela segunda-feira à noite. Estava tudo certo. Eu queria só confirmar de novo a hora da chegada do vôo que viria de Buenos Aires. E aí ela disse que não podia. Que não queria me magoar, mas não podia. Que tinha passado noites em claro até chegar a essa conclusão. Não queria me magoar. Ela disse isso um montão de vezes. Mas não podia.

Perguntei o que ele tinha dito. E ele ficou olhando a toalha da mesa, suas mãos na toalha da mesa, o cinzeiro na toalha da mesa, o copo vazio, e contou:

— Eu disse que entendia. Que não fazia mal. Que ela se cuidasse, que não se preocupasse comigo. Pobrezinha. Estava muito triste. Estava derrotada. Pobrezinha.

Pouco depois nos levantamos. Na calçada, ele se despediu. Não quis que o levasse para casa. Disse que tinha alguns assuntos urgentes para cuidar. E saiu andando debaixo do sol do final da tarde. Fiquei parado vendo meu amigo se afastar, o corpo levemente curvado, carregando todo o peso de uma tristeza que era maior que a felicidade que a vida devia a ele. Foi a última história que me contou. Continuamos nos vendo, continuamos nossas conversas, mas nunca mais mencionamos a moça de Tucumán, sua derradeira namorada, sua última chance de ter sido feliz para sempre.

(2001)

BANGLADESH, TALVEZ

para Jorge Enrique Adoum

Trinta e sete anos, e hoje é quarta-feira, 21 de outubro. São quatro e quinze da tarde e a janela mostra, atrás de uma chuvinha triste, fina e impertinente, o morro de Santa Lucia com seu velho castelo plantado no meio das árvores, o morro como uma ilha pequena e impávida no meio da cidade.

Quarta-feira, 21 de outubro, e devo esperar até as oito da noite.

O código da companhia aérea que me trouxe é *042*. Está aqui, no bilhete aberto em cima da mesinha posta em frente da janela do hotel, a janela que mostra a chuvinha fina e fria e o morro de Santa Lucia: *airline code: 042*.

Uma viagem sem restrições. Também está aqui, no mesmo bilhete da companhia aérea que me trouxe de volta trinta e sete anos depois: *additional endorsements/restrictions:*

Ao lado, um espaço em branco.

Chego de volta trinta e sete anos depois, uma viagem sem restrições e que vai durar três dias. Na manhã de sábado a mesma companhia aérea *042* me levará daqui sem restrições. Mas ainda é quarta-feira, 21 de outubro, são quatro e quinze da tarde e chove sobre a cidade.

O quarto do hotel é amplo e confortável, e minhas coisas estão na mais absoluta ordem. Com o tempo, tornei-me uma espécie de maníaco da arrumação. Cada coisa em seu devido lugar, sem surpresas, como se eu tivesse passado a vida me preparando para chegar a este ou a qualquer outro quarto de hotel sabendo como tudo deveria ser.

Quando fui embora para não voltar, tinha vinte e oito anos, não era tão ordeiro e não usava cavanhaque. Na verdade, agora que penso nisso percebo que eu me vestia mal e vivia pior ainda.

Em compensação, tinha vinte e oito anos.

Fui embora para não voltar, e cumpri a decisão até hoje. Não sei por que, enfim, aceitei a idéia de passar três dias nesta cidade onde não reconheço mais nada, onde não me reconheço, e onde já não se vê mais, mesmo nas tardes mais luminosas, a cordilheira no fim da alameda. Bem que me advertiram as cartas dos poucos amigos que restaram, as cartas ao longo dos anos, cada vez mais raras, desvanecendo-se como a cordilheira. A mesma coisa me foi dita pela voz no telefone na noite de domingo, quando falei com ela pela primeira vez em trinta e sete anos anunciando que enfim voltaria, que tinha aceito, sem saber por quê, um convite, e então voltaria pela primeira vez em trinta e sete anos por apenas três dias, e marcamos, furtivos, ansiosos, medrosos e derrotados como há trinta e sete anos, o encontro para hoje, oito da noite.

Hoje, não verei mais ninguém, não encontrarei mais ninguém. Essa foi a primeira condição para dizer que sim, viria: o primeiro dia só para mim, sem ver ninguém. Como se esta viagem fosse o que é: algo delicado, grave, suave.

O aeroporto é outro, novo, parecido a uma casa de vidro.

O falar das pessoas é outro, mas a entonação é a mesma de sempre. Como se nada mudasse totalmente, nunca.

O táxi que me trouxe ao hotel é fabricado no Brasil. O motorista gordo, meio índio, explicou: "Chegaram muitos carros brasileiros nos últimos cinco anos." Depois explicou também que aquele modelo não era mais fabricado. "Uma pena", disse ele. "É resistente, consome muito pouco." E não falou mais. Prefiro assim: pouca fala.

A cidade. Aqui está a cidade: suja, entristecida, bela. Há no centro novas ruas reservadas apenas às pessoas. Do táxi, vi um número imenso de pessoas nessas ruas. Era pouco antes do meio-dia de quarta-feira, e ainda não chovia. As pessoas estavam sentadas, quase todas, em bancos ao longo dessas ruas vedadas aos automóveis. Melancólicas, escuras, derrotadas.

No hotel, preenchi a ficha e tive a tentação de escrever que minha idade era vinte e oito anos. Acabei escrevendo a idade correta, e pedi à moça um quarto de frente para o morro de Santa Lucia, e depois perguntei se havia algum restaurante por perto.

A moça indicou uma *fonda* a dois quarteirões dali, e, surpreso, recordei o lugar como um batalhador que houvesse resistido aos trinta e sete anos. A moça notou algum relâmpago cruzando meu olhar e tentou se corrigir.

— É um lugar muito simples, mas come-se bem. Se o senhor preferir um lugar de mais categoria...

Mas eu a interrompi com um sorriso e um agradecimento apenas sussurrado. "Conheço o lugar, é ótimo", disse.

Depois de guardar com toda meticulosidade e calma as roupas no quarto, depois de ver a chuvinha fina começar, vesti uma capa quase sem uso e fui até a *fonda*.

Pedi uma sopa de legumes, um congro-rosa no forno, meia garrafa de vinho branco. Demorei o café olhando as mesas em volta, e vi casais jovens, vi estudantes, vi homens burocráticos, vi velhos taciturnos e, enfim, num descuido, me vi no espelho que ficava nos fundos do salão. Trinta e sete anos antes não havia aquele espelho. Foi uma espécie de traição. Eu havia estado ali várias vezes. A sopa de legumes era poderosa como sempre.

Pensei em caminhar pela cidade, percorrer passos antigos, mas não: lembrei que havia vindo à cidade apenas para *um* reencontro, todo o resto era dispensável. Não havia o que procurar, além daquele único reencontro. Nenhum outro teria a menor importância.

De volta ao quarto do hotel, anotei o programa dos dias seguintes. Anotar, uma fórmula mágica. A letra no papel torna tudo um compromisso.

E então, anotei: quinta-feira de manhã, reunião na associação dos advogados; almoço; conferência na Faculdade de Direito no meio da tarde. Depois, jantar com dois dos sobreviventes que formavam comigo o velho quinteto de trinta e sete anos atrás. Sexta-feira, viagem dos três até o litoral, almoço na Hosteria Santa Elena. Ao aceitar o convite, esta era a segunda e última condição: um almoço em Santa Elena. Na verdade, eu nunca estive lá, mas nas mentiras da memória o lugar tornou-se sagrado. Estaríamos de volta no começo da noite e, na manhã do sábado, iria embora de vez outra vez, depois de trinta e sete anos e três dias.

Olho o relógio, são quase quatro e meia da tarde, tento não pensar em mais nada, acomodo a cadeira na frente da janela, olho o morro de Santa Lucia, o velho castelo, a chuvinha fina e inesperada.

Ela tinha sido, era, foi, a mulher mais bela do mundo, quando eu era jovem e sem destino e ela era menina. Ela, sempre ela.

Aquela figura cheia de recato, os cabelos partidos ao meio escorrendo lentos para os ombros, aquela figura esguia, delicada.

Tenho, tive sempre, dez anos a mais que ela. Quanto estrago terá feito o tempo em mim, nela?

Quarta-feira, 21 de outubro, quatro e tanto da tarde, sempre a chuvinha fina, outra vez chove sobre a cidade com nome de santo, penso que não devo me preocupar demasiado, nada de grandes expectativas, penso que não devo pensar, me estendo sem sapatos na cama, da cama posso continuar vendo a janela, o céu cada vez mais opaco, a chuvinha fina, peço à telefonista que ligue para o meu quarto às seis e quinze, dormir um pouco, dormir.

Um sono sem sonhos. Há anos não consigo sonhar. Gostaria de poder alguma vez saber como é meu rosto enquanto durmo. Antes, eu gostava de ver o rosto da minha mulher enquanto ela dormia. Sereno, sossegado, de vez em quando alguma coisa se movia naquele rosto suave. Eu sentia que estava, de alguma forma, violando sua intimidade mais profunda. Jamais contei a ela, ao longo de todos os anos que vivemos juntos, que às vezes costumava contemplar seu sono. Como seria o meu?

Certa manhã perguntei: "O que você sonhou ontem?" Ela disse que não se lembrava.

Tinha sido uma noite de rosto tenso, enquanto ela dormia. E eu entendi, não sei por quê, que estávamos acabados. Três meses depois fui embora, sabendo que era inevitável.

Um sono sem sonhos. Lembro que, até alguns anos atrás, armava sonhos como seriados de televisão. Retomava o sonho da noite anterior, dava seqüência, mudava imagens, transformava enredos, e quando o sonho tomava algum caminho ruim, tornando-se opressivo, eu fazia um esforço enorme e corrigia os desvios ameaçadores sem despertar, porque sabia que se despertasse estaria condenado a uma insônia de pavor. Isso, antes. Mas de repente os sonhos desapareceram para sempre.

Às vezes, como hoje, como agora, neste final de tarde de uma quarta-feira de céu definitivamente opaco e de chuva fina num quarto de hotel na cidade com nome de santo, o esforço é feito em direção contrária: tento um sonho, chamo, peço, e nada.

Com o que eu gostaria de sonhar? Crianças, meninos jogando bola; o fim de uma tarde de chuva, as poças, barquinhos de papel navegando; ou eu mesmo menino, meu pai e eu, os dois andando entre as árvores, meu pai explicando frutas e troncos, advertindo perigos ocultos. Sonhar com qualquer coisa que pudesse correr solta, que não precisasse de nenhum esforço para ser corrigida. Mas não.

O céu opaco sumiu da janela, chegam apenas o brilho da luz da rua e o clarão amarelo da iluminação do velho castelo plantado no meio do morro de Santa Lucia, o quarto em silêncio e penumbra, anoitece cada vez mais cedo nesta e em todas as cidades impiedosas do mundo, cidades belas, cidades minhas, e então lembro claramente, como se fosse agora, como se fosse o vôo de hoje de manhã chegando, lembro a última vez que vi a moça, muito moça, a mulher que terá cinqüenta e cinco anos quando eu a encontrar daqui a um par de horas, a mulher que era, foi, a moça mais bela do mundo.

Sabia como iria ser, soube como foi após a minha partida. Ela cumpriu o destino traçado. Esperou dez anos, é verdade: foi sua pequena, mínima, íntima vingança. E então casou aos vinte e oito anos, a mesma idade que eu tinha ao partir, e quatro anos depois teve um filho, depois outro, e finalmente uma filha, num rigoroso espaço de dois anos entre cada um, a vida assim, toda ela prevista, desenhada, acatada.

O toque do telefone trinca essa memória. Acendo a luz da mesinha de cabeceira, agradeço à telefonista, desligo, levanto da cama agradecendo o brilho desagradável desta luz que rompe o quarto por dentro, tão necessária, lavo o rosto, abro a pequena geladeira do quarto, apanho gelo, apanho na mala escura e elegante a garrafa de uísque comprada no aeroporto, são seis e quinze e anoiteceu de vez, busco a poltrona em frente da janela do quarto de hotel, a chuvinha fina desapareceu, bebo com calma, olhando minha imagem difusa refletida no vidro da janela ainda lavada pela chuva que acabou.

Santiago, o velho pescador do livro, sonhava com leões numa praia perdida. Como será sonhar com leões numa praia perdida?

Sonhar com velhos navios. Mas não agora: alguma outra vez.

Agora são quase sete da noite, hora de me preparar. Tento, desde o domingo em que telefonei para ela, não pensar nesta hora que chegou. Não pensar, por exemplo, em que só falta uma hora e em como será.

Pensar em outras coisas enquanto penso na roupa que devo vestir, em aonde ir com ela, que certamente escolherá o lugar, quem sabe algum lugar de antes, mas que antes? Existiria esse antes?

Olho pela janela, já não chove. Abro a janela, o frio não agride. Olho pela janela aberta: o morro de Santa Lucia. E percebo que estou à espera de alguma coisa que não aconteceu nem acontecerá, e da qual, de alguma forma, estou me despedindo.

São sete e dez, estou sereno, estou tranqüilo, quase pronto.

Busco outra vez a poltrona em frente da janela aberta, sirvo com cuidado e calma outra bebida, e decido. A calça cinza-chumbo, a camisa branca com listras escuras, muito finas, o paletó azul-marinho, os sapatos pretos. São sete e dez, tenho tempo.

Termino aos poucos a bebida, pensando no que pensei ainda há pouco: um conformado. Um que se entregou, se rendeu, se rende.

Tudo isso, para que não doessem tanto em mim as dores das coisas.

Antes do banho a barba, o desenho exato dos limites do cavanhaque meio inusitado, e o espelho me devolve o rosto de todas as manhãs e de todas as noites.

Depois, vestir com cuidado a roupa escolhida e confirmar, sem deixar que isso me irrite, que o gelo derreteu de vez e aguou a bebida, e então reforçar levemente a dose, tenho tempo, são sete e meia, e com certeza ela decidirá aonde iremos, não devo nem preciso me preocupar com isso, afinal não conheço a cidade que foi minha, quero apenas um restaurante que seja cálido e cordial e onde possamos disfarçar todo o nosso desconforto, nosso espantoso desconcerto.

Não há realmente a menor necessidade de me preocupar com isso.

Viro a poltrona: já não quero ficar contemplando o morro mergulhado na noite e nas luzes amarelas que iluminam o velho castelo. E dou comigo no espelho da cômoda do quarto do hotel, eu formal, a roupa exata, eu assim: um rosto afável, um certo desamparo, olhos dóceis, traços que ninguém conseguiria definir mas que não são desagradáveis, os cabelos que quase não existem mais, me conformei também com esta ausência mal ela começou, anos atrás, eu sou esse que está no espelho, durante muito tempo, e quando encontrava alguém depois de uma longa ausência me assustava com os estragos do tempo, e no fundo me tranqüilizava a idéia de saber que comigo havia sido diferente, até que me conformei de vez, e agora que me vejo penso: como terá sido com ela?

Mas não quero e não vou pensar nisso. Faltam ainda vinte minutos, e sou um velho navio.

Gostaria de ter sonhado com velhos navios.

Há muitos anos conversei com um amigo fotógrafo que percorria o mapa buscando a luz dos homens, e ele me contou.

No litoral mais distante do mundo, em Bangladesh, os navios se matavam na praia. Os navios que haviam percorrido mares, mundos e vidas, buscavam aquele litoral para seu suicídio.

Ficavam ao largo, a proa apontando a areia triste, e então soavam seu apito dilacerado, e giravam seu motor até a última de suas infinitas forças, e disparavam rumo à praia. E os navios avançavam numa velocidade alucinante e entravam terra adentro, um de cada vez, os demais esperando sua hora da morte, e o que vinha entrava terra adentro, seu casco de aço rasgando a areia, buscando embaixo da praia a terra, até parar encalhado a sua última viagem. Um de cada vez.

E então começava a demolição. Como se aquela fosse a verdadeira morte, a que rondou o navio o tempo inteiro. E vinham os homens mínimos, minúsculos diante da grandeza daquele animal gigantesco encalhado na areia, e furavam seu casco para que as águas da maré entrassem e invadissem o seu interior e ele nunca mais voltasse ao mar. Os furos eram como os tiros de misericórdia naquele suicida cansado, digno e generoso, pensei enquanto ouvia a história e olhava os olhos cor de lágrima daquele homem que buscava mundo afora a luz dos homens.

E então os homens quebravam o navio, cortavam as chapas de aço, transformavam o madeirame em lascas.

As hélices que levavam o navio pelos mares do mundo, são, eram feitas de bronze, e o bronze era, é, derretido para se transformar em jóias que enfeitam as mulheres. O navio morto era dilacerado em pedaços que seguiriam novas vidas.

Eu ouvia a voz que contava essa história, olhava os olhos que viram essa história. Muito tempo depois, entendi: eu também singrei mares, cruzei mundos, até chegar aqui, a este espelho onde não quero, não posso encalhar.

Mas não devo, não vou pensar nisso agora. Agora, não: faltam quinze, dez minutos, e a mulher mais bela do mundo vem me resgatar.

Sim, dez: faltam dez minutos e não quero pensar. Mas penso: serei assim, serei eu esta figura correta, rotineira?

Abro a porta do armário, um espelho de corpo inteiro devolve a imagem que, afinal, é a minha. Não quero ser assim.

Tiro o paletó, tento um suéter cor de vinho que comprei na Califórnia há exatos dez anos por sessenta dólares e me senti feliz quando comprava. Não, não. Informal demais. Não serve. A menos, claro, que eu mude também as calças, e prefira mocassins marrons. Mas, não: na verdade, não. Não serve. Retomo as calças cinza-chumbo, os sapatos pretos, tento a capa. Claro, por que não a capa? É excelente, e, afinal, pode voltar a chover. A capa. Não, não: melancólico demais, e agora faltam só dois minutos.

Visto outra vez o paletó azul-marinho de botões de prata fosca, pronto, definitivamente pronto, mas não, o suéter não, tiro o suéter e agora sim. Mais três pedras de gelo num copo limpo e dois dedos de bebida e outra vez a poltrona virada para a janela ainda aberta, e o morro de Santa Lucia, seu castelo iluminado, e entra uma brisa fria mas suave e agora é só esperar sem nenhuma ansiedade, nenhuma expectativa em brasa, nada, nada.

Bangladesh. Havia, recordo, uma explicação cristalina para que a cerimônia derradeira dos velhos navios fosse em Bangladesh. Mas não lembro qual era essa explicação, e lembro, isso sim, que ela nunca me convenceu de vez.

Eu sabia, soube sempre, sei até hoje, que Bangladesh é o litoral mais distante do mundo. Nunca fui a Bangladesh. Não quero, não vou encalhar em espelho algum. Mas como estará ela? Como terá atravessado os mares do tempo?

De certa forma, também fui dilacerado em mil partes, e adornei mulheres, e fui adornado, e me despedacei em novas vidas.

O que dizer a ela? Trinta e sete anos, e hoje é quarta-feira, 21 de outubro, oito e cinco da noite, uma viagem sem restrições.

Naquele tempo, ela era pontual. Eu continuo sendo até hoje.

Eu, preso aos pequenos compromissos, às pequenas regras, eu sempre conformado, guardando as forças cada vez mais minguadas para as batalhas cada vez maiores que nunca ocorreram.

São oito e quinze e, enfim, o telefone. A voz, a mesma voz. Anterior a qualquer outro som, qualquer outro ruído. A mesma voz.

Assim que ouço meu nome, digo:

— Ah, claro. Estou descendo.

São quatro andares. Hotéis baixos, sempre os melhores, sempre. Hotéis pequenos, cordiais, elegantes, discretos, casas que alguém espalhou e eu carrego pelo mundo. Quatro andares.

Saberei escolher o vinho correto neste país de vinhos certeiros? Os nossos, os de trinta e sete anos atrás, eram baratos, quase grosseiros. Existirão ainda? Haverá novos, desconhecidos.

Terá ela engordado, entristecido como as pessoas que vi nas ruas, será ela taciturna como os homens que vi no almoço?

Aprendi muito de Mozart e Haydn, e em Barcelona vi enfim um quadro chamado *La Masia* e várias das *Constelações*, e vi todos os apóstolos na igreja de Toledo, mas devo falar nisso? Devo falar nos medos e maravilhas deste mundo, desta vida que foi?

Ela, sempre ela.

Quatro andares, quatro. E pronto: a porta do elevador abre e mostra o pequeno, discreto, elegante vestíbulo deste hotel na cidade com nome de santo.

O vestíbulo é claro e ali, na frente do balcão da recepção, está ela. A de antes, a de sempre: ela.

A memória, suas pequenas traições: era mais baixa, um pouco menos magra. Mas a roupa, claro, a roupa, as cores únicas e meus passos têm de ser firmes, serenos mas firmes, ela não pode perceber o turbilhão, a pressa, e ela me vê, olha como se levasse um átimo até me reconhecer, e abre um sorriso luminoso, e vou caminhando devagar, sorrio também, ela não deve, não pode, não vai perceber o turbilhão alucinado, o tempo não teve tempo de passar por ela, o tempo aplacado em seus cabelos, os mesmos, um pouco mais claros, e por onde andei se aqui é o meu lugar, minha derradeira areia?, e sinto que avanço numa velocidade alucinante, minha última viagem, Bangladesh talvez, e ela sempre igual e a mesma, e abre gentilmente os braços e cheguei, entro em seus braços e sinto seu corpo sem tempo, entro em suas formas sem peso, em seu perfume de vida e de sempre, ela, ela, e então ouço sua voz, a mesma voz, trinta e sete anos desaparecidos, diluídos, e avanço e ouço o que ela diz:

— Que bom.

E diz também, na mesma rajada de vento:

— Desculpe o atraso.

E quero rir, e continuamos no mesmo abraço, e ela não vê meu rosto mas eu sinto, eu sei, a maré nos meus olhos, a tão evitada, a maré, e sei também que nunca me conformei, e que a batalha tão esperada enfim chegou.

Mas ela prossegue, na mesma rajada, enquanto delicadamente se solta de meu abraço:

— Mamãe está aí fora, esperando no carro.

E então entendo.

E então ela prossegue:

— Muito prazer — diz. — Mamãe falou muito no senhor.

Quando entrego as chaves na recepção, vejo no espelho da parede meu rosto.

Não é um rosto conformado: é um rosto que cansou. Encalhado, para sempre, no tempo.

(1992/1993)

3

Coisas do mundo
O homem do sobretudo
A promessa
Os amigos
A incompetência do destino (II)

COISAS DO MUNDO

Com o tempo e o costume, aprendi a preferir viagens diurnas e cidades que tenham o aeroporto afastado, e onde é necessário atravessar campos para chegar ao centro, ou então cidades que tenham o aeroporto à beira-mar, e uma brisa iluminada acompanhe o viajante.

Não há muitas cidades assim, e nem sempre posso escolher o destino. A escolha, então, reduz minha preferência a uma coisa íntima e esperançosa: cabe mais à sorte que ao desejo. E, além do mais, o trabalho está onde estiver, e é preciso correr atrás. Sou o segundo lugar na lista dos melhores vendedores da região Sudeste. Consegui isso em bem pouco tempo, e sei que algum dia serei o melhor de todo o território nacional. Tenho ainda a sorte de, volta e meia, ser mandado — como hoje — a algum país vizinho.

Com o tempo e o costume, aprendi a detestar aeroportos, mesmo os que antes eram meus favoritos, e odiar a tensão suave e insistente que paira sobre todas as filas de embarque. Lá dentro do avião a coisa muda de figura. Tenho todos os truques para me acomodar do melhor modo possível, e meu senso de observador agudo me permite indagações interessantíssimas ao longo de cada vôo. Pegue, por exemplo, os vôos curtos, de menos de uma hora. Não tem erro: os passageiros que escolhem entre as filas 12 e 16, como eu, dividem-se de maneira absolutamente nítida. Os que se sentam no assento do meio — estamos falando, é claro, desses aviões que têm duas fileiras de três assentos em cada lado do corredor — são os que, nos vôos de fim de tarde, pedem alguma bebida alcoólica. Os da janela e do corredor ficam, em pelo menos 84% das vezes, tomando refrigerantes. São pouquíssimas as mulheres que pedem uísque, e todas elas fumam. Homens de barba tomam cerveja ou Campari.

Hoje, porém, tenho um vôo um pouco mais longo pela frente: são duas horas e meia, sem escalas, até a capital de um país vizinho. O horário do vôo é ingrato: oito e cinco da manhã. Mas, com o tempo e o costume, você acaba assimilando qualquer horário.

Chego ao aeroporto às seis e dez, e não há fila no balcão de embarque. Isso me traz uma irritação leve e imediata: significa que eu poderia ter dormido um pouco mais. Veja só: são seis e vinte, minha mala está despachada, meu cartão de embarque está no bolso do paletó — fila 14, corredor direito, como corresponde —, e não tenho rigorosamente nada a fazer até a hora de entrar no avião.

Sinto um imbatível resto de sono, o aeroporto está quase vazio, o que significa que não tenho condições de exercer meu agudo senso de observação. Compro o jornal e vou até a cafeteria. Seis e vinte e seis, e encontro Jorge, de terno azul-claro e óculos escuros sem nenhuma função prática dentro do saguão do aeroporto, a não ser ocultar eventuais olhos de ressaca. Jorge me cumprimenta com um sorriso que irremediavelmente se transforma num curto bocejo. Sentamos lado a lado no balcão, passo para ele as páginas da seção de economia, abro a seção de esportes, Jorge pergunta:

— Você costuma chegar sempre *tão* antes da hora do vôo?

— Não, é que me distraí — resmungo.

Jorge está indo para a mesma cidade que eu, no mesmo vôo, mas escolheu um lugar na parte dos não-fumantes. Gosto de Jorge, mas na verdade não consigo de jeito nenhum gostar de alguém às seis e meia da manhã, depois de cinco parcas horas de sono. Além disso, prefiro sempre viajar sozinho. Conversar com alguém atrapalha meu agudo senso de observação — a não ser, claro, que seja alguém que acabei de conhecer ali mesmo, no avião.

São seis e trinta e oito e penso que encontrar Jorge foi um bom sinal. Na verdade, cada vez que estou mal-humorado e com um invencível resto de sono acho qualquer coisa um bom sinal. Tenho observado isso ultimamente.

São sete e vinte, peço a conta enquanto Jorge apura o segundo café. Este é um aeroporto especialmente irritante: tudo está a quilômetros de distância, no fim de corredores largos, longos, claros e inexplicáveis.

Estamos no meio de um desses corredores quando nosso vôo é anunciado pela primeira vez. Agora, o movimento começa a aumentar, e seria a hora ideal para ficar sentado observando cuidadosamente as pessoas, verificar hábitos, anotar tiques e truques. Já percorremos uma distância parecida à extensão da Grande Muralha da China e ainda falta outro tanto até a entrada G-3, que nos levará ao nosso avião. Minha atenção é desviada para a moça que caminha alguns metros à nossa frente. A moça veste calças pretas, um blusão de inverno e usa um chapéu de aba mole. Debaixo do chapéu, os cabelos da moça, presos por um laço de fita, escorrem até o meio das costas. A moça caminha com calma, levando uma bolsa de tecido verde pendurada no ombro direito. A moça caminha para a outra ala do aeroporto, onde estão os balcões de reservas. Gostaria de saber o que faz uma pessoa às sete e vinte e cinco da manhã indo fazer uma reserva no aeroporto, em vez de cuidar disso por telefone.

Reparo a silhueta que caminha à nossa frente, e de repente meu agudíssimo senso de observação dispara todos os gatilhos da minha memória: conheço esse andar, conheço essa moça.

— Não pode ser — murmuro.
— O quê? — pergunta Jorge.
— Ela.
— Ela, quem?

Apresso o passo até chegar ao lado da moça, toco com cuidado seu ombro, ela vira o rosto e faz um ar de espanto que dura frações de segundo, antes de abrir um sorriso, aquele, o mesmo.

Jorge pára ao nosso lado enquanto abraço a moça dizendo coisas criativas e imaginosas, como "Meu Deus, você aqui!".

— Vou indo na frente — diz Jorge, e eu nem olho para ele.
— Um ano — diz ela, finalmente. — Um ano!
— Você está bem — afirmo.
— Você também — diz ela. E, depois de um sorriso: — Rimou, viu só?

Fico sem saber o que dizer, pergunto o que ela está fazendo.

— Acabo de chegar, e resolvi aproveitar para confirmar meu vôo desta noite.

Ela conta para onde está indo, observo que ela tem direito a fazer uma escala na cidade para onde vou, ela argumenta que teria de mudar toda a sua agenda, insisto:

— É isso mesmo que estou dizendo: mude a passagem, peça para fazer uma escala, fique comigo dois ou três dias.

A moça não diz nada, fica olhando para mim, sorri de novo.

— Vamos, diga que sim — peço.
— Você vai perder seu vôo, já fizeram a chamada final.

— Mas, antes, diga que sim, que você chega lá hoje à noite.
— Não preciso nem mudar de vôo, é só pedir para fazer a escala.
— Então.
— Meu vôo sai às oito da noite.
— Então!
— Tenho de desmarcar compromissos, mudar um monte de coisas...
— Pois mude.
— Seria ótimo — diz ela, com os olhos baixos.
— Por favor.
Ela fica em silêncio, depois diz:
— Você nunca me pediu nada assim: "Por favor."
— Estou pedindo. Por favor, por favor, por favor.
— Você vai perder seu vôo.
— Então diga que hoje à noite você me encontra.
— Vamos ver.
— Hotel Continental. Fica na avenida à beira-mar, no fim da baía. Os motoristas de táxi conhecem. Você vai gostar.

O avião sai em treze minutos. Antes de correr para a porta de embarque, fico olhando a moça, que continua com os olhos baixos. Não nos despedimos, não nos tocamos, não dissemos nada mais. Agora estou entregando o cartão de embarque para o funcionário da companhia aérea, ele me diz "rápido, por favor", e eu me viro para olhar a moça. Ela continua onde estava, e faz um gesto com a mão.

Sou o último a embarcar. A aeromoça que me recebe sorrindo tem uma plaquinha dourada com seu nome presa ao uniforme. Chama-se Anna, e parece mais jovem do que na verdade deve ser. Caminho pelo corredor até encontrar a poltrona 14-D, corredor direito, e noto com certo alívio que não há ninguém na poltrona ao lado, a E, nem na F, a da janela. Gosto de variar durante o vôo. Às vezes, sento na poltrona da janela, olho a paisagem lá embaixo, e depois retorno ao meu assento, para pouco depois voltar à janela.

O café-da-manhã desta companhia tem *croissant* e boas geléias. Uma vez, viajei na classe executiva, e o café-da-manhã tinha cerejas e pequenas tortas de damasco. Mas não sinto nenhuma fome. O sono foi-se embora, fico só pensando na moça. Entre uma lembrança e outra, porém, decido que, quando o café-da-manhã for servido, dedicarei especial atenção à omelete. Há algum tempo cheguei a fazer uma cuidadosa análise dos cafés-da-manhã servidos por diversas companhias, e a omelete desta era a minha favorita. Depois, deixei a análise de lado, mesmo porque raramente viajo tão cedo. Nos últimos tempos tenho me dedicado à análise dos jornais entregues a bordo. Não cheguei ainda a nenhuma conclusão, mas continuo estudando o assunto com o cuidado que ele merece.

Certa vez li um livro escrito por uma norte-americana. O personagem do livro era autor de livros de viagem. Dava instruções sobre o que levar na bagagem, onde comer, essas coisas. Dava também algumas pistas para viajar de avião. Eram interessantes, mas muito superficiais. Tenho minhas próprias idéias a respeito, e algum dia vou me dedicar a preparar um guia do viajante aéreo, com todos os truques aprendidos após muito exercer meu agudo senso de observação. O uso de óculos escuros a bordo, por exemplo, merece um capítulo detalhado. A escolha do lado do avião, de acordo com a rota e o horário, também é fundamental. Como conseguir ração dupla de sobremesa, o tipo de sapatos, conforme a duração do vôo, enfim, tudo isso que ajuda a voar melhor e poder desfrutar cada minuto da viagem. Cheguei a fazer algumas anotações sobre como tentar fazer com que uma aeromoça reconheça você no segundo encontro, mas tropecei na hora de estabelecer as bases para uma paixão aérea duradoura. Na verdade, me apaixonei por uma aeromoça da Braniff que fazia a rota Buenos Aires-Santiago do Chile. Chamava-se Patrícia e era mais bela que qualquer avião. Voamos juntos oito vezes, mas aí a Braniff fechou e perdi inteiramente a pista da aeromoça mais bonita dos ares.

Pensando nisso tudo mal pude apreciar o café-da-manhã, que realmente veio com *croissant* e geléia de framboesa, mas confirmei a excelência da omelete de queijo e o ponto exato do chá. E agora, após uma hora de vôo, vou me sentar na poltrona da janela para pensar na moça que acabo de encontrar no aeroporto.

* * *

Se eu tivesse esquecido os óculos escuros em casa, a claridade da manhã aérea seria um incômodo. É fundamental registrar este tipo de detalhe no livro que escreverei.

Se eu não tivesse encontrado a moça no aeroporto, lembraria o que aconteceu há um ano, pouco mais, pouco menos? Foram duas semanas passadas num hotel de uma praia estrangeira, e nosso quarto ficava na esquina, e havia uma varanda e na tarde em que choveu ficamos na cama com a porta da varanda aberta ouvindo o ruído da chuva, e eu disse a ela que via, através da chuva, como seriam os tempos de depois, e quando a chuva acabou corremos para o súbito pôr-do-sol no mar e juramos que nunca mais seríamos felizes como naquele momento, e isso aconteceu há um ano, pouco mais, pouco menos, e na manhã seguinte ao dia da chuva fui embora e nunca mais vi a moça. Muitas vezes, nas noites em que não consigo dormir, pergunto o que teria acontecido se eu não tivesse ido embora. Mas agora está na hora de voltar para a minha poltrona, a 14-D, e fumar o último cigarro antes que comecem os preparativos para o pouso.

São dez e meia e decido fazer outro teste de observação: ficarei aqui sentado, esperando todo mundo desembarcar.

As pessoas passam e me olham, reparam que continuo com o cinto de segurança. Faço força para tirar qualquer expressão do meu rosto enquanto observo as pessoas. Fico simplesmente sentado, encarando o encosto da poltrona à minha frente. Faço que não vejo que, lá na frente, Jorge me faz sinais do corredor. Quando desembarca o último passageiro, a aeromoça Anna chega com ar de cautela e pergunta se está tudo bem. Continuo impassível, ela repete a pergunta. E então dou um salto e me dirijo com passos apressados para a porta. Ela faz ar de susto e se afasta para me dar passagem. Lá da porta viro e digo, em voz alta:

— Bom dia, obrigado.

A caminho da esteira de bagagens não consigo chegar a nenhuma conclusão sobre o resultado de minha experiência.

Decido, agora que são onze e dezesseis e já passei pelo guichê dos passaportes e acabo de pegar minha mala e ver que Jorge está na fila da alfândega, de onde me faz novos sinais, que respondo com um aceno certamente enigmático, fazer uma nova experiência. Farei cara de suspeito. Nenhum gesto, nenhum movimento: apenas carregarei na minha melhor expressão de sujeito altamente suspeito.

São onze e vinte e nove e devo assumir meu fracasso mais total: apertei o botão da lâmpada que indica os que devem e os que não devem submeter sua bagagem ao crivo dos fiscais, caprichei na expressão de suspeito imperdoável, e a luz verde acendeu, indicando caminho livre. Vi Jorge tendo sua mala impecavelmente vasculhada e, de longe, me despedi fazendo gestos enérgicos de que falaríamos por telefone. Ele disse qualquer coisa que não ouvi.

Agora estou no banco de trás de um táxi grande e amarelo, sustento minha expressão de suspeito número um, mas, quando o carro chega na avenida à beira-mar peço ao motorista, com cordialidade, que diminua um pouco a velocidade para que eu sinta a maresia.

Chego ao hotel quando o relógio da recepção marca meio-dia e meia em ponto. Peço um quarto num andar alto, com varanda e cama de casal, de frente para a baía.

Demoro exatos vinte minutos para arrumar minhas roupas no armário e na cômoda do quarto, observar que a vista é realmente fenomenal, tomar um banho rápido e me preparar para o almoço marcado para a uma da tarde. Tentarei apressar todos os meus assuntos para ter tempo livre amanhã e depois, quando a moça estará comigo. Penso, pela primeira vez no que será uma série de pensamentos iguais ao longo da tarde, que a vida é cheia de surpresas e que o mundo tem suas coisas.

* * *

Faltam cinco para as nove, estou morrendo de fome, apanho na recepção do hotel as chaves do 1.614. Nenhum recado, é claro. Em três horas, no máximo, ela estará aqui. Estou exausto. Decido: banho, sanduíche, cerveja gelada; quando ela chegar, peço o jantar; quero o jantar servido na mesinha da varanda, sobre as sombras e as luzes da baía.

Decido: barba, sanduíche, cerveja e, então, banho na banheira, morno, imenso, no mínimo uma hora, a água sendo renovada a cada tanto. Decido, junto com o sanduíche e a cerveja, pedir um maço de cigarros e o jornal da tarde.

Acostumei-me a aceitar com calma a idéia de dormir vestido quando estou em algum hotel após um dia exaustivo de trabalho. Mas hoje, nem pensar.

São dez e meia, vejo na televisão um filme chamado *The Hanging-Tree*, com Gary Cooper e Maria Schell. Gary Cooper é médico e trapaceia no carteado. Maria Schell é enfermeira e cega. Há ainda um marido carrasco e muito tiro e muita pancadaria.

Faltam oito para as onze, mudo de canal à procura de algum noticiário. Não encontro nenhum. Volto a Gary Cooper. Meu afiadíssimo senso de análise indica que enfermeira cega é um dos maiores absurdos da história do cinema. Meu acelerado sentido de atração pelo riso faz com que eu aposte comigo mesmo que Gary Cooper terminará sendo enforcado, por todas as trapaças que fez no pôquer nos últimos cinco minutos. Mas não me animo a apostar comigo mesmo se Maria Schell vai ou não recuperar a visão.

O som do telefone é como um par de agulhas sendo cravadas nos dois lados da minha cabeça. Antes de atender vejo que dormi com a televisão ligada, que já não há mais Gary Cooper, apenas a tela e um chuvisco luminoso, e que faltam dez para uma da manhã.

— Enfim — murmuro, ao atender.

Do outro lado da linha, e por cima de um ruído de fundo formado por muitas vozes e alguns risos, ouço Jorge:

— Pois é, enfim! Você não me disse em que hotel ia ficar, passei horas ligando para todos os hotéis da cidade. Você não sabe o que me aconteceu.

— Não, Jorge, não sei — interrompo, zonzo de sono e irritado pela euforia da sua voz.

— Estou aqui embaixo, no cassino do seu hotel. E sabe da melhor? Acabo de acertar dois plenos em seguida. O quinze, velho, o *quinze*! Duas vezes, acredita? Em seguida, duas vezes! Ah, eu sabia, eu sabia: quando encontrei você no aeroporto hoje de manhã, pensei: É um bom sinal. Você está ouvindo?

— Que sorte, Jorge. Que bom — digo e desligo.

Mergulho no sono aos poucos, estendido vestido na cama, e no lento mergulho vejo a moça e o pôr-do-sol numa praia estrangeira, e vou mergulhando e mergulhando e sinto que cumpri a promessa.

(1992/1993)

O HOMEM DO SOBRETUDO

Na esquina, exatamente debaixo de um poste, havia uma cabine de telefone, dessas que quando a porta é fechada uma luz acende lá dentro, para mostrar que alguém está usando o telefone.

Era março e fazia frio. Durante toda a semana havia caído uma neve bem fininha sobre a cidade, e essa neve derretia nem bem caía, deixando as ruas sujas e as calçadas escorregadias. Muitos e muitos anos mais tarde, e falando de outra cidade, um poeta diria num verso definitivo: *"a neve vira água antes de chegar"*.

Mas aquela era ainda a mesma noite de março e passava da hora em que as pessoas voltam para casa. A rua estava deserta e não havia mais água-neve. Fazia muito frio e muita escuridão. Havia três automóveis estacionados junto da calçada. O homem passou entre dois desses carros e seu joelho esquerdo bateu num deles. Não sentiu dor: só a umidade do resto da neve que não chegou a ser, borrifando a flanela da calça.

O homem era magro e vestia um sobretudo azul-marinho. Debaixo do braço direito levava uma caixa de couro negro, onde guardava seu instrumento. O homem era músico e voltava do trabalho. Olhando na claridade, seria possível notar que alguma vez ele foi um homem bonito e que agora o tempo deixava em seu rosto as marcas de seu estrago.

Era uma noite de quarta-feira. O homem sentia um pouco de fome, porque não tinha jantado, e um pouco de frio, e um pouco de cansaço.

O homem tinha chegado para tocar no *Rainbow Grill* pouco antes das oito e meia da noite e tinha pedido um uísque sem gelo antes de caminhar para a parte de trás do palco, onde os músicos tinham seus quartinhos, que o patrão gostava de chamar de *camerino*. O patrão gostava de passar por italiano, mas era só neto e na verdade jamais havia estado na Itália, nem falava italiano. O patrão sabia disso e sabia também que controlava a melhor casa noturna da cidade. Naquele país, quem fosse verdadeiramente bom tinha de passar por aquela casa.

O patrão tratava os músicos sempre com simpatia e cordialidade, pagava bem e em dia. Chamava os mais jovens de *bambino*. Antes de qualquer recomendação ou pedido, começava a frase com *Bambino*.

Naquela noite, quando o homem de sobretudo passou pelo balcão do bar e viu as mesas rodeadas de gente, pediu um uísque sem gelo e duplo e caminhou para os quartinhos dos fundos. O patrão viu quando ele passou e foi atrás. O homem tinha fechado a porta e o patrão bateu devagar antes de entrar e perguntar: "*Bambino*, como foi a noite até agora?"

O homem de sobretudo, na verdade, não tinha nem muito assunto nem muita vontade de falar com o patrão. O patrão disse, com um sorriso:

— Todas as mesas foram reservadas. A casa está lotada desde ontem. *Bambino*, você vai ser um sucesso, você está voltando por cima, *bambino*.

O homem de sobretudo fez uma tentativa de sorriso. Alguém bateu na porta e quando o patrão abriu o garçom entrou com uma bandeja redonda. No meio da bandeja, um copo baixo, com uísque duplo sem gelo. O patrão olhou a bandeja, olhou o copo e depois perguntou:

— Você não quer comer nada, *bambino*? Ainda falta hora e meia. Um sanduíche, uma sopa, alguma coisa? Diga, *bambino*, o que você quiser, é só dizer.

O homem de sobretudo sacudiu a cabeça num sinal de não, e o patrão disse:

— Está tudo em paz. Fique tranqüilo, fique feliz. Você vai ser um sucesso, eu sei o que digo e não me engano nunca, nunca, *bambino*.

O patrão saiu e o homem de sobretudo bebeu um gole rápido. Estava parado no meio do quartinho que todo mundo chamava de camarim. Tirou o sobretudo e o paletó, e pendurou tudo num cabide com gestos cuidadosos. Depois tirou a camisa, que colocou sobre o espaldar da cadeira, e abriu cuidadosamente a caixa de couro negro, de onde tirou um trompete prateado.

Antes de pôr o instrumento de encontro ao peito, pois sempre que faltava pouco para subir num palco ele encostava longamente o trompete no peito e fazia uma escala quatro, cinco, seis vezes, o homem acendeu um cigarro sem filtro. Olhou o rosto que o espelho devolvia: um pouco mais magro, um pouco mais amargo.

O homem mirou o espelho, viu a imagem levar o cigarro à boca, tragar fundo, soltar a fumaça de uma vez só.

Então o homem se levantou, apagou a luz e voltou com cuidado até o sofá encostado na parede. Deitou e ficou olhando o teto escuro, atirando as cinzas do cigarro no chão.

Era assim — exatamente assim, do mesmo jeito — que ele tinha estado até três meses antes daquela noite de uma quarta-feira de março.

Até três meses antes, tudo era um quarto pequeno com paredes que algum dia tinham sido brancas e onde era proibido fumar. O homem tinha de esperar a alta noite, quando passava a última ronda de vigilância e as luzes eram apagadas, para só então tirar de dentro do travesseiro um maço de cigarros amassados. Acendia um com cuidado, deixando as cinzas na mesinha-de-cabeceira. Antes de dormir recolhia as cinzas e soprava forte, até que não restasse nenhum vestígio de seu pequeno delito cotidiano.

Pouco depois das nove e meia bateram na porta outra vez. O homem estava deitado no sofá, quase dormindo, e se assustou. Quem bateu na porta disse apenas:

— Faltam vinte minutos.

Vinte minutos, e seria hora de subir no palco. O homem vestiu primeiro a camisa azul-claro, ajustou as abotoaduras. Depois, com gestos precisos, deu o nó na gravata e ficou sentado esperando. Mal tinha encostado o trompete no peito quando a porta foi aberta e Bruno, o contrabaixista, entrou.

— Vamos esquentar? — perguntou Bruno. — Estamos aqui ao lado.

O homem fez que sim com a cabeça e saiu deixando a luz acesa e a porta aberta.

No camarim ao lado estavam os outros quatro. Estavam sorridentes e pareciam contentes. O homem foi recebido com alegria.

O homem cumprimentou um a um com a cabeça, sorrindo sempre, e depois sentou na cadeira mais próxima e fez uma rápida escala no trompete. Todos sorriram e então o homem disse:

— Vamos lá?

Primeiro, passaram rapidamente a primeira parte de *Round Midnight*. O homem fez a introdução do seu solo, Bruno acompanhou com cuidado no contrabaixo, o guitarrista foi perfeito. O baterista e o pianista ficaram só olhando.

O homem disse que estava bem, que tudo sairia perfeito, e então tocou um pequeno trecho de *Years of Solitude*. Quando acabou, todos se olharam sorrindo.

Eram dez e cinco em ponto quando entraram no palco. O homem tinha perdido o hábito de enfrentar aquelas luzes todas, tão absurdamente fortes, e sentiu uma espécie de alívio quando elas se apagaram e apenas um foco de cor azulada apontou diretamente para ele como um tiro vindo da escuridão.

O contrato dizia 55 minutos e os contratos do patrão eram duros. Mas os cinco tocaram uma hora e meia. A escuridão escondia o rosto das pessoas nas mesas. Quando acabaram de tocar houve um silêncio denso, curto e pesado. E então as pessoas começaram a aplaudir e a gritar o nome do homem. Enquanto tocavam a última música o homem sentiu alguma coisa arranhando por dentro e a coisa subiu rumo à garganta. E então a coisa explodiu na boca que soprava o trompete. A coisa explodiu e as pessoas olhavam e escutavam em silêncio. Foi em *Years of Solitude*. Como um presságio, uma vingança, uma espera antiga.

Quando terminou de tocar, o homem estava empapado de suor e sentia na boca um gosto de ferro em brasa. O homem chorava, mas achou que isso não tinha a menor importância. Os músicos estavam em silêncio. O homem sabia que naquela noite havia feito alguma coisa grandiosa e definitiva. O homem terminou de tocar e baixou a cabeça. As pessoas não paravam de aplaudir, as pessoas continuaram aplaudindo quando ele saiu correndo pelo corredor estreito rumo ao camarim. No caminho teve tempo de ver o rosto avermelhado do patrão gritando:

— *Bambino*, você é um gênio, eu sabia, um gênio, *bambino*, um gênio!

O homem tremia inteiro quando fechou a porta do camarim, apagou a luz e tateou no escuro atrás do copo ainda cheio até a metade. Esvaziou o copo de um gole só, sentiu calor por dentro e deitou no sofá, pensando: "Consegui. E agora? Consegui!".

Logo em seguida alguém bateu na porta. Era o patrão, seguido de um bando de gente. Durante mais de meia hora o homem respondeu a um sem-fim de perguntas, tomou três copos de uísque, assinou papéis e fotos e repetiu até a exaustão que se sentia bem, sim, muito bem, melhor que nunca.

Depois o homem ficou em silêncio vendo as pessoas indo embora. No fim ficou apenas com o patrão, que não parava de dizer:

— *Bambino*, nunca se viu nada igual. Grandioso, *bambino*, grandioso! Como você está se sentindo? Bem, *bambino*, muito bem, não é? Bem, *bambino*, você está se sentindo melhor que nunca, *bambino*!

E o homem pensou que pelo menos uma parte era verdade: nunca tinha acontecido nada igual. Daquele jeito, do jeito daquela noite, antes, nada, nunca. E pensou que muito tempo antes daquela noite de quarta-feira de março, e naquela mesma cadeira daquele mesmo camarim, depois de tocar ele sentira que tudo estava perdido para sempre e que dali em diante tudo seria silêncio e nada mais que silêncio.

Depois tinham sido aqueles meses todos num sanatório, quantos meses?, tantos, todos, todos, aquele mundo feito de médicos e enfermeiras e enfermeiros e vigilantes que diziam que era preciso deixar tudo para trás e começar tudo de novo, mas deixar como?, e o que era aquele tudo?, e meses e meses em que o trompete não existia, nem existia som algum, existia apenas um calendário na parede onde os dias iam passando e sendo cortados por um toco de lápis vermelho dia a dia, dia a dia até o dia final.

Durante aquele tempo todo ele esperou pela vez de voltar ao mundo, voltar ao mesmo lugar onde uma vez sentira que tudo estava perdido para sempre.

O mesmo lugar, quase-quase a mesma cadeira. Era o mesmo camarim, depois de ter tentado transformar aquela coisa que arranhava por dentro em um som definitivo. Assim tinha sido, meses e meses e meses antes. Como naquela noite de muito tempo atrás, exatamente como naquela noite: quando ele tinha terminado de tocar e todo mundo havia saído do camarim e ele enfim podia contemplar a própria solidão e o vazio sem fim, a moça morena entrou e olhou para ele como quem se despede de uma pedra. A moça morena foi-se embora e então ele soube que tudo estava perdido para sempre.

Durante toda uma tonelada de meses ele cortou o tempo dia a dia com lápis vermelho no calendário da parede do quarto do hospital. E dia a dia pensou no dia de voltar.

O dia tinha enfim acontecido. O dia é hoje. Agora o homem está na cadeira, enfim sozinho no camarim. E chegou a hora de ir embora. O homem vestiu o sobretudo, guardou o instrumento na caixa de couro negro, passou uma toalha no rosto, apagou a luz e foi embora.

Quando passou pelo balcão do bar viu que ainda havia muita gente. Fez que não ouviu o patrão chamando:

— *Bambino*, vem aqui, *bambino*, tem gente querendo conhecer o gênio!

Ele passou direto, sorriu para o porteiro e saiu para o frio da rua, naquela noite de março, quarta-feira.

Na esquina, exatamente debaixo de um poste, havia uma cabine de telefone, dessas que quando a porta é fechada uma luz acende lá dentro, para mostrar que alguém está usando o telefone.
Era março e tarde da noite e fazia frio. O homem magro vestia um sobretudo azul-marinho e tirou duas moedas do bolso. Colocou a primeira moeda na fenda do telefone e discou um número. A voz da moça morena de tanto tempo atrás atendeu do outro lado e então o homem colocou a segunda moeda. O homem disse:

— Estou ligando para dizer que eu sabia que ia ser assim, e sabia que você não acreditava que ia ser assim, e agora que foi assim, agora que consegui, não tem mais graça. Nada mais tem graça. Eu consegui, e já não tem graça.

A moça morena não teve tempo de dizer nada: o homem desligou. Era março e era tarde da noite e fazia frio, e o homem abriu um pouco a porta da cabine de telefone para que lá dentro a luz se apagasse.

Então o homem tirou o sobretudo e o paletó, e ajeitou tudo no chão em cima da caixa de couro negro onde guardava o seu instrumento. Depois tirou do bolso de trás da calça uma gilete novinha. Desembrulhou a lâmina fina e pequena, respirou fundo e retalhou braços, peito, rosto, cortou fundo a garganta, rasgou as pernas, talhou as coxas.
Foi encontrado pouco depois das seis da manhã, ainda com vida. Havia uma grande mancha de sangue sobre suas roupas cuidadosamente ajeitadas em cima da caixa de couro negro.

Antes de ver o mundo sumir na noite, ele pensou: *Eu sabia que ia ser assim. O tempo todo pensei nisso, não queria que fosse assim, mas eu sabia, eu sabia que ia ser assim* ·

(1974/1976)

A PROMESSA

esta história é para Ruy Guerra, Chico Buarque e Eduardo Galeano

1

Agora que penso nisso, vejo que o que mais me assombrou foi saber que Gabriel continua vivo.

Não veio ao encontro, mas sei que continua vivo. Ninguém me disse, mas sei que não morreu: se tivesse morrido, eu teria ficado sabendo. A morte é sempre notícia.

Gabriel não morreu e deve andar pelos 80 anos. Na época da promessa tinha uns 30. Aqui, até a morte demora. Tudo é velho neste lugar.

O homem que me traz a segunda cerveja é velho como uma árvore. Caminha em silêncio lá dos fundos do bar até a mesa pequena e redonda onde estou, perto de uma árvore que não dá sombra, em um canto da calçada. Sorri em silêncio enquanto se aproxima, e agora que penso nisso vejo que em geral os velhos muito velhos são muito silenciosos, e seu sorriso é sempre meio estranho.

Sorri em silêncio esse velho muito velho enquanto se aproxima trazendo na mão esquerda o copo grande com cerveja, e na mão direita um pratinho com azeitonas verdes.

Ninguém pediu azeitonas, mas a tradição daqui obriga a servir azeitonas verdes com cerveja nestes verões arrasadores e, nos invernos profundos, as azeitonas são negras e chegam junto aos pequenos copos de um vinho escuro e ácido.

Quando comecei a dar voltas na praça buscando um lugar onde deixar o automóvel, senti que saía de um mundo para entrar em outro, cheio de velhices e silêncios, e soube — de repente — que Gabriel não viria.

Agora que penso nisso, vejo que com certeza Gabriel recebeu a carta que mandei há mais de um mês. Em toda a comarca não vivem mais do que três mil pessoas, e nenhum carteiro de Fiesole deixaria de entregar a um velho como Gabriel o envelope vindo de uma cidade distante que nem a Lua e com um carimbo de *urgente* ao lado dos selos.

Gabriel recebeu a carta e não veio porque não quis, ou porque decidiu não querer.

Sem Gabriel não saberei jamais como foram, exatamente, aquelas noites e aqueles dias daqueles meses todos da promessa. Não saberei jamais como foi a separação entre ele e o outro, e ficarei para sempre com a sensação de que entre Gabriel e o outro, o que era meu avô, surgiu uma espécie exemplar de ódio, um ódio sem fim. Por que será então que Gabriel decidiu viver ao lado do outro depois de tudo aquilo durante 28 anos, seis meses e três dias, acompanhando-o até o fim?

Nada disso, é verdade, seria tão importante em minha vida, mas a história dos dois e da promessa de mais de 50 anos atrás de repente passou a matar meu sono, e foi então que decidi vir a Fiesole em busca das cores que faltam para cobrir todos os espaços que a memória deixou em branco, e Gabriel foi avisado, sei que foi avisado, tenho certeza, mas não veio me encontrar.

2

Agora que penso nisso, vejo que Gabriel decidiu que a história é demasiado dele, não pode ser estendida a ninguém: mais do que um segredo, mais do que qualquer coisa, a história é a sua própria memória, e dividi-la com alguém, e ainda mais comigo, seria como enfrentar uma amputação, irremediável e para sempre.

Faço um gesto com a mão direita e chamo o velho muito velho que vem lá dos fundos em silêncio até a minha mesa na calçada.

Olha para os dois pratinhos ainda cobertos de azeitonas verdes e não entende o desprezo. Peço que traga mais cerveja e um pouco de queijo. Se espanta, mas enfim aceita que alguém no mundo tome cerveja comendo lentos pedaços de queijo.

Olho o relógio. Gabriel não virá. Estou aqui há quase duas horas e sei que não virá. Pago a conta e vou embora.

Caminho até o automóvel. Penso que haverá luz durante três ou quatro ou, quem sabe, cinco horas. Penso que talvez valesse a pena dar umas voltas pelos caminhos estreitos do campo, entre os olivais, e penso que com certeza o velho muito velho conhece Gabriel há muitos anos, e agora que penso nisso vejo que o velho muito velho deve saber de minha história muito mais do que eu.

3

Não sei, nem nunca soube, por exemplo, o que terá levado o outro, o que era meu avô, à beira de uma ruína sem remédio nem explicação. E não posso mais do que imaginar o que terá feito que se decidisse a tentar como primeira e derradeira solução uma promessa daquelas.

Até onde pude saber, foi no meio de um inverno especialmente cruel nesta terra de invernos desalmados que o outro, o que era meu avô, quis saber quanto era o haver e quanto era o dever. A diferença entre um e outro era uma brecha sem fim nem esperança.

Gabriel com certeza saberá como foi essa descoberta. Saberá também que o outro não conseguiria chegar ao verão se na imediata primavera não acontecesse o impossível. E saberá, enfim, como foi que o impossível acabou acontecendo. Gabriel terá ouvido alguma vez que as oliveiras às vezes falham, e às vezes falham anos seguidos, mas naquele tempo o outro, o que era meu avô, não sabia disso, e agora que penso nisso vejo que possivelmente não soube nunca, nem depois de ter acontecido com ele mesmo. Era um velho magro e distante e silencioso, o outro, o que era meu avô.

Naquele meio de inverno, meu avô decidiu que, se o impossível acontecesse, na primavera começaria a cumprir a promessa. E agora que penso nisso vejo que com certeza Gabriel terá participado de tudo.

Se acontecesse o impossível, o outro, o que era meu avô, conseguiria atravessar a primavera e o verão e no outono começaria a preparar-se para, depois do inverno, cumprir com tudo.

Não sei nem soube nunca como foi que o impossível aconteceu, e agora que penso nisso vejo que tampouco sei com que tamanho de alegria o outro, o que era meu avô, atravessou o tempo antes da hora.

Não sei nem soube nunca como foi que o impossível aconteceu, mas sei, não sei como, que foi neste mesmo bar onde acabo de tomar cerveja e comer lentos pedaços de queijo antes de me decidir dar voltas por estes caminhos estreitos entre os olivais que o outro contou a Gabriel no fim de uma tarde no meio de um outono talvez mais luminoso que este, e agora que penso nisso vejo que aqui os outonos são especialmente luminosos, que deveriam começar imediatamente a preparar tudo o que tivesse de ser preparado.

O que Gabriel não soube naquele fim de tarde é que a promessa seria cumprida de um modo diferente. Tudo o que Gabriel sabia é que o outro, o que era meu avô, tinha decidido um monte de coisas. O outro tinha contado a Gabriel algumas coisas na noite da descoberta: se o impossível acontecesse, iria a pé até Jerusalém. Gabriel ouviu em silêncio e depois perguntou:

— Para quê?

E o outro respondeu:

— Para agradecer, ora.

E Gabriel disse que iria junto, e o outro sorriu e disse:

— Então, vamos. Dois valem mais.

Naquele fim de tarde, o outro disse que começaria a estudar mapas e distâncias e a escolher caminhos, e disse também que Gabriel deveria começar a preparar tudo.

O outro precisou de um par de semanas com todos os seus dias e todas as suas noites, que varava de ponta a ponta, dormindo quase nada, para descobrir a rota perfeita.

4

Depois de traçar em vermelho no mapa o caminho, chegou à conclusão de que teria de caminhar 143 dias para ir e 145 dias para voltar. Decidiu que seria mais fácil apressar a ida: na volta estaria mais cansado. Lembrou que na ida o caminho seria desconhecido: talvez fosse mais fácil acelerar na volta. Gabriel sugeriu que deveriam acelerar na ida para evitar os ventos gelados e os sóis arrasadores e as chuvas tenebrosas, mas o outro perguntou se não seriam apanhados por tudo isso na volta. Resolveram refazer as contas, e o outro, o que era meu avô, concluiu que seriam precisos 210 dias para ir, e outros 210 dias para voltar. O outro achou então que era muito, ficaram no meio do caminho: 355 dias entre ir e voltar, nove dias em Jerusalém. Voltariam um dia antes de que tivesse passado um ano.

Uma noite, quando faltava menos de um mês para que começassem a caminhar, o outro jantou sozinho, como sempre, no enorme salão do casarão onde tinha nascido e vivido toda a sua vida e onde antes dele tinha nascido seu pai e, antes ainda, o pai de seu pai.

Sei, não sei como, e agora que penso nisso vejo que são muitas as coisas que a gente sabe sem saber como, que de repente tudo estalou de uma só vez, e que o outro sentiu uma idéia avançando como um rio súbito de água fria, e que esse rio não precisou mais do que um segundo para aparecer, inundar e desaparecer, mudando tudo. O outro viu, de onde estava sentado, o janelão da casa, que mostrava a escuridão que escondia o campo aberto. Com certeza, foi um cálculo rápido. Já que a questão era o esforço e o sacrifício, já que a questão era caminhar, por que não?

Com certeza, Gabriel não foi consultado naquela mesma noite, e agora que penso nisso vejo que com certeza Gabriel não foi consultado jamais. Foi, em todo caso, informado, e deve ter ficado em silêncio, cheio de assombro.

O que não sei nem nunca soube é se naquela tarde em que o outro e Gabriel estiveram nesse mesmo bar de onde venho, o outro, o que era meu avô, já tinha decidido mudar tudo. Creio que não. Penso que não. Algum dia saberei que não.

5

O outro passou várias noites calculando não mais os dias, e sim as vezes em que os dois deveriam ir de uma ponta até a outra, sem sair do salão. O salão tinha 25 metros da parede ao janelão enorme. Gabriel não dizia nada: continuava assombrado. O outro fazia contas. Pediu a Gabriel que fosse tirando os móveis, os quadros das paredes, os lustres, os vidros das janelas.

O outro não disse nunca a Gabriel quantas seriam as vezes em que os dois teriam de caminhar de uma ponta até a outra no enorme salão. Pediu-lhe apenas que providenciasse material de acampamento, e dois cobertores para cada um, e disse que ainda não tinha decidido a questão da comida e da água, e tornou a olhar o janelão.

O outro ainda estava calculando quantas vezes faria o percurso, ida e volta, por dia. Já que não enfrentariam sóis devastadores ou nevadas cruéis ou chuvas bíblicas, e não enfrentariam colinas ou areais ou bosques ou montanhas, não cruzariam rios, já que não haveria nada disso, poderiam, talvez, começar em um ritmo acelerado e ir depois baixando a marcha, quando estivessem prestes a chegar a Jerusalém, e depois, no regresso, fazer o contrário: começar em um ritmo mais suave e ir depois aumentando, pouco a pouco, o caminhar, tendo sempre como memória final o prazo: 364 dias entre ir, agradecer e voltar.

Oito horas por dia, todos os dias, cada dia. Todos os dias até chegar a Jerusalém e, depois, todos os dias, cada dia, até voltar de Jerusalém. Uma espécie de prisão, pensou o outro, o que era meu avô. E depois se perguntou: "Mas qual promessa não é prisão?"

Todos os dias, cada dia.

A questão da comida até que teve solução fácil: a cada manhã de segunda-feira alguém, sem ser visto e sem ver, poria junto da porta que separava o salão do resto da casa comida e água para uma semana. "Depois", disse o outro, "quando estivermos em Jerusalém, veremos como resolver o problema da volta." Gabriel olhava, assombrado.

Gabriel precisou de quatro dias para tirar tudo o que havia no salão. E depois, outros três dias para arrancar os pesados vidros das janelas. Quando o salão ficou nu e abandonado, parecia maior. E muito maior pareceria, deve ter pensado Gabriel, quando começassem a caminhar.

6

Levavam uma pequena grelha para cozinhar, e duas pequenas barracas para dormir, e saíram ao amanhecer de uma segunda-feira.

No dia anterior tinham ido cedo até a aldeia e estiveram bebendo até o meio da tarde. Voltaram juntos ao casarão, e no caminho o outro pediu a Gabriel que chamasse a filha de um camponês, uma moça de pele queimada de sol que a cada tanto entrava em silêncio nas noites do casarão, e quando Gabriel chegou com ela o outro estava dormindo sem ter tirado as botas, e então Gabriel levou a moça para a sua cama, seu quarto nos fundos do casarão, e era tarde da noite quando a moça saiu em silêncio, caminhando bem devagar, sem olhar para trás.

Não sei nem nunca soube como foi o início da caminhada. Devem ter começado a andar com o nascer do sol, rumo aos campos. Saíram da parede rumo ao janelão. Rumo ao sol.

7

Mas Gabriel não veio, decidiu não vir, decidiu não querer, e agora que penso nisso, vejo que esta foi, também, uma vingança de Gabriel.

Por isso não soube nunca, e não sei agora, como foi, exatamente, o início da caminhada. O que sim sei é que ao meio-dia do quinto dia a moça morena chegou perto do janelão escancarado e sem vidros e olhou para a sala e ficou assombrada: dois homens carregados de tralha, andando de uma ponta a outra, em silêncio, sem dizer uma palavra, e pensou que havia alguma loucura naquele mistério, e ficou olhando os dois um tempinho até que decidiu chamar mais gente, e no fim da segunda semana tinha uma platéia onde antes existiram janelas e janelões, e essa platéia resistiu quase três semanas até que começou a minguar e depois de um tempo já não havia mais ninguém para espiar os dois enlouquecidos caminhantes.

Quase não se falaram durante o primeiro mês. Gabriel, ainda e sempre mordomo, organizava os mantimentos que recolhia na madrugada de cada segunda-feira e preparava as refeições. Faziam fogo de manhã e ao anoitecer. Faziam fogo descascando as madeiras que antes sustentavam as janelas. Não se falavam, e Gabriel decidiu não perguntar ao outro onde conseguiriam madeira quando as armações que antes sustentavam as janelas tivessem acabado.

Os primeiros dias foram os piores. Havia que se acostumar a tudo, desde caminhar sem parar até a dormir entre duas mantas em cima do chão de mármore duro e frio, dentro de cabanas mal equilibradas, e agüentar com força até o anoitecer para então, e sempre um de cada vez, pois era preciso vigiar o acampamento, chegar até o vazio das janelas e mijar contra o vento frio ou pendurar-se para soltar merda no chão do jardim.

Fizeram de conta, durante os primeiros dias e depois durante os outros muitos dias, que não havia mijo e merda acumulando-se junto das paredes, do lado de fora da casa.

Acabavam as jornadas extenuados. Depois de 38 dias, o outro, o que era meu avô, estava feliz: tinham percorrido mais do que o previsto. Gabriel ouviu satisfeito a notícia sussurrada pelo outro: poderiam ficar dois dias no mesmo lugar, descansando.

Foi durante esses dois dias que o outro, o que era meu avô, conversou com Gabriel, o mordomo. Falou das chuvas da primavera, que aquele ano estavam demorando, e fez previsões sobre as chuvas do início do verão, que certamente varreriam o salão.

De repente Gabriel disse que era uma sorte que não fumassem. Sorriram.

Quando recomeçaram a caminhada, o outro avançava com passos cada vez mais decididos, até que uma manhã, no dia número 54, começou a descrever para Gabriel uma paisagem que nenhum dos dois via.

Reclamou, na semana seguinte, da comida, dizendo que jamais se acostumara a variações muito repentinas no tempero. Esclareceu que, por esta razão, sempre detestara viagens prolongadas. Explicou que detestava comidas típicas. Queixou-se, depois, do vinho demasiado ácido, mas não foi ainda naquela vez que Gabriel explicou que era o mesmo vinho e a mesma comida de sempre.

Quando cumpriram 75 dias de caminhada, o outro ficou irritado: tinham demorado demais. Quinze dias depois, estavam outra vez dentro do prazo.

Quando levavam 163 dias de caminhada, Gabriel tinha uma barba rebelde e o outro tinha os cabelos louros escorridos rumo aos ombros. Fizeram uma parada para que o outro barbeasse Gabriel e para que Gabriel, com a mesma navalha, aparasse os cabelos do outro.

As chuvas de verão tinham sido suaves. Os ventos de outono ainda não tinham chegado.

Quando os dois finalmente completaram o dia 172, o outro tornou a queixar-se da comida e do calor, que não existia, e da umidade, que não era tanta. Gabriel lembrou que em mais três dias estariam chegando a Jerusalém.

Quando chegaram ao dia 173, o outro amanheceu se queixando de cólicas, e não puderam caminhar mais do que uma dúzia de passos. O outro precisou de três dias para se recuperar. Emagreceu.

Certa manhã — a de número 186 — de sol claro avistaram, com dez dias de atraso, os contornos de Jerusalém.

Entraram na cidade pelo lado oriental, ao anoitecer.

Estavam magros, exaustos e felizes.

8

Começava o outono em Jerusalém, e os dois ficaram impressionados com a beleza das cores da tarde.

Gabriel sugeriu que procurassem um hotel, onde poderiam descansar durante a semana que passariam na cidade. Pensava, principalmente, em não ter de cozinhar, em um banho sem fim, em uma cama, em passear por vielas estreitas, pensava em tudo isso quando o outro, o que era meu avô, disse que não.

Ficariam acampados, e por causa do atraso da viagem teriam menos tempo para ficar na cidade. "Viemos agradecer", recordou, "e não fazer turismo."

Ficariam quatro dias — de austeridade, insistiu o outro, o que era meu avô — na cidade.

Durante quatro dias, os dois passaram quase que o tempo inteiro nas barracas, estendidos no chão duro. Mas na penúltima tarde, Gabriel saiu do salão e percorreu, pela primeira vez em seis meses, o resto da casa, os corredores, caminhou até o quarto, atravessou a cozinha de uma ponta a outra. Não saiu do casarão. Tomou um banho infinito em uma banheira de água morna, buscou roupa limpa, se espantou com a própria magreza.

Comprovou que fora do salão a casa estava limpa, foi até a cozinha e comeu com fúria. Quando anoiteceu, regressou ao salão. O outro não disse nada.

No amanhecer do último dia, o outro pediu a Gabriel que se preparasse. Era hora de abandonar Jerusalém e de voltar para casa. Saíram ao entardecer.

Ao entardecer, Gabriel chamou o outro e disse: "Até aqui, eu vim. Fico por aqui. Cumpri minha parte. Eu não continuo nesta loucura."

O outro ouviu e disse: "Quer dizer que você fica." E Gabriel respondeu: "É."

9

Sei, não sei como, que o outro continuou caminhando, agora sozinho, carregando sua barraca e fazendo sua própria comida e falando para o chão ou para o teto durante exatos 174 dias.

O inverno foi duro, o vento frio levou neve para dentro do salão, e agora, nas segundas-feiras, havia lenha além de água e comida junto da porta que separava o salão do resto da casa, e depois de exatos 174 dias o outro finalmente encostou o corpo magro e sujo, encostou a cabeça e os cabelos engordurados que escorriam até os ombros, encostou as costas suadas na parede dos fundos e foi escorregando lentamente até ficar sentado no chão. Ficou ali um tempinho, respirando fundo e devagar, e depois se levantou, caminhou até o corredor, foi até o quarto e gritou: "Cheguei!"

Ninguém respondeu, nada se mexeu no casarão silencioso, e então ele foi até a janela do quarto e gritou para o jardim, naquele penúltimo dia de inverno: "Cheguei, cheguei, cheguei!"

Pouco depois apareceu uma das moças. O outro disse a ela que avisasse a todos que tinha chegado. Pediu comida e um copinho de xerez, e quando acabou tudo estendeu-se na cama feito um morto.

Dormiu até perder-se no tempo. Ainda tratava de saber de onde vinham os ruídos que o despertaram séculos depois quando alguém bateu leve na porta e entrou. Era Gabriel.

Em silêncio, Gabriel colocou o café-da-manhã em uma pequena mesa redonda. Abriu as cortinas para uma tarde clara e fria. Em silêncio, saiu do quarto.

Cinco dias depois de ter voltado, o outro resolveu ir até a aldeia. Gabriel acompanhou-o, como sempre.

Não disseram nada ao longo do caminho, não disseram nada quando chegaram na praça de Fiesole, não disseram nada quando se sentaram no bar, este mesmo bar onde eu estive sentado até agora, e não disseram nada ao longo dos 28 anos, seis meses e três dias que o outro viveu desde que, uma certa tarde, Gabriel tinha dito a ele: "Não continuo mais."

Gabriel viveu ao lado do outro até o fim, e estava junto da cama do outro quando o outro, o que era meu avô, morreu depois de uma doença curta e dolorida.

Eu nunca soube que doença foi aquela. Só sei que nunca mais se falaram, e agora que penso nisso vejo que era assim que deveria ser: afinal, Gabriel tinha ficado lá longe, lá em Jerusalém, para sempre.

(1983/1984)

OS AMIGOS

Na verdade, e eu sei disso e você também, algumas das coisas mais sérias e graves da vida começam de maneira inocente, verdadeiramente inocente. E algumas das maiores crueldades da vida podem muito bem começar de maneira ingênua. Coisa de criança, ou quase.

No caso, essa história começou — ou acabou? — em um jantar. Um jantar num grande barco pelo rio, inaugurado por uma suave sopa de abacate com uma tênue cobertura de nozes moídas. Sopa fria, por certo. E então nós aprendemos que só em nosso país e mais dois ou três o abacate é considerado fruta e comido com açúcar. E lá estávamos nós abrindo um jantar com sopa de abacate, e depois, bem, depois daquilo, que seja o que for porque nada mais poderia surpreender ninguém. Sopa de abacate num grande barco vagando pela noite do rio.

Esse jantar no barco é o de Villahermosa, mas vamos falar do de agora.

Estamos agora aqui mesmo, você e seu vestido escuro com um decote atrevido, e sorrimos enquanto trocamos idéias sobre qualquer bobagem. Nesta casa valem muito as regras do jogo, qualquer jogo, e estamos pois trocando idéias e bebericando um *Manhattan* esplendidamente equilibrado, quando a dona da casa, veja só, eu ia dizendo dona da casa quando na verdade me refiro, é claro, à nossa esplêndida amiga Rossana. Que hoje, aliás, está especialmente esplêndida. Mas, vamos lá: estamos aqui bebericando um *Manhattan* quando ela delicadamente sugere que a mesa está posta, e o que encontramos? Ora, encontramos o que qualquer um pode esperar encontrar na mesa de Augusto, sempre tão generosa e bem posta.

Assim, teremos nesta noite de fim de primavera *Tournedos sauté au Lard, Sauce Champignons*, e *Harricots Vertes au Berre*, e não poderia faltar, é evidente, um complemento de *Pommes Boulangère* e, para arredondar, alguma *pâtisserie* realmente fina coroada pelo que chamaríamos de *café du Brésil*.

É verdade que o tal turnedô veio demasiado malpassado, que o toucinho veio grosso demais, e que o molho de cogumelos estava ralo. Mas o resto compensou, isto é, a conversa agradável e lépida, e seus ombros, que diabos, seus ombros!, e, claro, a tentadora imagem do decote de Rossana quando, em três ou quatro ou seis ocasiões, se inclinou suavemente ao meu lado para transmitir alguma confidência a você, que estava em frente, na mesa. Mas, detalhes. Detalhes tão pequenos. Nem tanto pelo cardápio, que soava melhor do que merecia, nem tanto pelos seios morenos de Rossana: o jantar valeu, é claro, pela conversa amena e fluida.

Não lembro, e agora duvido que até você consiga lembrar, quando foi que você elogiou uma série de pequenos quadrinhos, meia dúzia, exatamente meia dúzia, na parede da sala de jantar.

— Ora — disse Augusto —, são velhas gravuras de Veneza, pequenas gravuras venezianas.

O tom de voz era exatamente o mesmo que eu ouvira cada vez que ele queria aniquilar alguém. Isso, ao longo dos últimos quarenta anos, desde os tempos de colégio.

— Compramos na nossa última viagem. Coisa menor, é claro, mas bonita, não é mesmo? Três delas foram pintadas a mão, sei lá há quanto tempo. Século dezoito ou coisa parecida. Comprei, aliás, por puro capricho. Rossana achava uma bobagem. Pode até ser. Mas uma bobagem bonita, não é mesmo?

E Rossana sorriu. Passei rapidamente os olhos dela para você, e, claro, seus ombros, isso sim, seus ombros. E trocamos, você e eu, um olhar capaz de afogar qualquer tentativa alheia, qualquer decote atrevido. Pois aí está uma coisa que tivemos sempre, pelo menos até agora, e que não sei se algum dia vai terminar como nós estamos terminando: essa incrível capacidade de devorar-nos delicadamente, discretamente, com um olhar, como quem adivinha o que virá depois. Rossana sorrindo, e eu passeando rápida e milimetricamente os olhos por você, pelos seus ombros, claro, seus ombros, sempre e sempre.

O resto do jantar correu tranqüilo e suave, e depois passamos para a sala, e mais um pouco de café, e Augusto tirou de uma caixinha de cedro com a tampa e as laterais forradas de prata dois *Macanudos*. Claro que ele não iria cair na tentação de um Havana legítimo ou qualquer coisa parecida: tinha de buscar um bom charuto na Jamaica, de qualidade certamente inferior mas muito mais inesperado. "Jamaica, meu caro, Jamaica!", dizia ele. *Macanudo*.

Houve um momento — lembro perfeitamente — em que senti algo estranho no ar. Foi quando Augusto saiu da sala e, no corredor, conversou em voz baixa com o motorista. Falava agitado, gesticulando muito. Não ouvi nenhuma palavra do que ele disse, mas ouvi quando o automóvel saiu. Senti algo estranho no ar por uma razão simples: aonde iria o motorista às dez e meia da noite?

Cheguei a pensar em algum imprevisto de última hora, algumas das complicações daquele Augusto que eu mal-e-mal reconhecia, diferente do velho Augusto da adolescência, agora empresário mais do que bem-sucedido: as siglas espalhadas onde quer que se construísse um bendito viaduto ou qualquer coisa grandiosa neste país indicavam a presença de Augusto.

Quer dizer: mal-e-mal reconhecia mas no fundo conhecia, é claro. Afinal, da adolescência até aquela noite foram-se embora uns bons e tantos anos, mas certas coisas permanecem acima das agruras e dos imprevistos da vida, e uma dessas coisas foi justamente minha amizade com Augusto. Você sabia e sabe disso. Não estou contando exatamente nenhuma novidade. Mas, enfim, coisas da vida. Vamos lá: já que o negócio é buscar a outra ponta desta meada, a ponta do começo, vamos lá: acho que foi justamente naquele jantar. Tanto assim, que lembro perfeitamente.

Ficamos um tempinho entre um assunto e outro, saltitando de um *Courvoisier* a uma tragada redonda de *Macanudo*, e Rossana e você deliciadas com um licor de violetas trazido sabe-se lá de onde. E de repente, diabos, seus ombros. E Rossana contente, despreocupando-se cada vez mais de suas perigosas inclinações, os seios morenos, tudo isso correndo suave até que eu disse que estava na hora de ir embora. Augusto insistiu duas vezes em que ainda era cedo, e ficou insistindo até que, pouco antes da meia-noite, ouvi que o automóvel — com o motorista, é claro — estava de regresso. Tão estranha achei aquela ida e volta do motorista que assim que ele entrou e disse alguma coisa ao nosso Augusto eu me levantei e disse que ia embora mesmo. E então Augusto concordou, dizendo que eu estava ficando velho e com mania de dormir cedo.

Você voltou dirigindo devagar, e eu pensando outra vez e sempre que era um dos últimos sobreviventes dessa brava estirpe dos homens que jamais tinham dirigido um automóvel na vida. E olhei você dirigindo, escorri a mão esquerda até seu joelho, debaixo do vestido negro, e você murmurou: "Sossega, leão, que a gente já está chegando." Eu ri, acendi um cigarro e olhei pela janela. O automóvel continuou rodando macio, como se não tivesse acontecido nada.

No apartamento, lembro — e é preciso lembrar todos os passos, todos os detalhes, porque ali começou tudo, agora tenho certeza —, e então é isso: no apartamento você tirou os sapatos logo na entrada, e caminhou descalça no escuro até o canto da sala, acendeu a luz, e eu também tirei os sapatos e ia avisar que estava pensando em tomar um penúltimo quando, quase ao mesmo tempo que você, vi sobre a mesa um pacote e um bilhete da empregada:

> *dona Carminha:*
> *vieram entregar esse pacote tarde da noite.*
> *veio o motorista do doutor Augusto.*

Havia ainda meia dúzia de recados no bloquinho — gente que telefonou —, mas você e eu nem pensamos nisso: abrimos rapidamente o pacote e lá estava, empilhada, a coleção de pequenas gravuras venezianas. Além delas, um bilhetinho escrito às pressas:

> *Com certeza, ficarão melhor na parede de vocês,*
> *que sabem gostar do que vale a pena.*
> *abraços,*
>   *Augusto*

Achamos graça. É importante, agora, lembrar disso: achamos graça! E com certeza você ou eu, não importa, disse qualquer coisa criativa, tipo "Esse Augusto tem cada uma!".

Lembrando disso, acabo lembrando também que o resto da noite foi tranqüilo. Olhamos as gravuras, que realmente eram belíssimas, tomamos alguma coisa, e depois eu entrei debaixo de um chuveiro morno. Estava debaixo d'água quando você entrou no banheiro e ficou tirando a maquiagem. Lembro daquela vez como lembro de todas as outras: você de costas, suas costas, e depois você tirando a roupa com cuidadosa displicência, e entrando no chuveiro e me pedindo: "Ensaboa devagar, que é tarde e eu estou cansada."

O que não consigo agora nem consegui nunca é recordar quando a coisa aconteceu pela segunda vez. Dois meses depois? Três?

Lembro que Rossana telefonou num fim de tarde, contando do regresso de uma viagem rápida e convidando para um jantar na noite seguinte. Lembro também que era verão, que eu estava exausto e com uma respeitável coleção de problemas. Lembro que Rossana insistia muito em avisar que tínhamos sido contemplados por uma sorte incomparável, pois havia uma cozinheira nova e de mãos abençoadas. Mereceríamos o resultado do encontro mágico entre aquelas mãos e as caçarolas onde seriam preparados *Crevettes Marinées* e também do instante único em que nasceria a *Salade aux endives*. E adiantava mais: tomaríamos um Chablis absolutamente especial.

Foi outro de nossos costumeiros jantares com Augusto, e desta vez fui eu — claro, como esquecer? — quem elogiou uma aquarela de um chileno chamado Matta. O que não me conformo é que, até aquele exato instante, eu jamais tinha ouvido falar no bendito Matta, e nem poderia supor que uma aquarela daquele infeliz pedaço de gênio poderia valer pilhas de dólares.

Augusto falou sobre quadros e galerias e museus e exposições, insistiu em dizer que o melhor da arte latino-americana estava mesmo em Nova York, citou vários nomes que mais tarde, e por absoluta necessidade, passei a conhecer. Mas naquele momento, eram pura novidade: um colombiano chamado Botero, um mexicano chamado Cuevas, e um boliviano chamado Arnal — durante muito tempo achei que era Arnaldo, até que Augusto me corrigiu: "Arnal, meu caro, Enrique Arnal, Enrique sem agá, como se escreve em castelhano. Você deveria se interessar pelas coisas dele: são ótimas." Claro que disse isso sem querer ofender. Ele não supunha que eu não tivesse dinheiro para me interessar por Arnal ou por quem quer que fosse. Mas naquela noite, e isso é importante assinalar, Augusto foi derramando nomes e mais nomes, e eu esperando ansioso uma brecha para ouvir um Portinari ou Di Cavalcanti ou qualquer nome familiar. Tive esperança de ouvir pelo menos o nome daquele que andava pintando bananas e fazia sucesso, mas qual o quê, ficamos mesmo no terreno dos craques vizinhos.

No dia seguinte, quando terminávamos de almoçar, a empregada veio dizer que estavam entregando uma encomenda. Não havíamos encomendado nada, e fiquei especialmente aborrecido quando vimos a empregada entrar carregando um pacote que não poderia ocultar outra coisa: quase adivinhei, e quando você rasgou o papel senti tudo, menos surpresa: lá estava a aquarela de um chileno chamado Matta e que valia pilhas de dólares.

Consegui falar por telefone com Augusto no dia seguinte, quando a tarde estava terminando. Disse que agradecíamos muito, mas que não podíamos de jeito nenhum aceitar aquele presente. Insinuei que daquele modo nos sentiríamos tolhidos de regressar à casa dele, cheia de coisas bonitas, pois se elogiássemos qualquer coisa corríamos o risco de tê-la em nossa casa no dia seguinte, e sem ter como retribuir.

— Não é risco nenhum, meu querido, é um prazer, e você não pode me negar essa alegria — disse Augusto rindo no telefone.

Insisti em dizer que iríamos devolver o tal quadro do tal Matta. E ele foi definitivo:

— Faça isso, e estará me ofendendo para sempre.

Senti na voz um tom desconhecido, metálico, duro, afiado que nem navalha. Falamos de outras coisas e desliguei aborrecido. Não me ocorreu perguntar se no caso de elogiar Rossana tropeçaria com ela no meu chuveiro assim que voltasse para casa. Pensei e emendei, na hora, que até que não seria um castigo. E sorri.

Passamos, e isso também precisa ser lembrado, um bom par de horas pensando numa solução para aquele constrangimento, até que você deu a idéia:

— Vamos mandar um presente para eles.

Sugeri uma saída que, pelo menos à primeira vista, parecia elegante: mandar um presente para Rossana.

Localizei, meio contrariado, uma conta bancária supostamente secreta, onde eu tinha escondido algumas comissões inesperadas, esperando engordá-las com outras e transformar tudo numa viagem longa, ou quem sabe num luxo qualquer. Transformamos foi num esplêndido par de brincos de esmeraldas da Colômbia, e na falta de confiança em meu olho, levei comigo Jesus Ceberio, velho conhecedor de esmeraldas e seus fulgores, para ajudar na escolha. Pois o olho do velho conhecedor realmente conhecia: custou-me tudo que eu havia acumulado ao longo de meses e meses. Ensaiamos soluções e foi sua, lembro perfeitamente: foi sua a idéia de um jantar em nossa casa. Consultamos livros e os palpites de Quique Muller, velho sábio em certas artes gastronômicas, e preparamos, com o requinte que supúnhamos devido, um *Suprême de Dindonneu au Cointreau*, com *Choux de Bruxelles aux Amandes* e *Pommes Duchesse Paysanne*. Eu achava tudo isso uma doidice, mas fui em frente, estendi a mão e sacrifiquei quatro — quatro! — garrafas de um Saint-Emilion de sei lá quantos dólares o exemplar. Depois do café e dos charutos — modestos porém dignos *El Patio* feitos logo ali, mas com técnica ancestral — você foi realmente esplêndida. Como quem tivesse esquecido uma chaleira no fogo, fez um gesto de "ai, que cabeça a minha!" e trouxe para Rossana a caixinha com os brincos, acrescentando um oportuno e descontraído "lembramos de você outro dia, e achamos que iria gostar". Parecia até que distribuíamos brincos de esmeraldas da Colômbia, escolhidos a dedo por Jesus Ceberio, a cada quarta-feira. Rossana, que estava estranhamente abatida e com um humor de mil demônios, abriu-se num sorriso largo, ajeitou os cabelos perigosos e disse:

— Meus queridos, que beleza! Adorei.

Nunca, nos anos em que continuamos trocando jantares e fins de semana, vimos Rossana com os tais benditos brincos.

Augusto, em todo caso, riu um bocado e tomou um terço do meu derradeiro *Courvoisier*. Em pelo menos um momento achei que Rossana abusava um pouco do licor de folha de figo feito por minha avó, receita de família. Principalmente quando ela deixou qualquer cerimônia de lado e sentou-se sobre o pé direito, deixando aberta uma vereda para qualquer olhar dirigir-se por suas coxas douradas de sol, rumo ao desconhecido. Lembro que na hora me senti meio constrangido, mas logo deixei o constrangimento de lado e passei a imaginar que percorrer aquela vereda seria a alegria de qualquer cristão. Foi então que você, dentro da nossa imbatível tradição, tocou minha nuca, roçou as unhas, e aí tudo virou noite, ou seja, fiquei com uma espécie de torpor que poderíamos, sem o menor risco de erro, chamar de sono.

Naquela noite, enquanto eu estava debaixo do chuveiro, você — coisa rara — entrou no banheiro, tirou a maquiagem com rapidez desconhecida e meteu-se debaixo do jorro de água e me mordeu. De leve, mas com fúria, se é que você me entende. Nos meses seguintes a situação ficou mais tranqüila. Até que começou tudo de novo: uma caixinha chinesa do século XIX nos custou um colar de ouro com um rubi minúsculo — mas delicadíssimo. Excelente peça, na opinião certeira e perigosa de Jesus Ceberio. Um par de pistolas de duelo, feitas na Espanha no fim do século XVIII, nos custou um quadro de um certo Carlos Vergara, que era jovem mas valia muito e que, segundo o palpite sempre seguro de Cássio Horta, era presente para ninguém botar defeito. Com sua mania de ser direto, Cássio me disse quando pedi conselho:

— Leva esse Vergara. Se o cara for muito imbecil, pelo menos estará com um bom investimento na mão. E se não for imbecil, vai saber que está ganhando de presente um quadro ótimo.

Augusto me garantiu que o quadro iria direto para o escritório dele, e esclareceu:

— Na parede que está bem na minha frente, para que eu possa ficar olhando para ele enquanto penso na vida.

Quando entendi que a coisa tinha virado compulsão já era tarde. Foi no fim de semana que passamos na praia. De repente, no cair da tarde, entre um Campari e outro, sempre com um pouco de soda e uma rodela de limão, decidi levar você para o quarto e desaparecer do mundo. Das vezes todas que tínhamos engolido um ao outro, aquela foi a mais incrível. De noite, depois do jantar, elogiei, com um sentido de crueldade que eu mesmo desconhecia, um determinado quadro. Augusto tinha me falado daquele quadro muitas vezes. Era um Miró, dizia ele, esclarecendo:

— Uma água-forte especialmente nobre.

Claro que na semana seguinte, quando cheguei em casa de volta do trabalho, encontrei o quadro não apenas em minha sala, mas perfeitamente instalado na parede. O bilhete habitual acrescentava uma advertência: "Cuide bem dele, faça um seguro, nunca se sabe." Não, realmente nunca se sabe; mas o que sim sei é que na casa onde você agora mora o Miró está lá na parede, altaneiro e inatingível, com uma apólice de seguro que vale um aluguel.

Dali em diante, e por mais que nós dois, você e eu, disfarçássemos, virou uma espécie de guerra aberta.

Primeiro, foi-se embora o terreno na serra, onde algum dia construiríamos uma casa. Foi transformado em sei lá o quê. Depois, foi-se embora o automóvel, trocado por outro, três anos mais velho. A diferença foi somada a um dinheiro que você mantinha escondido, e o resultado foi algum presente para Augusto. Devo reconhecer, em todo caso, que nossa coleção aumentava consideravelmente entre um jantar e outro. Mas reconheço também que naquele turbilhão fomos devorando tijolo a tijolo o que tinha sido empilhado ao longo de anos, e acho que foi nessa última época que comecei a olhar Rossana com outros olhos, mas isso é outro assunto.

Para ser honesto, assustado só fiquei mesmo quando chamei Cássio Horta e perguntei para quem poderíamos vender aquela coleção de velhas gravuras venezianas e aquela caixinha chinesa laqueada exatamente em 1791. O preço da droga da caixinha me encheu de entusiasmo e continuamos na guerra. Eu agora queria que alguém pusesse um ponto final naquilo tudo, mas não podia ser eu, é claro, nem você, e então percebi com acidez que Rossana e Augusto não estavam nem um pouco preocupados, e senti que a coisa não teria fim jamais. Naquela altura eu já era especialista em rubis e corais e diamantes, e sabia de pérolas o suficiente para dar cursos, e falava com enorme facilidade de Matta e de Nemesio Antunes e de Enrique Arnal e de Cuevas e de Botero e de quem quer que fosse. Cheguei mesmo a me arriscar numa demorada discussão sobre Pedro Figari, mas nunca me arrisquei no terreno de certos cristais lapidados, nem de ícones russos, e muito menos de edições antigas. Para isso, eu sabia que não tinha campo. Mas fomos indo, isso sim, fomos indo fundo.

Como é que fui parar na cama de Rossana? Sinceramente, não sei. Só sei que, na hora, achei muito natural. Como é que vim parar aqui, então, nem se fale. Só sei que estou aqui.

Veja bem: posso falar com uma certa calma. Chegou o momento em que já não podíamos mais, e foi noutro fim de semana, dessa vez no campo, e era fim de tarde quando Rossana falou em estrelas cadentes. Engraçado: certas coisas lembro em detalhes, outras eu esqueço. Mas com certeza saíamos os dois na direção da casa, deixando vocês todos na beira da piscina, num imenso fim de tarde. Mas não é disso que estamos falando agora. Ou é? Chegou a hora de falar disso?

Veja bem: eu posso falar disso, é claro. Estou sereno, estou tranqüilo. Sei que pode parecer estranho dizer que estou tranqüilo, mas acredite: estou. Nem sempre você acredita em mim, mas desta vez, sério mesmo, estou tranqüilo.

Não vou, por uma questão elementar de cortesia, contar em detalhes como foi aquela primeira vez com Rossana, apressados os dois. Nem vou contar onde foi. Talvez mais tarde eu conte, se você achar que vale a pena. Mas quero que você saiba que a sofreguidão, a sensação de coisa provisória, tudo isso se repetiu. E não me refiro, é claro, aos tais detalhes daquela ou de qualquer outra vez. Estou falando apenas naquela espécie de vício em que entramos todos, e pouco a pouco todas as nossas coisas, os tais presentes, foram indo embora: as pistolas de duelo, as peças de prata, e minha história com Rossana, se você quer saber, continuou meio aos trancos, sem muitas horas de vôo.

Uma vez ela contou as vezes, achei que tinha errado, pensei que tinham sido muito mais, e isso agora não importa, é claro, mas minha história com ela continuou e houve momentos em que cheguei a pensar que Augusto sabia de tudo. Ela garantia que não, e eu, claro, acreditava. Não quero magoar você com detalhes, mas houve até mesmo uma viagem, e nessa viagem ela me disse que eu era a primeira aventura, o segundo homem na vida dela. Claro que era mentira, mas eu não estava preocupado em acreditar ou não. Ficava só pedindo para a madrugada atrasar o amanhecer, e quando começamos a perceber que havíamos entrado num turbilhão sem fim já era tarde.

Cássio Horta me disse que colocar aquela água-forte de Miró pelo preço real não seria fácil. Pediu uma semana para buscar comprador, e eu dizendo que tinha pressa. Depois, pediu mais alguns dias. O que eu não sabia é que ele ia buscar comprador em águas perigosas, traiçoeiras, se você me entende. Pois foi justamente a Augusto que ele, fornecedor antigo e de confiança, ofereceu a tal água-forte. Augusto quis ver, pagou o preço pedido, nota verde em cima de nota verde, e essa foi a vez em que ele insistiu que fôssemos jantar naquele mesmo dia. E nós dois, você e eu, com a agonia no peito, sem saber o que esperar.

Lembro que no caminho pensei comigo: "Que seja a última vez, que a gente possa parar com isso." Lembrei de repente que já tinha pensado nisso antes, e percebi de uma vez para sempre que era tarde demais. E fomos indo, você não tinha mais tanta graça, e eu nenhuma.

Tivemos *Galantine de Volaille au Salade Russe, Escalope de Veau aux Champignons,* e *Harricots Verts* e *Pommes Château.* Tomamos um *Médoc* supostamente especial, mas você preferiu, repetindo Rossana, *Jus d'Orange,* e depois *pâtisserie* e *café du Brésil,* e outra vez os inevitáveis *Macanudos.* Ficamos numa conversa absolutamente solta e fácil, eu perguntando a mim mesmo o que viria dessa vez, e Rossana sentada sobre o pé direito mostrando a vereda já trilhada mas nem por isso menos esplêndida. Então Augusto nos chamou para a biblioteca:

— Tenho uma novidade para mostrar, aposto que vocês vão adorar.

E lá estava a água-forte de Miró. Na hora, pensei em cozinhar Cássio Horta em água fervendo. Mas é claro que ele não tinha nenhuma culpa. Não poderia saber. Augusto ainda emendou: "Comprei de um *marchand* amigo. Cobrou uma fortuna, mas valeu a pena. É uma peça belíssima. Sempre quis ter um Miró assim, dessa mesma época."

Rossana riu. Na hora em que foi buscar um cinzeiro na mesinha de canto passou por mim e me deu um leve beliscão na virilha, por pouco não acerta. Eu ali, pasmo, sem ar, querendo matar e querendo morrer, e nenhum comentário, é claro, nenhuma insinuação. Você permaneceu muda, eu também, e toda aquela mudez foi nos empurrando para fora da biblioteca, devagar, sem um elogio ao quadro, sem uma palavra. Logo depois fomos embora, e naquela noite não houve chuveiro nem houve nada.

Dois dias depois, aconteceu Villahermosa e o tal jantar no barco, e foi quando descobri que abacate podia virar sopa fria e boa, e aprendemos os dois um pouco mais sobre o abacate. Foi justamente em Villahermosa que você perguntou:

— Como é com ela?

E eu fiquei olhando e pensando que certas perguntas não deveriam surgir nunca, nem na hora da nossa morte, e você emendou logo outra:

— O que você vai fazer agora?

E antes mesmo que eu tivesse tempo de tirar o cigarro da boca, veio mais uma:

— Ele sabe?

E, como quem bate em quem já está no chão, veio outra mais:

— Você sabe que não temos mais o que vender, nem o que empenhar, nem de onde tirar emprestado, nem de onde tirar dinheiro para comer?

Eu só atinei em dizer:

— Não perca a calma.

Veja só, não perder a calma.

Posso falar disso tudo, é claro, porque estou calmo, tranqüilo. Foi há muito tempo, e nunca mais aconteceu de novo. E, se você quer mesmo saber, eu conto: ela não era lá essas coisas. Era desse tipo de mulher que se apresenta como dama, na sala de visitas vira puta, e que quando chega na hora da cama vira freira. Ruim.

Até nessa troca eu me dei mal.

(1986/1996)

A INCOMPETÊNCIA DO DESTINO (II)

Para Ruy Guerra

Em outubro de 1944 o Japão lançou sua arma de guerra mais radical. Era um derradeiro e desesperado programa de ataques ao inimigo, e recebeu um nome formidável: *Vento Divino*. Nos papéis da burocracia militar, porém, o programa foi batizado de maneira bastante mais prosaica e precisa: *Tokkokai*, ou seja, unidade especial de ataque. Foi certamente a unidade de ataque mais especial da história bélica: era integrada por pilotos — todos eles voluntários — que se lançavam contra barcos ou outros aviões inimigos em seus aparelhos carregados de explosivos, que detonavam no último de seus momentos. Os participantes do programa *Vento Divino* iam pelos ares junto com seus alvos, e ficaram registrados na memória dos tempos pela palavra dedicada aos suicidas fanáticos e absolutos: eram os *kamikazes*. Ao todo, foram 2.519 pilotos que explodiram com seus alvos — 2.519 *kamikazes* que em menos de um ano assombraram o mundo de espanto.

O número 2.520 ouviu falar do *Vento Divino* em dezembro de 1944, nas encostas do monte Fuji, onde estava com sua tropa. Era um piloto ousado e disciplinado. Como ele, todos os outros pilotos de todas as outras bases aéreas do Japão receberam um formulário pedindo voluntários para o programa. O formulário era conciso, explicava em linhas mínimas o modo de operação dos *tokkokai* e oferecia três alternativas colocadas de maneira claríssima:

> *Sim, desejo firmemente unir-me aos tokkokai*
> *Espero poder unir-me algum dia aos tokkokai*
> *Não quero unir-me aos tokkokai*

Ele viveu o mesmo drama de muitos de seus colegas: a dúvida. Na verdade, foram pouquíssimos os que sem pestanejar colocaram uma cruz ao lado da primeira opção, da mesma forma que foram muitos os que cravaram a cruz ao lado da terceira alternativa. Durante vários dias ele viveu a dúvida: seria capaz de cumprir sua missão? Não duvidava de sua capacidade de oferecer a própria vida para salvar os seus seres amados. Não ignorava que muitas vezes era inevitável oferecer a vida pela pátria. Aliás, era o que ele fazia todos os dias, a cada missão de combate aéreo. Mas aquilo era diferente: era uma consciente ida sem volta. Diferente de tudo que fazia cada vez que saía para enfrentar a morte. Aquilo era ir de encontro à morte, sabendo que não haveria retorno.

Depois dos dias de angústia e das noites de insônia e dúvida ele colocou uma cruz ao lado da segunda alternativa. Pensava que teria tempo para se preparar enquanto seus superiores decidiam se ele seria ou não aceito para o programa. Não teve tempo algum· a demanda por *kamikazes* era muito superior à oferta, e em menos de duas semanas ele fazia parte da *tokkokai*.

Passou meses sendo preparado para a missão que seria marcada a qualquer momento. Tempo suficiente para saber que para um integrante da *tokkokai* a palavra "morte" tinha um sentido único, diferente de qualquer outro. Não significava o fim: significava a possibilidade de atingir seu objetivo máximo.

No dia 6 de junho de 1945 sua possibilidade chegou. Foi despertado às quatro da manhã junto a seus quatro companheiros. Os primeiros raios daquele que seria o sol do último dia de sua vida resplandeceram no metal do avião, no vidro de seus óculos de combate, na porcelana da taça mínima com saquê, com a qual cada um dos cinco participantes da missão brindaram o orgulho de poder voar de encontro à morte. Seu avião recebeu a ordem de ser o segundo a decolar.

Ele ainda sentia na boca o calor do saquê gelado, sentia nos olhos o fulgor dos raios do sol nascente, sentia nas mãos o peso de seu destino e de sua morte quando alinhou o avião na pista. Viu seu companheiro decolar, acelerou ao máximo, acenou com a mão direita para os pilotos enfileirados ao lado da pista de decolagem, fez um gesto lento e largo para o piloto que estava na cabina do avião atrás do seu e pôs o aparelho para rodar em velocidade máxima rumo às nuvens, ao alvo inimigo e à morte.

O aparelho havia percorrido menos de cem metros quando o motor falhou uma, duas, quatro vezes seguidas, para então ir morrendo aos poucos, de modo humilhante.

Foi rebocado às pressas para a grama lateral, e ainda não havia saído de sua frustração atônita quando viu decolar o avião que o seguia na pista.

Naquele amanhecer, quatro nomes de heróis foram somados à lista dos suicidas voluntários. O dele ficou de fora.

Alguns dias mais tarde veio a oportunidade da redenção. Uma nova missão, e ele recebeu a homenagem maior: seu avião foi posto para ser o primeiro a decolar.

Às quatro da manhã a cerimônia de adeus mal pôde ser cumprida até o fim: um vendaval de água espessa despencou sobre a pista. Encharcado, sentiu como nos breves instantes em que prestava pela segunda vez seu derradeiro juramento de adeus a chuva empapou seu uniforme, salpicou de gotas furiosas seus óculos de piloto, misturou-se com o saquê na pequena taça de porcelana. Sentiu a metralha da chuva contra a carapaça de metal do seu avião e sentia nas mãos o tremor provocado pela vibração máxima do motor quando ouviu a ordem nefasta transmitida pela torre de comando: operação cancelada.

Durante o resto do dia ele sentiu-se miserável e envergonhado e dormiu cedo e em jejum.

Na madrugada seguinte, quando foi acordado às quatro da manhã, antes de pensar em qualquer coisa olhou o céu estampado na sua janela: era um céu transparente, atravessado pelas primeiras luzes do amanhecer que viria para ser o último de sua vida.

Seu avião foi colocado dessa vez em segundo lugar na fila de decolagem. Estava sereno, estava tranqüilo, estava feliz dentro da cabina de piloto. Viu seu companheiro decolar inaugurando a fila dos sem-retorno, viu o avião erguer uma suave curva rumo ao inimigo e à vida eterna, viu essa suave curva terminar de repente e, num átimo, o avião de seu companheiro despencar no mar, um pouco adiante do fim da pista. Desesperado, ouviu a ordem: operação cancelada, porque não havia um quinto piloto pronto para decolar e completar o número exigido por aquela missão. O avião que se estatelou nas águas não chegou a explodir. O piloto morreu afogado, preso ao assento e à frustração de uma morte banal.

Haveria um período de cinco dias sem novas operações, ele recebeu uma licença especial para poder passar algumas poucas horas — menos de um dia e meio — com a família em sua cidade natal, Nagasaki. Mal havia chegado quando recebeu a ordem de retornar com toda urgência à sua base: no dia anterior, uma bomba desconhecida e total havia sido despejada sobre Hiroshima, que tinha desaparecido do mapa.

Ele estava novamente em sua base quando soube que Nagasaki havia sido atingida por uma bomba igual, e que também sumira da face da Terra. Recebeu ainda a informação de que decolaria na manhã do outro dia.

Naquela mesma noite sua base foi atingida pela aviação norte-americana e seu avião foi destruído. Não havia ainda se refeito de mais aquele golpe de um destino perverso, quando enfim foi despertado para uma vez mais cumprir o ritual que conhecia de sobra. Por alguma razão que ele nunca chegou a entender até o fim, momentos antes da cerimônia de adeus e da ordem de partida foi condecorado com a medalha de bravura e informado que ele seria o *kamikaze* de número 2.520.

Não chegou a terminar a taça de saquê, de sentir corpo adentro aquele gosto que já conhecia de memória — o gosto da frustração, da morte anunciada e outra vez adiada. O comandante da base aérea, num gesto de urgência, mandou os cinco pilotos descerem de seus aparelhos e se juntarem aos demais companheiros, todos mergulhados no desgosto mais profundo, para ouvirem a notícia fatal: o Japão havia se rendido, a guerra tinha acabado.

Ele havia sido um *tokkokai* e daquele momento em diante não era nem seria mais nada. Em seu coração apertado uma nuvem horrorosa se instalou para sempre, no exato centro do juramento de honra que ele fez alguns meses antes e não cumpriu jamais. Ao lado da nuvem abriu-se um poço de vergonha por não ter seguido seus companheiros — o mesmo poço que, com os anos seguintes, se transformou num remanso tranqüilo onde ele examina o rosto todas as manhãs de sua vida.

(1996/1997)

4

A pilha gasta
A varanda
Tanto tempo
A noiva do batalhão
Sábado

A PILHA GASTA

Vicente Mazzullo tem setenta e dois anos e durante trinta e cinco foi um bom engenheiro agrônomo. Depois veio a aposentadoria, e há tempos ele não faz mais do que cuidar do pequeno jardim da sua casa na rua Luiza.

Sua alegria é marcar os limites de cada canteiro com barbante, e depois ficar observando, olhos tranqüilos, o que acontece com suas pequenas plantas.

Vicente Mazzullo tem setenta e dois anos e é surdo e usa um pequeno aparelho para surdos, desses de pilha, que parecem um rádio portátil, pequeno, quase nada.

Os meninos da rua Luiza gritam: "Vicente, Vicente!", e dão risada de seu aparelho que parece uma radinho de pilha, sempre um ruído de cachoeira em seu ouvido surdo, a pilha sempre gasta, e os meninos gritando coisas que ele não entende e depois dando risada.

Faz tempo que Vicente Mazzullo diz: "Isto não é vida." Às vezes, nem chega a dizer: move os lábios em silêncio. Como agora, sentado no banco de madeira, os olhos nas pontas dos sapatos marrons, no corredor que vai levá-lo daqui.

O mês de julho sempre foi difícil para Vicente Mazzullo. Não tanto pelo clima: pelas férias. Os meninos da rua Luiza não viajam. Ficam por ali, na rua, na calçada, nos muros. Gritam coisas que ele não entende, coisas que a pilha gasta, a cachoeira dentro do ouvido, silenciam.

No último dia deste último mês de julho os meninos tentaram aproveitar o pouco vento para soltar pipa na rua Luiza.

Alguns desistiram do vento e se aproximaram do muro descascado da casa número 481 da rua Luiza.

Atrás do muro, ajoelhado na terra com o ar cansado e alheio dos surdos, Vicente estendia barbante ao redor de um canteiro novo, de gerânios brancos. Os meninos com os braços e as caras por cima do muro gritavam: "Vicente, dá barbante p'ra gente, Vicente?"

E gritavam: "Alô, Vicente, tá ouvindo a gente? Alô alô, Vicente, tá ouvindo a gente?"

Vicente Mazzullo gritava de volta: "Sumam daqui!"

E os meninos da rua Luiza riam: "Alô alô, Vicente, tá surdo ou tá ouvindo a gente?" E riam mais e mais.

E porque isto não é vida, Vicente Mazzullo entrou correndo em casa, tropeçando nas próprias pernas, enquanto os meninos, rindo sempre, pularam o muro e puxaram o barbante recém-estendido ao redor do canteiro novo, de gerânios brancos.

Vicente Mazzullo entrou correndo em casa e voltou com uma pistola negra, uma pequena 7.65, perfeita na palma da mão.

E porque isto não é vida, saiu correndo pela rua, correndo atrás de José e de Nicanor, a pequena pistola negra perfeita na palma da mão. José entrou correndo em casa e Vicente tropeçou, levantou aprumado e correu casa adentro, e quando o outro José, pai do José menino, chegou para ver o que estava acontecendo, viu o que ia acontecer: Vicente Mazzullo, a pequena pistola negra perfeita na palma da mão, disparou duas vezes, dois tiros na cabeça de José, pai do menino José.

E então veio Suely, que tinha dezessete anos e estudava piano e era irmã de José menino e filha do José morto e tinha ainda um namorado que a apertava com delicada fúria nas noites de inverno, e veio Suely e gritou e Vicente Mazzullo apertou o gatilho mais duas vezes: dois tiros na boca de Suely, que fez um estranho ruído, como se arfasse, como se repetisse ali o mesmo arfar aflito de quando o namorado apertava com delicada fúria seu corpo nas noites de inverno.

Depois, e enfim, apareceu Tereza, que tinha trinta e sete anos e era mulher de um José, o morto, e mãe do outro José, o menino que olhava o mundo com olhos de terror, e de Suely, que abria os olhos para alguma coisa que nunca mais iria ver.

Tereza entrou na sala e viu o marido morto e a filha morta e os olhos de terror do filho calado e viu Vicente Mazzullo, a pequena pistola negra perfeita na palma da mão, e Vicente apertou, um tanto exausto, o gatilho outra vez: a quinta vez.

Tereza caiu com o tiro ali mesmo, na sala, cansada ela também.

Na cabeça de Vicente, a certeza de que isto não é vida.

Na cabeça de Vicente, a cachoeira.

(1973/1990)

A VARANDA

Life is what happens to you while you are busy making other planes.
(John Lennon)

A menos de três metros da varanda que está no segundo andar da casa da Grota Funda sobe uma árvore. E pelo tronco da árvore sobe um lagarto de mais ou menos dois palmos e meio de comprimento.

Da varanda, o homem fica olhando o bicho de forma e textura que vieram da pré-história. Vê o lagarto subindo pelo tronco da árvore, por onde descem formigas, centenas de formigas. O lagarto fica parado, apoiado e amparado pelas quatro patas, as dianteiras idênticas a mãos humanas, dedos finos e compridos, e o lagarto vai devorando as formigas que se aproximam. Elas descem pelo tronco e encontram o lagarto, que come dúzias de formigas, uma atrás da outra.

E então as formigas, em vez de fugir, se juntam e atacam em massa. O lagarto dá um rápido salto e sobe mais meio metro no mesmo tronco, e fica lá, devorando mais e mais formigas. Que se juntam outra vez e outra vez cercam o lagarto, que sobe de novo, e fica lá, devorando as que chegam. Até que as que chegam se juntam e cercam o lagarto, que a essa altura parece muito menos poderoso e devorador que no princípio. O lagarto dá outro salto para cima, na verdade nem é bem um salto: o lagarto desliza pelo tronco escapando das vítimas e vai à procura de outras, até que some de vista.

E as formigas continuam descendo tronco abaixo.

(1997)

TANTO TEMPO

Na verdade, fui descobrindo aos poucos. Um pouco aqui, um pouco ali. Principalmente, um pouco aqui. E o medo, sempre; o pavor: o sangue escorrendo pelo vão das pernas, e depois de novo, e de novo. Mas isso foi há muito tempo, e passou — o pavor.

Ele não aparecia quase nunca. Nem eu nem minhas irmãs tínhamos muita notícia dele. A mãe dizia sempre: "É assim mesmo." E ficou por isso, ficou nisso.

Quando eu fechava a porta, o que via era apenas a porta fechada: do lado de lá, o mundo. Do lado de cá, tudo. A porta mostrava a madeira pintada de verde, o gancho branco na madeira, feito cabide, e em cima do gancho branco uma plaquinha de bronze, o triângulo de bronze, e do triângulo saíam uns riscos de bronze, como fachos de luz, contei os riscos muitas vezes, muitíssimas vezes, nunca mais consegui recordar, algumas vezes acho que eram seis, outras, que eram oito, mas enfim fachos de luz iluminando tudo, e no meio do triângulo um olho, um enorme, desmesurado olho aberto, o olho de Deus que via tudo, via você ali, nua no banheiro, você em tudo, o tempo todo, você.

Isso era o colégio interno. Ele vinha de vez em quando, muito de vez em quando. Era alto e tinha bigodes e braços grossos e vestia sempre uma camisa branca e não sorria nem dizia muita coisa, vinha de quando em quando, sempre era domingo, e ficava ali, no pátio, e conversava comigo e com minhas duas irmãs, mas pouco. Deixava algum dinheiro, notas enroladas e apertadas que trazia no bolso da camisa branca, fumava dois ou três cigarros, tinha um cheiro forte e eu achava que aquele era o cheiro de homem, que todo homem cheirava daquele jeito, menos o padre, mas o padre era diferente, e eu tinha treze anos e achava que um dia me deixaria abraçar por um homem que teria aquele cheiro e não haveria nenhum olho, o grande olho dentro de um triângulo de bronze, me olhando quando aquele homem me abraçasse com o cheiro do meu pai.

Ele vinha pouco, de vez em quando, muito de vez em quando, e fumava dois ou três cigarros e depois tirava um rolinho estreito de dinheiro do bolso da camisa branca, pouca coisa, e dava para nós.

Assim era.

Tinha bigodes e uma pinta um pouco abaixo da orelha. Era um homem bonito. Eu achava que o homem que fosse me abraçar com cheiro de homem igual ao do meu pai deveria ser pelo menos tão alto e tão bonito e tão forte como ele.

Dois anos depois eu continuava lá. Mas tinha descoberto outros mundos, apesar do olho.

Eu descobrira, por exemplo, que podia me sentar no banheiro e tocar levemente o vão das pernas, o talho, e tocando ali voava, e sabia que era um vôo diferente, que aquele olho no meio do triângulo de bronze pregado na porta me olhava enquanto eu voava, e então me empinava para aquele olho, que se danasse o olho, eu queria era voar, e ficava um tempão ali me tocando e o olho de Deus me olhando e eu me perdendo nos ares.

Ele vinha, naquele tempo, cada vez menos. Eu queria mais, outros homens, queria que alguém me tocasse como eu me tocava, mas sem aquele olho, só com o cheiro que eu achava que era o cheiro de homem, de bigodes, e mal via que meu pai estava um pouco mais curvado, mais murcho, e que se demorava menos, fumava um cigarro, buscava no bolso da camisa branca o rolinho estreito de dinheiro que deixava na mão da gente e ia logo embora, e tinha os olhos mais claros que vi na vida.

Um olho muito mais claro que o olho que me olhava na placa de bronze atrás da porta quando eu fechava e ficava lá dentro do banheiro me tocando e me sentindo voar e achando que era o céu.

Nunca soube direito qual era a minha história. Minha mãe, que vinha todos os sábados e todos os domingos mas nunca deixava coincidir com a presença dele, e nos levava para a praça e comprava bombas de creme e de chocolate e um sorvete para cada uma e dizia que estava tudo bem, insistia: era assim mesmo. Ele, quando vinha, cada vez mais de vez em quando, ficava ali mesmo pelo pátio, debaixo da árvore, sentado, arfando, sem muito o que falar, e fumava agora um cigarro só, e tinha o mesmo cheiro de homem, e punha a mão no bolso e tirava o rolinho estreito de dinheiro que depois a gente entregava para a mãe e ia embora, aquele homem de olhos claros, os olhos mais claros que vi na vida, claros como aqueles nunca mais, aquele homem, meu pai.

E um dia, ele sumiu para nunca mais. E então acabou-se o colégio interno e acabaram as visitas e durante muito tempo não soube mais nada dele nem de nada da história, era apenas minha mãe olhando em silêncio a cara de cada uma de nós.

Nunca soube como foi. Minha mãe, nós, uma casa, aquele homem que não vinha mais, os bigodes, os olhos mais claros que vi na vida, aquele cheiro, meu pai, ele e sua outra casa, diferente de tudo, outra vida, diferente, assim era.

Ele sumiu e fomos ficando. Um dia, minha mãe pediu que eu fosse até a casa dele, um endereço estranho, absurdamente vizinho. Minha mãe, a voz gasta, os olhos fundos de minha mãe: "Vá e diga apenas que a gente existe. Que continuamos vivas. Que vocês crescem. Não peça nada: diga apenas isso."

E eu fui. Era uma casa branca, com um pequeno pátio na frente, duas roseiras de rosas brancas, três de rosas vermelhas, e margaridas, tudo muito bem-cuidado, e um inesperado pé de café com pequenos grãos vermelhos que tive vontade de morder e sentir o amargor; depois a varanda, vasos de samambaia e avenca, e um cachorro com ar vadio, um pequeno corredor lateral entre o muro e a casa, e fui devagar pelo corredor, vi o quintal e a mangueira carregada e pensei ainda bem que não gosto de manga, mas gostava, era mentira, gostava, e lá no fundo um abacateiro, e não pensei em abacates nem em nada, não quis ver como seria o quintal que não seria meu, nem o lado de lá da casa, eu falava alto, chamando: "Papai, papai", e ninguém respondia à intrusa, à invasora, e senti medo e quando ia voltando para o portão da entrada vi a pequena janela de onde vinha o barulho de um chuveiro e uma voz de homem, aquela, a de antes, dizendo: "Aqui, aqui! O que você quer?", e eu não sabia porque na verdade queria tudo e não queria nada, eu tinha dezesseis anos e queria apenas que ele saísse de camisa branca e bigodes e os olhos mais claros que vi na vida e me abraçasse e me dissesse coisas, essas coisas de pai que nunca me disse e que até hoje não sei quais seriam, que ele viesse, e era um sussurro, "o que você quer, o que foi que houve?", e só atinei com dizer "minha mãe mandou eu vir aqui", e então, pela janelinha do banheiro, a que dava para o corredor lateral da casa, entre o muro e a parede, o corredor que tinha algumas samambaias plantadas em latas redondas, pela janelinha do banheiro, e lá dentro continuava o barulho do chuveiro, pela janelinha do banheiro apareceu a mão, mão direita, mão de dedos gordos e curtos, o punho fechado em torno de um rolinho de dinheiro, a mão de meu pai, e isso é tudo que me lembro.

Sem tristeza, sem alegria: é tudo que lembro.

Claro que nunca mais precisei de dinheiro vindo num rolinho saído do bolso da camisa branca ou da janelinha do banheiro num corredor lateral de uma casa de subúrbio, com samambaias e avencas; claro que não gosto e jamais gostarei de manga-espada e muito menos de abacate; claro que não preciso mais me tocar para voar, pois alguém me toca por mim e acima de tudo, muitas vezes, quando alguém me toca meu vôo é melhor, e não há nada nem ninguém, nenhum olho de Deus num triângulo de bronze me olhando enquanto eu vôo.

Outros olhos. Mas havia uma espécie de pôr-do-sol que jamais recuperei, aquele pôr-do-sol no pátio do colégio interno com aquele homem de camisa branca e olhos perdidos, os olhos mais claros que vi, perdidos olhos na claridão do nada.

Isso tudo aconteceu há muitos anos, tantos anos que já nem sei. Muitos, e tantos e muitos, e tantos.

Semana passada, voltei. Foi uma viagem longa. Quando cheguei na cidade, a memória foi ditando o mapa, recordando a cicatriz.

E é assim: você vem pela calçada, há muitas construções novas, e de repente lá está a mesma casa de sempre, mas diferente. O muro já não é branco, se é que alguma vez foi ou se é apenas um truque da memória; o muro é amarelo-claro, e o portão, o portão continua verde, mas está cambaio; cambaio e descascado, e isso é uma espécie de consolo, de vingança: vida cambaia, portão verde.

E então, é assim: você vem pela calçada, você recorda, você sabe: o muro que era branco, se é que foi, e agora é amarelo-claro; o portão, que é e era verde, mas está cambaio; e você bate palmas, pois não há campainha, e lá de dentro vem uma voz de mulher que pergunta o que é; e você se apruma, fica em silêncio, e nisso vê que vem vindo ele, pela calçada vem vindo ele, curvado, e você pensa e sabe que alguma coisa muito importante vai acontecer, e no fundo é só uma manhã de domingo, nada mais que um domingo de manhã, e você não diz nada, não responde à voz de mulher que pergunta outra vez o que é, e vê como ele vem vindo, curvado, a camisa ainda branca, será outra, por certo, mas sempre branca, e o bigode, e os olhos claros, os mais claros que você viu na vida, e ele chega perto e você sorri, e pensa em todos os homens para os quais sorriu enquanto eles iam chegando, e no cheiro deles, e não há nada que se compare ao cheiro que você vai reencontrar agora, e os olhos, os olhos mais claros do mundo, agora encobertos por uma estranha nuvem de tempo e amargura, e você o abraça, sorrindo, e ele se espanta um pouco e pergunta: "É você?"

(1992)

A NOIVA DO BATALHÃO

Os cabelos eram muito claros e lisos, repartidos ao meio, e caíam até os ombros sobre a blusa de gola bordada. O nariz era pequeno e delicado, e a boca bem desenhada repousava serena num traço de timidez. As sobrancelhas faziam um cuidadoso arco, eram também claras, ainda que um pouco mais escuras que os cabelos, e pareciam terminar no ponto exato. A testa tinha a amplitude do equilíbrio perfeito. O rosto da fotografia era especialmente bonito.

— Tem boca de chupadora — sussurrou Afonso.

— Mais respeito — respondeu rindo, em outro sussurro, Alfredo.

Os dois eram os primeiros a ver a fotografia, por causa da tal ordem alfabética que alguém tinha inventado. A vingança do resto, ou seja, de todos nós, é que as fotografias circulavam em rigorosa ordem. O ritual se repetia duas vezes por semana, às quartas e sextas. Os dois tinham de esperar até que o último de nós examinasse cada foto, antes de poderem olhar a próxima. Havia três fotos em branco e preto e oito em cores.

Depois do banho e antes da primeira chamada para o jantar, nos sentávamos naqueles compridos bancos do vestiário em ordem alfabética e as fotos começavam a circular.

Primeiro, sempre o rosto em branco e preto. Depois das quatro ou cinco primeiras sessões, a foto circulava rapidamente, num minuto chegava a Virgílio, e aí começávamos a examinar a segunda. Era outra foto em branco e preto: mostrava a moça em pé, encostada contra um muro alto e branco. Nessa foto, ela estava com o rosto um pouco voltado para a direita, levemente erguido, num gesto de contido atrevimento, mas ninguém prestava muita atenção a esse tipo de detalhe. A moça vestia *jeans* e uma camiseta clara, com os ombros de fora, e cada um de nós, à sua maneira, imaginava aquilo que a camiseta insinuava mais do que escondia: os seios redondos, de tamanho preciso, potentes e ousados.

Com esta começava uma espécie de leve agitação naquela fila de solitários sentados nos bancos do vestiário. É curioso, mas mesmo muito tempo depois do dia em que o ritual começou, meses e meses mais tarde, aquela foto provocava um ligeiro tremor nos alicerces de cada um de nós. Roberto, Sílvio e Túlio eram os mais aflitos, mas nem mesmo a soma das aflições dos três chegava perto da agonia e da ansiedade de Virgílio, principalmente na hora das quatro últimas fotos.

A terceira era uma foto colorida. Mostrava a moça num meio perfil, e tinha sido tirada de um jeito peculiar. O fotógrafo havia se posicionado de tal maneira que mostrava o rosto da moça um pouco de lado, a boca levemente aberta num esboço de sorriso, e havia o brilho de lábios úmidos, como se ela tivesse acabado de passar a ponta da língua por ali. Além do mais, e nisso estava o grande truque do fotógrafo, a maior parte da imagem era ocupada pelo pescoço e o colo da moça, os três primeiros botões da blusa xadrez estavam evidentemente abertos, e havia sardas na curva dos seios, e um deles, o esquerdo, aparecia quase completo, um pouco mais claro que o colo, mostrando a marca do sol. Era um peito firme, que mostrava uma curva absolutamente perfeita, deixando o pouco que restava oculto por conta da imaginação cada vez mais desenfreada daquela platéia de pobres coitados.

As duas fotos seguintes também eram coloridas e formavam uma seqüência. Quando a primeira dessas fotos circulava surgiam os primeiros pedidos de *mais depressa*, sobretudo do pessoal depois de Luiz.

Na primeira dessas fotos, a moça aparecia de costas num fim de tarde, contra um mar azul-claro. Era uma foto bastante bem-feita. O corpo da moça aparecia contra a luz, de tal forma que só se via seu contorno esguio. Olhando com atenção, dava para notar que a moça vestia apenas a parte de baixo de um biquíni rosa-claro, e que havia um leve brilho dourado na parte interna de sua coxa direita, ressaltando uma delicadíssima penugem clara e ligeiramente eriçada, as pernas um pouco abertas.

O primeiro ponto de ebulição, porém, era atingido na foto seguinte. Mostrava a moça estendida na areia, sobre uma tolha branca. O fotógrafo, desta vez, tinha se estendido na mesma areia, e mostrava num primeiro plano as plantas dos pés da moça, as pernas parecendo infinitamente longas, terminando lá longe, na curva das coxas absolutas, e, enfim, as duas colinas dentro do tecido rosa-claro e exíguo, uma visão de delírio para cada par de olhos naquele longo banco de vestiário.

Muitas vezes havia uma tremenda tensão no ar, principalmente quando o trio formado por Mário, Osvaldo e Pedro demorava além da conta no exame de cada fotografia, trocando comentários alucinados sobre o que fariam se pudessem deitar sobre aquela paisagem.

— Isso aí agüenta tudo, de uma vez só — dizia Mário.

— Agüenta se for você. Comigo, berra — contestava Osvaldo.

— Comigo berra no começo, depois agüenta tudo, sei fazer essas coisas com calma, elas não esquecem nunca e sempre pedem de novo — arrematava Pedro.

Entre um comentário e outro passavam-se alguns minutos. Na verdade, poucos faziam comentários em voz alta. Era uma espécie de provocação para os demais.

O sádico que tinha inventado a ordem do desfile de fotos havia decidido que a seqüência continuaria com três fotos em branco e preto, e elas passavam em alta velocidade pelo banco do vestiário.

As duas primeiras mostravam a moça andando na rua. Uma estava inclusive um pouco fora de foco: a moça de frente, num vestido que chegava um pouco acima dos joelhos, sorria, fazendo com a mão direita um gesto que parecia querer afastar o fotógrafo.

Na segunda, ela se limitava a sorrir, um tanto conformada em ser surpreendida enquanto caminhava numa rua qualquer de uma cidade que ninguém sabia — e, para falar a verdade, nem queria saber — qual era.

A terceira e última foto da seqüência havia sido arrancada de algum documento. Era um desses típicos retratos três por quatro e nele a moça aparecia séria e sem nenhuma graça, os cabelos muito claros presos na nuca, e as orelhas delicadas adornadas por pequenos aros prateados.

Lembro da vez em que Marcos decidiu se vingar do trio que o seguia no banco do vestiário.

— Olha essa orelhinha — dizia ele —, olha que coisa mais tesuda, vou dar uma mordidinha nessa orelhinha e sentir esses brinquinhos de prata no meio dos dentes — e dizia tudo isso com os olhos semicerrados contemplando aquela foto banal, arrancada de algum documento de estudante.

Mário, Osvaldo e Pedro começaram a dizer anda logo, anda logo, e quando a tal foto sem nenhuma graça chegou nas mãos do trio, passou voando.

O ritual chegava ao seu fim — prolongado fim — com o exame das quatro últimas fotos. Havia vezes em que Virgílio era obrigado a esperar até meia hora para receber a primeira foto da série.

Certo dia, Carlos demorou seis intermináveis minutos olhando *uma* das fotos — a terceira, se não me engano — e acabou provocando uma fúria em David, que era enorme e ameaçou arrancar a foto das mãos dele na porrada.

A ameaça, feita aos gritos, forçou a intervenção de alguns de nós, que impusemos as regras previstas: em caso de ameaça de agressão física o infrator estava sumariamente expulso do banco e suspenso por uma semana.

— Deixa pelo menos eu dar uma olhadinha nessa aí antes de sair, uma olhadinha só, perco a outra mas essa aí, não — gemia David, mas lei é lei, e fomos implacáveis.

As quatro derradeiras fotografias eram, nessa ordem: a moça estendida num sofá branco, lendo uma revista. A revista ocultava o rosto da moça. O fotógrafo tinha ficado na frente dela e mostrava a perna direita da moça ligeiramente erguida, o pé apoiado numa almofada bordada, a perna esquerda estendida. Mostrava o vão das pernas, uma leve sombra sobre a perna esquerda e enfim o tecido de uma calcinha branca. A moça usava um vestido amarelo, bastante curto, o tecido levemente amarfanhado sobre o ventre, e depois, no canto direito da foto, a revista tocando seu rosto e tocando os seios atrevidos. As mãos que seguravam a revista tinham os dedos esticados, as unhas cobertas por um esmalte vermelho vivo.

A foto seguinte mostrava a moça em pé, olhando para o fotógrafo, a boca num meio sorriso, o vestido amarelo realmente curto, as pernas queimadas de sol e perfeitamente desenhadas, e o vestido era justo no corpo da moça, o tecido frouxo fazendo pequenas dobras num e noutro lugar, as pontas dos seios agredindo o tecido frouxo do vestido curto e amarelo, e uma das alças estreitas escorregara para o meio do braço esquerdo da moça, e ela, como quem não quer nada, erguia levemente um peito com a mão direita, ou talvez erguesse levemente um peito com a mão direita justamente por querer provocar o fotógrafo.

Nessa foto em que aparecia em pé com um vestido amarelo e curto, a moça parecia desafiar, desaforada, o mundo.

As duas outras, que encerravam o desfile, eram enlouquecedoras. Na primeira, um facho de luz amarelada iluminava o rosto da moça virado de lado.

Os braços da moça estavam entrelaçados atrás da nuca, de tal forma que um estava um pouco mais elevado que o outro. E aí começava o pandemônio: a foto mostrava a moça até um pouquinho acima da linha da cintura, espaço suficiente para que os seios redondos e pequenos e firmes e potentes e atrevidos aparecessem em todo seu esplendor, apontando eretos a câmera com fúria. O torso da moça era contemplado em rigoroso silêncio e demorada exibição por cada um de nós.

Na última foto, a moça aparece recostada numa cama de casal. Os lençóis tinham sido empurrados sobre seus pés e a moça estava recostada sobre travesseiros mergulhados em fronhas azuis. A moça estava nua e sorria de maneira diabolicamente angelical. Os braços da moça estavam abertos em cruz, e suas pernas estavam numa esquisita posição, uma espécie de estranho balé sobre o lençol. Os pêlos da moça começavam claros, nas extremidades, e iam escurecendo conforme confluíam para o centro.

O fotógrafo se chamava Ricardo e era dos últimos daquela fila de quinze animais. Era também o único que conhecia todos os detalhes de cada segredo da moça.

Tinha sido seu namorado desde os tempos de colégio, ou seja, três anos e meio antes de chegar àquele banco de vestiário de um quartel de subúrbio da capital.

Quando fora jogado em nosso grupo, despedira da moça, longa, desajeitada e furiosamente. Sabia que ia ficar no quartel um ano e meio, e que durante aquele tempo todo haveria longos períodos em que os dois não se veriam. Havia quase novecentos quilômetros separando o quartel da cidade onde moravam.

Ricardo tinha sido o primeiro homem da moça. "Eu queria mas achava que não devia", me explicou ele ao recordar a primeira vez, quando os dois tinham dezesseis anos. "Ela também queria, e também achava que não devia. Fazíamos um pouco de tudo. Um dia, não deu para segurar, fui fundo. Ela chorou um pouco, mas depois pediu mais, pediu que fosse devagarinho, fui, depois quis de novo, e aí desandei. Até eu vir para cá, fazíamos de tudo o tempo todo, uma loucura." "Ela é doidinha, você precisava ver", me contou quando voltou da primeira visita, depois de seis meses de quartel. Foi quando trouxe as fotos. Mostrou primeiro apenas as que podia mostrar. Não chegou nem nas fotos da praia.

Poucas semanas depois, e sem que jamais alguém explicasse nada ou alguém perguntasse coisa alguma, fomos chamados pelo sargento e cinco de nós ganhamos quatro dias de licença. Foi inesperado, e tivemos de juntar dinheiro entre todos para que Ricardo pudesse ir até a sua cidade.

Quando voltou, veio calado. Ficou dias apenas respondendo o inevitável. Depois, chamou-me para o corredor dos chuveiros e contou:

— Cheguei no dia em que ela foi pega com um garoto dentro da piscina. Ela estava pegando nele, que estava com a mão no meio das pernas dela. Foram suspensos do clube por um mês, a cidade inteira ficou sabendo.

Acendeu um cigarro e continuou:

— Aí, dei-lhe umas bolachas para ela aprender a ser puta. Quando fui embora ela estava chorando e eu fiquei um pouco chateado, mas continuei em frente.

Na semana seguinte, mostrou o resto das fotos e ele mesmo organizou o ritual. Na verdade, ele mal via as fotografias.

Às vezes, eu achava aquilo tudo — o desfile, as reações — meio engraçado. Às vezes, achava meio ingênuo. A moça era a noiva de todos nós.

Aquilo tudo durou mais de um semestre, mas depois de um certo tempo comecei a me irritar e quase não ia aos encontros. Lembro-me da última vez que fui, depois de uma ausência de mês e meio: algumas fotos estavam amassadas, sem brilho, e em três delas havia manchas gordurosas, o que acabou de me irritar.

Aquilo tudo aconteceu quando éramos jovens. Quando saímos do quartel, cada um tomou seu rumo. Há anos não vejo nenhum dos integrantes do pelotão. Vi Ricardo algumas vezes. Depois, ele se mudou para o Sul. Da moça, nunca mais tive notícias. Na verdade, eu tinha até mesmo esquecido o nome dela.

Sexta-feira passada, e anos e meses depois de eu ter saído do quartel e tomado outros rumos na vida, estava entrando no hotel quando parei em seco. Ela estava saindo de um táxi. Não tinha como me enganar. Os mesmos cabelos claros repartidos ao meio, os mesmos traços, o tempo mal tinha passado por eles. Era um pouco mais alta e mais magra do que parecia nas fotos de tantos anos antes. Era bem mais bonita.

Era um hotel de praia, eu tinha ido passar o fim de semana sozinho, decidido a beber, dormir e não pensar em nada, não pensar principalmente em mim. Tornei a encontrá-la quando entrei no restaurante para jantar. Ela estava sentada sozinha no bar e havia apenas um copo com uma bebida vermelha na mesa. Sentei-me no balcão e fiquei olhando, com insistência. Logo depois chegou um homem alto e grisalho, que se sentou com ela.

Quando pedi a conta notei que ela me olhava. A maré de ousadia me cobriu e fiz um gesto leve com a cabeça, indicando o caminho dos banheiros. Levantei, fiquei esperando na frente da porta com a plaquinha *cavalheiros*, logo depois ela apareceu.

— Você é um bocado atrevido.

— Não é bem o que você está pensando.

— Eu não estou pensando nada. Só que você é um pouquinho atrevido demais.

— Mas você veio.

Ela não disse nada e entrou no banheiro das mulheres. Quando saiu, eu continuava lá. Pus nas mãos dela um papel onde havia escrito doze palavras e o número do meu quarto.

Na manhã seguinte, ela apareceu.

De certa forma, eu sempre soube que, se tivesse de ser, seria daquele jeito. Quase não falamos nada, mas eu sempre soube que, se acontecesse, não diríamos quase nada.

Tentei fazer tudo com classe, delicadeza e calma. Só que minha fúria era antiga, e quando eu quis começar tudo de novo ela disse que não.

— Você é muito brusco — disse ela, e eu achei graça da palavra *brusco*.

Na verdade, achei que ela era um pouco sem sal, mas preferi ficar quieto. Passei com calma as mãos pelo seu corpo, mas ela parecia estar distante, um pouco enfadada.

— Na verdade — ela disse —, achei que você ia ser melhor.

Continuei quieto. Ela acendeu um cigarro e ficou estendida na cama.

— Não sei o que vim fazer aqui. Nunca faço isso. Só faço o que eu quero, e na verdade não estava querendo tanto. Acho que foi curiosidade. Mas, sério mesmo, pensei que você fosse melhorzinho.

Então me ergui um pouquinho, me apoiei no travesseiro e fiquei olhando o corpo estendido ao meu lado. Passei com delicadeza os dedos da mão direita por todo o seu corpo. Ela continuou fumando e olhando para o teto.

— É que eu me lembro de você — comecei a dizer, e parei.

— De mim?

— Faz muito tempo. Esquece.

— Lembra nada. Eu nunca me esqueço de ninguém. Nunca vi você.

E aí virei-a de bruços, ela tentou resistir, me estendi em cima, ela continuava tentando resistir, mas enfim desistiu. Eu me estendi em cima dela e disse:

— Eu também achei que você ia ser muito melhor. Há dez anos, eu achava que você *era* muito melhor. *Todo mundo* achava você muito melhor. O Ricardo jurava que você era doidinha. Que nada.

Ela deixou que eu fizesse o que queria fazer. Quando escorreguei para o lado, ela se levantou, e não disse nada enquanto se vestia. Depois, parou ao lado da cama, olhou para mim e falou:

— Você é ruim demais. É péssimo. Você é sujo. Você não vale nada. Nenhum de vocês vale nada. Vocês são todos uma merda.

Quando saiu, deixou a porta do quarto aberta, e eu tive de me enrolar num lençol para ir fechá-la, porque naquela hora as arrumadeiras estavam passando pelo corredor.

(1992/1993)

SÁBADO

Foram meses, muitos meses, e eu pensava que se assim tinha de ser, a melhor coisa era entender e esperar. Não pensei jamais em colocar prazos às impossibilidades da vida. Eu sabia que iria acontecer na hora certa, e por mais que doesse a espera, decidi encará-la sem fúria. Para que as impossibilidades da vida deixem de ser impossibilidades não podem existir prazos. Isso era o que eu repetia para mim, dia após dia, durante esses meses todos.

Havia uma espécie de jogo secreto que só nós dois conhecíamos. Nos encontrávamos de quando em quando, de maneira sempre distante, até que decidimos que deveríamos evitar qualquer encontro durante um tempo determinado. Não dissemos que tempo seria esse.

De repente, aconteceu. Telefonou uma noite, há pouco mais de um ano, e disse: — Precisamos conversar, definir tudo.

Eu pensei: Definir o quê, se já está tudo definido?

Marcamos um encontro, não apareceu. Telefonou na manhã do dia seguinte, bem cedo, dizendo:

— Decidi acabar com tudo, acertar minha vida. Passei uma noite infernal. Hoje mesmo vou embora de casa. Telefono para você amanhã.

Senti que a longa espera, cheia de humilhações solitárias e de pesadelos de nunca acabar, tinha, enfim, terminado.

Haveria uma espera, a última, até o dia seguinte. Não queria pensar nessa espera. Queria pensar no que viria depois.

Não pude fazer mais nada o resto do dia. Pensava que terminava, como por uma lei da vida, a época das impossibilidades e começava uma etapa nova e alucinante, começava um tempo de possibilidades.

Não quis pensar no começo da história, mas o começo da história chegava como em ondas, e me devolvia a tempos de desespero e loucura, uma viagem de trem para o mar, uma noite de medo e agonia, depois me devolvia encontros absurdos, e depois me devolveu uma tarde de chuva quando dissemos que já não podíamos mais, que era questão de esperar por um acerto de contas com a vida.

Não quis pensar no começo da história mas não pude fazer outra coisa o resto do dia.

Não quis lembrar outras mãos, outros ombros, outras marcas ao longo daqueles meses de silêncio, mas sentia essas mãos e tentava descobrir, em vão, as marcas, que tinham desaparecido. Restava a lembrança de mãos, de ombros, certos cheiros, e nada mais: os homens não deixam marcas, deixam cicatrizes, e naqueles meses todos de silêncio, distância e impossibilidades, nenhum homem deixara nenhuma cicatriz.

Pensava que deveria dizer tudo isso a ele, quando fosse o momento. Ou, então, que não deveria dizer absolutamente nada para que tudo fosse novo no mundo, para que nada tivesse jamais acontecido, nada que lembrasse o tempo das impossibilidades. Olhava a casa, os móveis, os quadros, os cantos, e pensava que nada deveria continuar existindo, tudo deveria ser novo, absolutamente novo, absurdamente novo.

Esperei todo o dia seguinte e toda a noite do dia seguinte por uma chamada que não veio nunca. E descobri que havia uma impossibilidade absolutamente nova, absurdamente nova.

Uma semana depois fechei a casa e viajei. Passei um mês viajando.

Uma noite fui para a cama com um homem jovem e delicado. Outra noite deixei que um homem me tocasse no metrô.

Quando voltei decidi mudar de casa, de trabalho, de tudo. Mas a ferida aberta continuava, e eu queria saber como seriam todos os outros dias, o resto dos dias.

Há exatamente um mês, depois de um ano de silêncio, ele tornou a telefonar. Senti que tudo se quebrava dentro de mim. Descobri com fúria uma fragilidade contra a qual não havia nenhum remédio no mundo.

Fui encontrá-lo com o corpo aos pedaços. Estava no saguão do hotel onde se hospedara. Levantou-se quando entrei. Achei-o amansado, como se tivesse perdido aquele ar de felino pronto para o bote, aquela coisa nervosa que sempre existira em cada movimento que fazia. Achei-o também um pouco mais magro.

Ficou olhando para mim em silêncio, perguntou-me se não queria ir ao bar antes de sairmos para jantar.

Fomos ao bar, e ele continuava impondo um silêncio sem fim enquanto não deixava de olhar para cada centímetro de meu rosto. Enfim, falou:

— Vivo sozinho há um ano. Passei quase um ano fora do país. Cheguei há uma semana, levei três dias procurando seu novo endereço. Tudo mudou, como eu queria que mudasse. Foi difícil, foi duro, mas agora tudo é outra coisa.

E comecei a sentir um cansaço desconhecido, uma espécie de aborrecimento, e quando ele tocou meu braço senti uma espécie de arrepio, um mal-estar inesperado, e descobri que já não, que nunca mais.

Olhava para ele, adivinhava seu corpo magro e sentia que já não havia nada, que jamais haveria nada.

Este é o vazio que jamais poderei contar como é: o fim de alguma coisa que não aconteceu nunca.

Fui embora sem dizer adeus, sem nenhuma despedida: ninguém consegue se despedir do que não existe.

Ontem foi sábado e fui ao estúdio de um pintor amargo, que pintou esse quadrinho escuro e feio que está ao lado do relógio, na parede da sala.

Achei que talvez a única coisa capaz de devolver-me ao absurdo da vida seria o absurdo da morte.

Pensei que poderia tentar algo absurdamente novo e perverso, uma espécie de castigo malvado. Deitei-me no sofá e adormeci. Quando acordei ele estava sentado ao meu lado, com a mão repousando em meu ventre. Olhei-o, e ele me disse uma coisa que não entendi. Não repetiu o que disse. Me vesti, saí e descobri que nunca mais.

Ontem foi sábado e hoje acordei perguntando o que a vida vai fazer de mim.

(1982)

5

Coisas que sabemos
Bandeira branca
40 dólares
O último
La Suzanita
Antes do inverno chegar
A cerimônia
General, general, general
A pergunta
O nosso ofício

COISAS QUE SABEMOS

Eu não penso mais nisso agora, mas nós sabemos como foi. Sabemos de tudo. As pessoas que estavam lá naquele tempo sabem o mesmo que eu e você. As pessoas que andaram por lá depois também sabem. É impossível não saber.

Aquilo foi diferente de tudo, e até agora, nas noites em que não posso dormir, imagino os gritos e o barulho como se fossem pedras imensas sendo partidas. Nas noites em que não posso dormir, ouço esse barulho como se fosse agora.

Não havia nada que pudesse ser feito, e todos nós sabíamos disso. Eu sabia e você também. Não havia nada que pudesse ser feito.

Pelas noites, em toda a cidade, se ouviam gritos e o barulho de pedras partindo. Havia os grandes estalos seguidos, e eu imaginava o caminho reto e picotado daquele fogo noturno como o mastigar de um grande bicho. Nos telhados os rapazes atiravam enquanto todos sabiam que não havia nada que pudesse ser feito. Mas eles estavam dispostos a tudo e já não pensavam mais.

Nos dias seguintes apareceram os corpos no rio. Vinham pela correnteza, gordos, inchados, azulados.

Naqueles dias as pessoas se debruçavam na amurada das pontes e contavam os cadáveres. Algumas mulheres choravam e gritavam, e esse é o grito que ouço nas noites em que não posso dormir.

Algumas mulheres viam os corpos e contavam em voz alta. Era como uma antiga ladainha alucinada.

Uma tarde, entre os corpos, veio flutuando o de um cão inchado. Havia também um resto de cama. Então a mulher apontou o cão e começou a rir, primeiro baixinho, e depois esse riso foi crescendo até se transformar em um uivo sem fim.

Ela estava na ponte contando os cadáveres há três dias e duas noites.

Quando veio rodando o corpo inchado do cão batendo contra a madeira do resto da cama, o som da cabeça contra a madeira molhada como um fruto caindo no barro mole, a mulher começou a rir. Era muito divertido. Não havia nada mais divertido. Não havia nada que pudesse ser mais engraçado.

Com o tempo os cadáveres começaram a desaparecer, até que não se contavam mais.

Aos poucos as pessoas abandonavam as pontes e mataram sua espera. Mas a mulher continuou muitos dias mais, mesmo quando não havia mais cadáveres e o rio voltou a ser apenas um rio sujo outra vez.

Ela estava lá, sozinha, parada, e de vez em quando começava aquele riso outra vez.

Ela estava lá parada, sozinha, quando vieram os soldados para buscá-la.

(1974)

BANDEIRA BRANCA

Primeiro, pensei que aquilo não podia acontecer comigo. Não, comigo não podia acontecer aquilo. Depois pensei em Pedro, meu filho. E depois não pensei em mais nada.

Estou aqui há dez anos. Estava. Dez anos. Orgulhoso de meu uniforme, a guarda presidencial, as calças brancas e as botas lustrosas, a guarda presidencial é tudo nesta terra. Dez anos aqui, dez.

Quando a gente percebeu que eles vinham vindo, que estavam agachados e correndo e que vinham mesmo, foi um susto. O major Iturralde gritava ordens, e de repente ouvi que o negócio era mesmo atirar e, atenção: atirar para valer. Era guerra, não era exercício.

Lá em cima, ficamos uns dez. Os outros desceram para as sacadas do segundo andar. O resto desceu para as portas laterais, essas que dão para as ruas onde ficávamos de plantão antes, as calças brancas e o casacão azul cheio de botões dourados, e as botas lustrosas.

Havia também um barulho de motores, motores de caminhão pesado. Eram os tanques. Naquela hora ainda não havia aviões.

No dia seguinte todo mundo começou a falar da resistência heróica dos 300 da guarda presidencial. E isso é o que me dá mais raiva: os 300. Éramos 38, quando ainda não tinha morrido ninguém. Só 38. Com 300 ganharíamos uma guerra mundial naquela madrugada.

Eu estava estendido no terraço que é o teto do palácio. Bem protegido pelo parapeito e dando fogo cada vez que via brilhar o foguinho do fuzil de um deles. Bem protegido e achando que aquilo tudo ia acabar de repente, e que ninguém iria ficar machucado, e pensando em Pedro, meu filho, e no que eu iria contar para ele um dia. Pensava em Pedro, meu filho, e em agüentar aquilo. Era diferente de exercício: eles atiravam na gente, faziam alvo. E eu também.

Eles tinham metralhadoras automáticas e a gente mal podia perceber onde estavam. Primeiro, atiraram nos postes de luz. E a rua ficou escura, e a praça ficou escura.

Uma hora depois do tiroteio, nosso major disse: "Alto o fogo, porque eles não disparam mais."

Mas isso durou pouco. Ah, quase nada. O sargento Hinojosa estava ao meu lado. O cabo Leôncio também. E a gente mal tinha dito os nomes seguidos de um "presente e bem" quando recomeçou tudo. E pior. O tanque grandão, o primeiro a entrar na praça, começou a disparar. Cada explosão era um terremoto lá embaixo. Disparava contra as paredes, as janelas. E nós disparávamos contra o tanque com os fuzis, mas era como se fosse nada.

Era como um exercício daqueles que a gente fazia nas matas nos tempos de antes. Tanto tiro. Tanto barulho. Mas ali eram balas de verdade, e eu pensava: "Morrer, não. Aqui, não", e pensava: "Entregar tudo, não." Pensava em Pedro, meu filho, e pensava que tinha de sair vivo para ver os olhos grandes de Pedro, meu filho, e pensava também que não podia entregar nada se quisesse olhar aqueles olhos de frente.

Por alguns momentos, o fogo parava. Só para voltar com mais força logo em seguida.

Deveriam ser umas quatro da manhã quando começou a calma. A mesma calma que durou até as seis. Eu já não sabia mais nada, ninguém sabia mais nada. Só uma coisa: tínhamos de defender o palácio. Porque a guarda não se rende, a guarda morre. O presidente tinha dito isso, e eu não sabia nada, só sabia que tinha de sair dali vivo para olhar os olhos de Pedro, meu filho, de frente.

Quando começou a amanhecer e estava tudo parado, aquele silêncio pesando em cima da gente, comecei a pensar. Tudo outra vez. A pensar que comigo não podia acontecer nada. Nada daquilo comigo. E em Maria e seus olhos grandes, e em Pedro, meu filho, e seus olhos grandes como os da mãe, e pensar que por ele tudo, qualquer coisa, para que não tivesse a boca amarga como a minha.

Começou a amanhecer e estava tudo parado e achei que eles tinham desistido. Sentia dores nas pernas e nas mãos, estendido ali o tempo inteiro, na espreita, na campana, mas não era caça grossa, era pior, era ou eu ou eles, e éramos quantos? Começamos com 38, mas, e agora? Eles eram muitos, vi muitos e muito fogo.

O sol escorreu manso, lá pelas seis, e aí eles vieram. E vieram de vez. Disparavam de todas as partes. Eu não sabia mais para onde apontar, e recomeçou o zumbido na minha cabeça: não, comigo não. Estávamos cercados e dá-lhe fogo, porque a guarda não, a guarda não se rende, a guarda morre, mas e Maria, e Pedro, meu filho, e minha vida inteira?

Lá pelas tantas descemos todos para o segundo andar. Lá em cima não dava mais para ficar. E ouvimos os primeiros roncos, os primeiros aviões, eles tinham aviões, e eu pensando: "Comigo não pode ser."

Quando chegaram mais tanques e mais aviões baixando como se fosse dia de festa, o fogo dos tanques e dos foguetes dos aviões cruzando tudo, eu não sabia nada. Caíam pedaços de parede e janelas voavam com moldura e tudo. Havia pó e terra e cheiro de sangue e gritos e gemidos e pó.

Agüentamos o inferno. Até que um tanque derrubou a porta lateral, aquela onde montávamos guarda nos dias comuns, o uniforme da guarda presidencial, e vinha Maria e vinha Pedro, meu filho, e me olhava de longe e eu duro e sério, e quebrado por dentro, e ele corria na praça. Um tanque derrubou a porta lateral e entrou no saguão e apontou para o pátio, a fonte e as plantas, e eu soube que não havia mais nada a ser feito. Ir até o fim, mas sem nada a fazer.

Foi quando um filho-da-puta, algum grandessíssimo filho de uma puta, levantou uma bandeira branca no mastro lá de cima. E eles pararam de atirar e eu não. Apontei para cima, não vi ninguém, não vi quem levantou a bandeira branca, mas atirei do mesmo jeito. Porque a guarda não se rende, a guarda morre, e Pedro, meu filho, nos olhos, sem sentir nenhuma vergonha.

E eles atiraram outra vez, e eu senti quando as balas cruzavam o salão e acertaram o sargento Hinojosa na cabeça. Bem ali, ao meu lado. O sangue dele jorrou e me acertou a cara, a boca, os olhos, ele rolando no chão e eu empapado com seu sangue. Eram onze da manhã, eu estava empapado de sangue, o sargento morto no chão e eles entrando no palácio correndo e gritando.

E eu ajoelhei e comecei a chorar baixinho.

(1975)

40 DÓLARES

para Poli Délano

Lá fora, desde o amanhecer, e depois durante todo o dia e toda a noite, havia tiros e gritos.

Pela janela que mostrava a praça podíamos ver, perto e longe, os grossos rolos de fumaça e as pessoas que corriam pela rua com o corpo grudado nas paredes. Quando crescia o ruído dos caminhões e antes mesmo dos tiros, essas pessoas que corriam pela rua se atiravam no chão, buscando proteções que não existiam. Pela janela, era uma espetáculo curioso.

Todos nós vimos quando acertaram o gordo. Ele estendeu um braço, o corpo no chão, grudado na parede do banco, e o braço erguido como um monumento foi caindo lentamente.

Era um espetáculo curioso, mas não muito agradável. Quando anoitecia, dois soldados plantavam seus uniformes na porta do hotel e esta era a melhor maneira de lembrar que estava proibido sair depois do escurecer. E escurecia muito cedo: lá pelas seis da tarde já apareciam luzes em janelas distantes, entre a fumaça que não parava de crescer em pontos isolados, onde alguém tinha jogado granadas e bombas e onde os tanques disparavam.

Todos nós tínhamos visto as duas, desde que chegaram ao hotel, dois dias antes que começassem os tiros.

O ascensorista jurava que eram inglesas, e muita gente achava a mesma coisa. A camareira do sétimo andar, não: dizia que não eram nada, que tinham vindo de uma cidadezinha do sul e que dormiam até tarde na imensa cama de casal do quarto. Dizia também que na segunda manhã tinha entrado no quarto e encontrado as duas dormindo nuas e abraçadas, e que então passara a só fazer a arrumação depois do almoço.

As duas andavam sempre juntas e demoramos três dias para descobrir que a camareira tinha razão: eram mesmo do sul.

Desde a manhã em que começaram os tiros, elas quase não apareciam: passavam o tempo todo no quarto, o 716, e só apareciam para o almoço e o jantar.

Éramos 18 hóspedes no hotel, isolados do mundo, e estávamos todos com muito medo e muita vontade de saber o que estava acontecendo de verdade lá fora. O telefone funcionava muito mal, as rádios só tocavam músicas clássicas e um locutor lia, devagar e cansado, boletins monótonos. A televisão mostrava longas séries coloridas sobre o reino animal e, de vez em quando, aparecia alguém com ar pausado dizendo que estava tudo em ordem e que em poucos dias voltaria a normalidade. Enquanto isso não acontecia, aconteciam os tiros.

Os tiros vinham e desapareciam de repente, estouravam na rua, nas janelas que davam para a rua e a praça, e nas primeiras noites três granadas explodiram na parede do hotel. Uma das granadas explodiu dentro de um quarto no terceiro andar, e na manhã seguinte fomos todos transferidos para a ala dos fundos, enquanto ninguém entendia como alguém tinha jogado uma granada tão alto, no terceiro andar. O magricela que fazia as vezes de gerente explicou, então, que tinha sido um morteiro.

Cada vez que um de nós resolvia sair, quando voltava era cercado e todos faziam perguntas ao mesmo tempo. Elas, não: nem saíam, nem perguntava.

Elas, na verdade, não falavam com ninguém. Apareciam para almoçar e jantar, atravessavam o salão indo direto do elevador até uma mesa colocada exatamente no centro do restaurante, e depois desapareciam da mesma maneira.

No almoço do segundo dia, sem que ninguém soubesse quantos dias mais iria durar aquele estranho cativeiro, tivemos uma novidade: o bar do hotel, no primeiro andar, seria aberto. Das sete às dez da noite, poderíamos dispor do bar ou do que restava dele: há muito não era abastecido e, para piorar, muitos de nós tínhamos contrabandeado garrafas para os quartos.

Na noite em que o bar voltou a funcionar, estávamos todos alegres. Podíamos, pelo menos durante um par de horas, esquecer o medo de que aumentassem os tiros na praça ou que voltassem a atirar contra o hotel, esquecer as janelas que mostravam nuvens de fumaça negra e traziam gritos e o barulho dos tanques e dos caminhões transportando soldados.

Eram oito da noite quando elas apareceram. Sentaram sozinhas e pediram coquetel de frutas. O garçom sorriu: "Está tendo uma guerra aí fora, moça. Não temos coquetel de frutas."

Tomaram então a mesma coisa que todo mundo: cerveja fria. Cada uma com um copo alto, e conversavam em voz baixa.

Todos estavam curiosos sobre as moças. E um rapaz com cara de holandês, cabelos claros e óculos de metal, caminhou até a mesa das moças e depositou delicadamente seu copo com um pedido de desculpas. Em seguida, sentou.

Os três não conversaram muito. Ele não tinha terminado o primeiro cigarro quando uma das moças — a mais alta, de cabelos claros e um certo ar de nobreza no rosto delicado — pediu licença e levantou o corpo magro. A outra, de cabelos escuros, rosto arredondado, dedos longos e largas cadeiras, ficou um tempo mais. Estiveram conversando até as nove e meia.

Depois de terminar a cerveja, ela levantou-se e caminhou em direção ao elevador. Caminhou sorrindo e, numa mesa, os homens também trocaram sorrisos. Na minha mesa, alguém disse que o sorriso da moça era um sorriso cheio de malícia. E uma gorda murmurou: "Inglesas... sei... pfff", quando a moça passou.

No dia seguinte, a camareira do sétimo andar contou para a gorda que as duas tinham discutido no quarto, e que de manhã a moça morena tinha passado para o quarto 712, deixando a outra sozinha. A camareira ajudou com a mala.

Nenhuma das duas apareceu na hora do almoço nem nas janelas quando, durante a tarde, fomos ver como os soldados prendiam dois atiradores que estavam escondidos na estátua da praça.

Na segunda noite em que o bar funcionou, a morena apareceu sozinha. Escolheu uma mesa isolada e, em vez de cerveja, pediu água mineral. O que parecia holandês ficou numa mesa separada e os dois estiveram olhando-se até quase a hora do bar fechar. Quando ela passou a caminho do elevador, ele foi junto. O ascensorista ouviu perfeitamente quando ele perguntou:

— E a sua amiga?

E também quando ela responde:

— Está um pouco indisposta.

Entre o terceiro e o quinto andar, não falaram mais nada.

Entre o quinto e o sétimo, a moça perguntou, em voz baixa:

— Por que não tomamos um último no meu quarto? Tenho uma garrafa.

O falso holandês sorriu e caminharam pelo corredor mal iluminado até a porta do 712, que ela abriu tirando a chave da cintura, onde estivera presa entre a blusa e a saia. Lá fora, os tiros eram distantes: há três noites não havia tiroteios na frente do hotel. Logo depois das duas da manhã passariam tanques e caminhões com soldados, e isso seria tudo.

Entraram no quarto em silêncio e calmamente se deitaram em cima da colcha. Havia uma luzinha azulada na mesinha de luz e os dois tomavam curtos goles de uma garrafa de *brandy*, e fumavam cigarros que ela guardara embaixo do travesseiro. Quase não falavam. Ela disse que o nome era Inês. Ele não disse nada.

Foi por qualquer coisa, coisa à toa, que começaram a discutir. Nada importante, realmente. Ele quis acalmar a moça, mas a moça parecia estar muito ofendida. Dizia que nunca fora tão ofendida, mas ele não conseguia entender a razão. Durante alguns minutos de silêncio, ele correu suavemente os dedos pelo pescoço e depois pelos ombros e depois pelo vão dos botões da blusa da moça. Finalmente, voltaram a conversar. Ela dizia que tinha um problema, um problema realmente grande. Ele não perguntava qual.

Ele calculou que deveria faltar pouco para uma da manhã quando ouviram tiros na frente do hotel.

Logo depois dos primeiros tiros, ela disse que estava muito cansada e pediu a ele que fosse embora.

Ele disse que ia ficar a noite inteira e tentou puxá-la para cima dele. Começaram outra discussão e, desta vez, ela chorou. Disse que as coisas não eram assim, que não era direito, que não poderia, que estava tão preocupada, tantos problemas.

Ele perguntou então que problemas eram esses e depois de algum tempo a moça respondeu que precisava de 40 dólares, que com 40 dólares poderia resolver seu problema por alguns dias. Depois poderia outra vez circular pela cidade.

Ele sorriu e disse:

— Nessa confusão toda, 40 dólares é muito dinheiro, dinheiro demais para uma garota de hotel.

E ofereceu 20.

Ela ficou furiosa outra vez, e perguntava em voz alta:

— Garota de hotel, eu? E acha 40 muito?

Depois ficou quieta e ele foi embora. Deixou sobre a mesinha de luz duas notas de um dólar pelo *brandy*. Ela fez que não viu.

Ele saiu pelo corredor e pensou que nada poderia ser mais divertido, naquelas circunstâncias, do que dormir em outro quarto qualquer, que não fosse o dele. E desceu as escadas até o quinto andar.

Tentou várias portas até conseguir abrir uma — a do 508, um apartamento luxuoso de verdade, com uma grande banheira azul.

Ficava na esquina da praça, na ala que não era ocupada há vários dias, desde o início dos tiroteios, quando toda a frente do hotel tinha sido metralhada e explodiram três granadas na fachada, uma delas mais que na fachada: dentro do 308, que ficava no terceiro andar, bem abaixo daquele.

Deitou na cama, sorriu para o teto escuro, depois pensou: "40 dólares, 40 dólares". E a moça que tinha a pele macia e o corpo bem-feito e mãos que pareciam saber muito.

Resolveu ir buscá-la. Ela não demorou muito em abrir a porta. Continuava com a mesma roupa. Saíram pelo corredor, a moça descalça, e ela sorriu baixinho quando entraram no quarto proibido. Ele acendeu a luz da cabeceira e tirou da carteira uma nota de 20 e duas de 10 e ela pegou-as em silêncio. Depois ela pediu para irem para outro quarto, o dele ou o dela, mas antes que continuasse a falar o falso holandês atirou-a sobre a cama e riram outra vez.

Pouco antes do amanhecer, quando ele continuava tentando angustiado e não conseguia, ela passava os dedos pelos cabelos dele e depois acariciava as próprias pernas e tentava sorrir. Ele mordeu levemente o joelho da moça e apertou seus seios, e logo encontrou a mão esquerda da moça junto com a dele, brincando no seio firme, e ela respirou fundo e ele percebeu que não conseguiria. Foi justamente quando ela tentou uma vez mais ajudá-lo que explodiram as três bombas na praça. Os dois estremeceram e se abraçaram e ela virou-se de costas para ele, sentiu o corpo dele grudado em suas costas e pensou que desta vez aconteceria, mas não. Alguém começou a disparar de um telhado vizinho e ele mordeu a nuca da moça, que começou a mexer a cintura com precisão e delicadeza. A mão direita da moça tentou ajudá-lo, a mão esquerda se ajudava.

No dia seguinte, a camareira passou pelo corredor do quinto andar tentando avaliar os estragos do tiroteio da madrugada.

Encontrou os dois entre pedaços de vidro da janela que fora arrancada, tiras de madeira, cimento e cal da pintura, e havia estilhaços de ferro até no banheiro, estilhaços mergulhados na parede.

A moça estava estendida na cama, a mão direita estendida no lençol, a mão esquerda no vão das pernas, e no rosto, o mesmo sorriso que alguém chamara de cheio de malícia.

O falso holandês tinha sido atirado pra fora da cama e, junto ao armário, nu e murcho, as costas cheias de pontos negros onde penetraram os estilhaços da primeira granada, parecia um menino adormecido.

(1974/1985)

O ÚLTIMO

para René Villegas

1

Antes, eu pensava: "Cada vez que sinto cheiro de pasto e de mijo de vaca, cada vez que sinto frio e fome, me pergunto: de quem foi a culpa?"

Depois percebi que trazia comigo o cheiro de pasto molhado e de mijo de vaca, aonde quer que eu fosse. E também frio e sempre um resto de fome. E soube que por onde fosse teria de perguntar sempre por uma culpa e por um cheiro de suor e de sangue, e que por onde eu vá terei como faróis aqueles olhos duros e frios vindo de encontro aos meus, penetrando minha boca e minha garganta, aqueles olhos duros e frios me atravessando.

Talvez se Emílio fosse menos corajoso, ou menos louco. Talvez se eu não tivesse confiado tanto em Enrique e em todos os outros. Se não tivesse chovido tanto aquela noite, a primeira. Se eu não tivesse nunca saído de casa para ir defender aquilo que diziam que deveria ser defendido.

Sinto outra vez meus sapatões pisando o pasto. Há uma cerca a ser cruzada. O tenente manda dois homens abrirem a cerca, mais dois para darem cobertura. Há uma tarde e uma noite caminhamos quase sem parar. Não há sinal do inimigo faz muito tempo. Há quem comece a se perguntar se o inimigo existe.

Vamos Emílio e eu abrir a cerca, Enrique e o negro Raul para nos dar cobertura. Meus sapatões pisando o pasto. O alicate na cerca, fio de baixo, fio do meio, fio de cima, o caminho é nosso. Pela frente, o pasto continua, verdolengo, deserto. Lá adiante, um tufo de árvores. "Vamos esperar entre as árvores", diz o tenente.

Esperar o quê? Vamos correndo agachados, de dois em dois, até as árvores. Meus bravos 22, diz o tenente.

Emílio sempre foi falador, e sempre foi corajoso. Dos 22 do tenente, o único bravo era ele. Enrique era mais magro, mais pobre e menos bigodudo. Até hoje nos vemos de vez em quando. Não gosto dele. Tenho medo de Emílio. Ou outros, nunca mais vi nenhum.

Chegamos no arvoredo, e em seguida começou outra vez a chuva. A ordem era esperar ali. Eu, pela segunda vez na vida, usava sapatos — os pesados sapatões de soldado.

2

Choveu o dia e a noite e o outro dia. E é de tarde quando o tenente diz: "Aconteceu alguma coisa. Vamos ver o que foi. Ficam dez aqui, o resto vem comigo. O soldado Emílio se encarrega dos que ficam. Esperem até o amanhecer. Se nós não voltarmos, os que ficam devem ir embora. Sigam a trilha de baixo, a que vai costeando o pasto e a colina. O inimigo está por perto."

E essa noite choveu muito mais, meus sapatões pisando a lama. Enrique xingando Deus e os céus e todos os santos de que se lembrava. Xingou também o padre Villegas, de Cochabamba, que tanto elogiara antes, por causa de um sermão ouvido há três anos.

O negro Raul não fala nada. Emílio olha o pasto, através das árvores e da chuva.

De manhã faz muito frio, quando saímos para procurar a trilha de baixo, a que vai costeando a colina.

3

Ao meio-dia não chovia mais, e nós todos soubemos que a trilha não levava a lugar nenhum. "O inimigo por perto", lembrava Emílio. O inimigo em toda parte, e nós sem saber aonde ir.

Tenho fome e a roupa molhada. O mosquetão e minhas 35 balas pesam cada vez mais. Os sapatões estão endurecidos. O negro Raul reclama, Enriquito geme, Andrés sua cada vez mais. Tenho fome e quero que tudo vá para o diabo, esta guerra de merda que até hoje não entendi, este mosquetão que não disparei nenhuma vez, estes bobos com cara de soldado que são meus companheiros de glória.

Formamos uma roda, ninguém fala nada. A chuva vai voltar. E então ouvimos uma voz gritando "Alto!". Olhamos para a curva, vinte metros adiante. O inimigo fala a mesma língua que nós, como saber se quem grita é nosso ou deles? O gordo Felipe é o primeiro a apontar o mosquetão. Eu grito "Quem vem lá?" quase ao mesmo tempo em que Emílio, o bravo, me dá uma porrada nas costas e diz: "Todo mundo quieto, caralho."

4

Talvez se Emílio fosse menos corajoso, ou menos louco. Talvez se eu não tivesse confiado tanto em Enrique e nos outros.

Começaram os tiros e Emílio e o gordo Felipe correram atrás de um torreão de formigas, e nós cuidamos de cair fora. Os dois dariam cobertura. Corremos, e logo Enriquito começou a dar ordens: "Por aqui", dizia. E nós: "Por aqui agora, e cuidado."

Só tornei a encontrar Emílio vinte e um anos depois, em Buenos Aires. De Felipe, soube que viajou para o Peru, e depois para o Brasil. Está mais magro, dizem. Nunca mais o vi.

5

São cinco meses de água e frio naquelas terras. Cinco. Eu estava na guerra há três. A guerra ia longe, e a chuva acabara de começar. "Nem bem uma semana de chuva", pensei. E ainda havia muita guerra e chuva pela frente. Se os que atiraram em nós são mesmo o inimigo, a guerra acaba de começar para mim agora mesmo, há meia hora. E eu não atirei nenhuma vez. Na correria, ainda quase que perco esta droga deste mosquetão. Estamos em guerra, e há que defender a pátria. Os interesses soberanos. E eu, aqui?

Talvez se não tivesse confiado tanto em Enrique e nos outros. Chovia cada vez mais, e era quase de noite. Talvez se eu não tivesse nunca saído de casa para ir defender aquilo que deveria ser defendido.

6

Foi uma noite inteira de chuva e frio e fome. Subimos a primeira trilha à esquerda, e continuamos até que alguém disse: "Eia, já passamos por aqui, estamos dando voltas."

Fez frio toda a madrugada. Choveu muito. Quando amanheceu, Enrique disse: "Renato, o negro Raul, Jorge Magro, Andrés, você e eu vamos subir esta colina. Os outros dois ficam para ver o que acontece. Nós vamos seguir a vida inteira, até chegarmos a General Alvarez."

Eu nunca tinha estado em General Alvarez, e pensei: "Se chego, dou logo um tiro no pé e a guerra acaba por lá mesmo. Faço isso logo na entrada da cidade. Se chegarmos a General Alvarez, a guerra acaba por lá mesmo."

7

A comida vai acabar logo, há um dia e uma noite caminhamos sem parar e sem encontrar nenhum sinal de vida. Nem uma casa, um pasto com bichos soltos, um desses índios caminhando. Nada. Eu não sabia que a guerra podia me levar tão longe, tão no fim do mundo. Paramos a cada tanto, para descansar. São os segundos sapatos que tenho na vida, meus sapatões de soldado. Meus pés estão ardendo, estão inchados. O negro Raul deixou cair o mosquetão e ninguém pensou em apanhá-lo: ficou no chão, lá atrás.

Se o inimigo aparece, seria um presente: eu não atirava nem nada, ia logo tratando de abrir os braços para cima.

Agora estamos no alto da colina e vamos continuar. Há um pasto mais adiante. Enrique e o negro Raul — que agora também manda — decidem: "Vamos cruzar este pasto, até o fim."

Acaba mais um dia, e a chuva começa outra vez. A chuva nos apanha no meio do pasto. Há muito chão pela frente e nenhuma árvore em volta. E esta noite vamos passá-la assim: encolhidos no meio de um deserto de pasto verdolengo, raso e ressecado, no meio de uma chuva que não acaba nunca, com fome e frio e raiva e medo.

8

Lembro de tudo. Antes de amanhecer já estávamos caminhando. A chuva continuou sempre, mais leve — deu para ver que clareava. O frio era o de sempre. Caminhamos. Renato ainda tinha alguns cigarros: guardava-os dentro da camisa, onde se molhavam menos e onde ninguém os descobrira.

A manhã inteira a fome pesava mais que a roupa encharcada, mais que meus sapatões cheios de lama.

Continuamos colina acima. O sol foi abrindo caminho, aos poucos, decidido, atravessando o fim da chuva. Eram meus segundos sapatos. Estavam pesados e duros. No calcanhar, um par de navalhas. E eu firme. O mosquetão caiu duas vezes. Na terceira, o negro Raul disse: "Deixa que eu levo." Pensei: "Meu mosquetão." Mas pesava muito, e achei que estava bem que ele carregasse um pouco.

Lá no alto havia mais calor. Caminhamos toda a manhã.

9

"Se eu parar, eu fico", diz o negro Raul. "E quero chegar em General Alvarez. E se eu não paro, não pára ninguém."

O negro Raul é duro e forte e alto. Vem dos vales, onde as gentes são mais altas e alegres. Não pode comigo na garrafa de cana nem nas noites de cantoria. Não posso com ele na porrada. Nem Emílio, o bravo, pode. E ele insiste: "Se eu não paro, não pára ninguém."

Ele sempre teve sapatos.

10

Foi no fim da tarde. Tínhamos comido o último pedaço duro de queijo de cabra e a última tira de carne-seca, com uma ponta embolorada. A ponta coube a Enrique, o chefe, que a raspou com o dedo, até tirar todo o bolor.

Nessa hora, pensei em parar. Em tirar a camisa que ardia pregada nas costas, tirar os sapatões de soldado e pedir de volta meu mosquetão e dizer: "Quem quiser que vá, eu fico."

Era quase fim de tarde, logo seria noite. E estaria escuro. Enriquito disse: "Vamos caminhar até o anoitecer." E o negro Raul, outra vez de mosquetão — o meu —, completou: "Vamos atravessar este campinho em linha reta, quando anoitecer paramos."

Não tinham sido quarenta passos quando gritei: "Aqui, aqui!"

Meu sapatão direito estava afundado em bosta, até quase o tornozelo. Bosta de vaca. Se há bosta, há vaca. E se há vaca, há gente.

— Aqui! — gritei. — General Alvarez está perto.

E mostrei o pé no meio da placa de bosta de vaca. Enrique, o chefe, ajoelhou-se ao meu lado e disse: "Está fresca." Argumentei: "Está é molhada, por causa da chuva." Enrique, o chefe, concluiu: "Molhada mas fresca; General Alvarez está perto."

Fomos em frente. Houve mais pisadas em bosta pelo caminho. Mas não apareceu nenhuma vaca, nem as luzes de General Alvarez.

11

Mamãe sim, fazia bom fogo com tufos de capim. Mamãe nasceu para morrer. Eu quase não me lembro dela. Lembro sua reza:

> *Minhas penas, senhor,*
> *meus pecados.*
> *Minhas penas, senhor,*
> *logo se acabam.*

Ela morreu quando eu tinha quatro anos.

12

Faz cada vez mais frio. O que resta de claridade se espalha em tiras fininhas. O fogo de Jorge Magro, fogo de capim, não ajuda muito. Eu queria que já fosse noite.

Alguém grita: "Eia!"

Não reconheço a voz. Mas vejo que correm e corro junto. Cada um com seu mosquetão. O meu, com o negro Raul.

Corremos todos para a figurinha perdida no fim do pasto ralo, lá longe.

Ela espera parada, assustada com os seis soldados que correm e gritam. O primeiro a falar é Enrique, o chefe. Mas ela não entende e fica olhando. É pequena, os cabelos lisos amarrados na nuca, olhos grandes e negros. A roupa é um arco-íris. Não usa chapéu.

Enrique, o chefe, pergunta pela aldeia: luzes, gente, o capitão Antonio Torres, a tropa, General Alvarez. Ela olha sem entender e Enriquito dita: "Está embromando, vamos levá-la até o fogo."

Ela vem, não entende nem resiste. Jorge Magro ri enfurecido. Renato está assustado. Andrés tem os olhos sombrios de sempre. O negro Raul arfa.

Até o fogo há bastante pasto. Enriquito insiste, o negro Raul grita, Andrés bate com a mão na cara da índia: é o primeiro, depois outro, e outro.

A índia não diz nada e não entende. Estará com medo? Muito?

De repente Jorge Magro agarra a índia por trás. Puxa seus braços, caem os dois no chão. Enrique, o chefe, olha. Andrés grita, o negro Raul grita, grita Enrique e grito eu.

A índia e Jorge Magro se retorcem. Ri ele, rimos todos. A índia se levanta e vai correr: Raul a derruba. Jorge se atira em cima dela, e é a primeira porrada: na nuca. Depois, mais, nas costas. As pernas se debatendo. Andrés pisa na perna esquerda da índia, e ri. Jorge Magro bate mais, Enrique, o chefe, estende os pés, o pé direito pisa forte nas costas da mulher.

Jorge, por direito, é o primeiro. A índia se debate e grita e uiva. E morde: Jorge se levanta mostrando a marca dos dentes no braço.

A índia fica sentada no chão. Vai levantar, é a vez de Andrés: chuta a índia na barriga. Ela cai, Andrés salta em cima e cumpre.

Ela grita, Andrés bate e bate o negro Raul e bate Jorge Magro, e Enrique, o chefe: na cara, com as mãos e os cotovelos, e no corpo. Andrés é um potro feroz cavalgando a índia.

Então é a vez do negro Raul. A mulher está quieta, de costas contra o pasto molhado, o nariz e a boca sangrando; ela arfa com o ruído de um cavalo em fim de galope. De costas contra o pasto úmido de suor, as pernas roliças e morenas aparecem nos rasgos da roda da saia — da saia com sangue, as pernas esfoladas pelos sapatões dos soldados.

Quando o negro Raul avança e cai sobre a índia, ela não diz nem grita. O negro Raul ri. A índia estende a mão, os dedos curtos e magros e áridos. A unha no olho do negro Raul, arranhando fundo, e o sangue.

Então, batem os quatro ao mesmo tempo: Renato e eu olhamos. Tenho medo. Quando percebo, estou gritando.

13

Quando Raul se levantou, suava muito. Debaixo de seu olho esquerdo corria um fio de sangue. Em pé, chutou a mulher. E disse: "Anda, Enrique, é a tua vez."

A cara da índia está inchada, os olhos com ódio. Ela não reage quando Enrique, o chefe, se atira em cima de seu corpo, suas pernas, seu sangue.

Enrique salta de lado e diz: "Negro, negro, a mulher..."

A mulher não se debate mais nem grita nem geme.

14

Eles tinham três mosquetões — o meu, na mão do negro Raul. O chefe agora era outro, e disse: "Anda, Enrique, é a tua vez." E ele cumpriu. E depois foi Renato.

15

A índia não sua mais, nem arfa nem se mexe — a índia não respira. Renato está sentado ao seu lado e não olha para ela: olha para mim. E então diz: "Anda, agora é você."

E Andrés repete: "Vai."

E eu não vou: olho para Andrés, e depois para cada um. Eles me olham com ódio e seu pânico é maior que o meu. E eu não vou. Eles me olham com ódio — um ódio maior que seu medo.

Andrés insiste: "Anda, é você agora." E o negro Raul sussurra: "Anda."

E me olham todos outra vez.

E eu vou. Fui o último.

(1976)

LA SUZANITA

O Peugeot parou na esquina do posto de gasolina. Ali acabava o asfalto e começava a rua de terra. Era como a fronteira do mundo com outro mundo. Dali em diante, seria a pé. *Precaución, compañero*, havia dito El Gitano na noite anterior, enquanto terminávamos o café.

O chofer gordo e queimado de sol puxou um lenço do bolso e sem tirar o cigarro da boca secou a testa, o queixo e o nariz. Depois olhou o taxímetro, que marcava dezoito e quarenta, e disse: *Veinte*. Estendi duas notas de dez e uma de cinco e disse: *Gracias*. Ele resmungou alguma coisa que não entendi. Desci do carro.

Fiquei parado na estrada, bem ali, na fronteira entre o asfalto e a estrada de terra batida, vendo como ele manobrava sem nenhuma perícia e levava o Peugeot amarelo de volta para o asfalto e desaparecia logo depois.

Cruzar a fronteira entre os dois mundos pelo lado direito do posto de gasolina, entrar na primeira ruela à direita, caminhar quatro quarteirões, parar, acender um cigarro, continuar, agora à esquerda, por outra ruela de terra, seguir até encontrar um bar chamado La Suzanita, assim mesmo, com z. Alguém estará lá, disse El Gitano, que era de pouco falar.

— Ele vai estar lá?

— *Quizá. Es posible. Todo es posible.*
— Quero saber. Devo saber.
— *Quizá.*

El Gitano esvaziou a xícara de café, tocou a ponta do bigode com o dedo, acendeu um cigarro e não disse nada. Era mesmo de pouco falar. Muito pouco. Na verdade, eu não gostava dele. Ficou me olhando um tempinho, eu me sentia meio ridículo e um pouco irritado, e enfim ele disse: *Una y cuarto*. E depois completou: *Más vale que no te retrases*. Eu tinha chegado cinco minutos atrasado ao encontro daquela noite. Olhei para ele e disse em voz baixa: *Vete a la mierda*.

Eu pensava no homem que iria encontrar e na última vez que havíamos estado juntos, uns dois meses antes, quando as coisas eram diferentes e todos repartiam promessas nas quais acreditavam.

Não levava relógio, mas o chofer do Peugeot garantira que faltavam quinze para a uma quando me deixara logo ali atrás, na fronteira entre o asfalto e o chão de terra, no posto de gasolina.

O sol de outubro começou a arder em minha cara quando virei à direita e continuou ardendo nas duas quadras seguintes, e ainda quando parei e acendi o cigarro fora de hora. Olhei para trás, um menino vinha pela rua, e nada mais. O menino passou por mim olhando minhas calças desbotadas. Essa gente nunca diz nada: são pobres e calados. As janelas estavam fechadas, e vi que logo adiante havia um pequeno Fiat 600 debaixo de uma árvore. A rua estava morta, como todo o resto.

Na esquina seguinte virei à esquerda, continuei andando, o sol ardia na nuca, uma, três, cinco quadras, será que vou chegar na hora?, e apertei o passo, o bar deveria estar perto, mas tenho tempo, pensei, tenho tempo, se ele estiver lá e eu chegar atrasado vai ser desagradável, e andei mais rápido ainda e vi, na outra esquina, a placa da Coca-Cola anunciando enfim o La Suzanita.

Eram duas portas abertas para a calçada de cimento coberta de poeira da rua de terra, e uma caminhonete empoeirada na esquina seguinte e eu adivinhava gente escondida, na vigia, nas redondezas.

Duas portas abertas e, lá dentro, ninguém: três mesas de ferro, um balcão, prateleiras com latas e garrafas, cartaz de cigarros. Fiquei esperando. De repente, atrás do balcão surgiu um garoto de uns quinze anos. Eu disse *buenas* tentando arrastar cada letra para dar um ar de preguiçosa familiaridade e serenidade, mas ele não respondeu.

Um rádio velho chiava o noticiário da uma, e o garoto olhou para uma mesa no canto. Acompanhei seu olhar: na mesa, uma garrafa solitária de cerveja Corona entre dois copos vazios, como à minha espera e de mais alguém, e só. Sentei, enchi um copo.

Enquanto eu bebia a cerveja o garoto sumiu por uma portinha estreita entre as prateleiras e fiquei sozinho. O rádio continuava chiando os resultados do regional de futebol e anunciou que era uma e meia. Pensei: "Não vai vir."

As ruas de terra continuavam num silêncio de noite alta debaixo de um sol sem piedade. Fiquei pensando em como fazer para retomar o contato, agora que o sindicato tinha sido fechado e a vida era outra. Eu havia vindo de muito longe, e precisava levar de volta informações que só ele poderia me dar, em troca de informações que só eu poderia dar a ele. Era um encontro crucial, tinha sido cuidadosamente combinado, com todas as precauções e mais algumas. Quinze minutos de atraso, e ele não atrasava nunca. Quinze minutos era o tempo que teríamos para o nosso encontro.

De repente, atrás do balcão, surgiu o ruído de pés leves que se arrastavam. Olhei, havia uma moça de uns vinte anos, misteriosamente bela e serena. Eu murmurei *buenas* outra vez, e outra vez foi em vão. Ela olhou para a rua e desapareceu pela portinha entre as prateleiras, para surgir de novo em seguida e fazer um gesto aflito para que eu me aproximasse. Olhei para a rua, tudo continuava igual. Contornei o balcão, entrei pela mesma portinha entre as prateleiras. Ela me olhava com olhos assustados. Vi um minúsculo colar de gotículas sobre seus lábios. Era uma menina sombria e bonita. Havia uma certa fúria em seus olhos. Fiquei olhando para ela, esperando alguma palavra, algum sinal. Ela me olhava com uma agonia juvenil enquanto buscava palavras. O silêncio pareceu durar meia vida, até que ela disse, com voz serena:

— *Sucedió algo.*

O resto veio num jorro: não ia haver encontro, eu tinha de voltar para o hotel da cidade e esperar até às dez da manhã do dia seguinte. Se ninguém me procurasse, deveria voltar imediatamente para a capital e buscar abrigo até que tudo tornasse a se acalmar. Depois indicou-me uma porta que dava para o quintal, dizendo que além do quintal havia outra ruela, e que eu deveria caminhar rápido até o posto de gasolina, onde um táxi estava à minha espera para me levar de volta para a cidade.

Ela era esguia, tinha uma aflição nos gestos que contrariava a serenidade da voz e o brilho parado dos olhos. Tocou levemente minha mão, como numa despedida; depois, num arrebato sem explicação, me abraçou, antes de me empurrar na direção da porta.

Havia outro Peugeot no posto de gasolina. O motorista era um jovem de pele curtida de sol. Não disse nada quando entrei, apenas arrancou numa velocidade de relâmpago, e assim prosseguiu por quilômetros até a cidade. Parou a três quarteirões do hotel. Não perguntei quanto devia. Desci o mais rápido que pude. Ele apenas sussurrou: *Suerte. Cuidado.*

Cheguei ao hotel pouco antes das três e quinze da tarde, me estendi na cama e dormi.

Quando acordei era noite. Persegui na televisão o noticiário das oito, e fiquei sabendo: ele tinha sido pego pouco depois das duas, naquele mesmo subúrbio operário, muito perto de onde eu estivera. Com ele, na mesma casa, havia mais três homens e uma moça. Um dos homens era El Gitano: reconheci seu rosto numa velha foto sem nome do arquivo policial. O noticiário dizia que tentaram resistir e que foram todos mortos no tiroteio, inclusive a moça. Dizia que ela era filha dele. Dizia também que no meio da tarde a polícia havia localizado um bar que servia de ponto de reunião, e que no bar estava um garoto. O garoto fora levado preso. Dizia tudo isso, o noticiário das oito.

No dia seguinte, depois de uma noite sem sono e atravessada de memória, fúria e medo, desci logo cedo e comprei os jornais. A notícia estava em todos, com mais estardalhaço que informação.

Um dos jornais trazia uma foto da moça. Era realmente bonita. Tinha dezenove anos.

Às dez e meia paguei o hotel e fui para o aeroporto. Enquanto esperava o vôo joguei fora os jornais. Antes, e sem que nunca tenha tido tempo de entender por quê, rasguei cuidadosamente da página a foto da moça, dobrei-a pela metade e guardei na carteira. O nome dela era Suzanita, e nunca entendi o que me levou a querer levar a foto comigo.

Eu sabia que era um dos próximos de uma lista sem fim. Queria apenas chegar de volta à capital, avisar os companheiros, buscar abrigo e pensar no que poderia ser feito.

Uma semana depois, quando fui preso, a fotografia continuava na minha carteira.

Eu consegui me manter à tona até o momento em que um deles resolveu examinar de novo minha carteira. Até ali, eu estava indo bem — até perguntarem se eu sabia quem era a moça. Um deles fez a pergunta com toda calma, enquanto os outros sorriram.

Eu disse apenas que era uma moça que tinha conhecido numa cidade do interior. Foi então que o inferno começou.

(1975/1992)

ANTES DO INVERNO CHEGAR

Em noites como esta, depois de dias como o de hoje, voltar para casa é uma vitória. Você achou que o dia não acabaria nunca. Agora, enfim, acabou.

São nove e quinze, é tarde para passar no Helvetia. Você caminha um quarteirão e, em pé mesmo, na cafeteria da esquina toma um café com creme. Anos mais tarde, tratará, em vão, de lembrar o nome da cafeteria.

Depois continua caminhando, rumo ao Obelisco. A meio caminho, na livraria que está ao lado de um teatro, você compra um livro de capa marrom de 410 páginas.

Dois quarteirões mais e você mergulha rápido nas escadarias do metrô. Vai até a plataforma da linha D, e tem sorte: em seguida chega o trem, há um vagão vazio, você escolhe um banco bem iluminado e, discreto, acende um cigarro sem filtro. O trem arranca e você começa a percorrer as páginas do livro, cuidando para que nenhum vigilante veja o seu cigarro aceso.

sinto saudades é do velho leão do zôo,
sempre tomávamos café no Bois de Boulogne,
contava suas aventuras na Rodésia do Sulmas
mentia, era evidente que não tinha saído nunca
do Saara.

São seis estações até Canning. Você sairá do metrô pelo lado direito e caminhará duas quadras até a esquina onde mora, no quinto e último andar de um edifício baixinho que está ao lado da via Fettuccini.

Quando é de dia e você vem pela rua, olha para cima e vê o terraço, o toldo verde e branco, as grandes floreiras com gerânios, o impossível jasmim, sempre prometendo, jamais cumprindo: não houve flores neste vaso. Agora, também o jasmim está morto, não passou pelo tempo nem pelas flores.

São seis estações até Canning e você continua percorrendo o livro aos saltos.

essa mulher se parecia à palavra nunca,
de sua nuca subia um encanto particular,
uma espécie de esquecimento
onde guardar os olhos...

Passou a estação Canning e você não percebeu. Um pouco irritado, desce na estação seguinte, Plaza Italia, e vem caminhando de volta, bordeando o Jardim Botânico, fechado e deserto agora que já são quase dez da noite.

Um ano mais tarde, sair do escritório depois das nove da noite será, mais que uma vitória, um temor dispensável e inevitável ao mesmo tempo: como sair antes? Alguma coisa, um ano mais tarde, obrigará você a ficar atrás da escrivaninha de boa madeira, olhando a janela e o escuro da noite.

Um ano mais tarde, você duvidará um momento entre esperar um táxi na esquina ou entrar ali mesmo no metrô para, na estação seguinte, mudar de trem e apanhar, bem embaixo do Obelisco, um trem da linha *D*.

De qualquer maneira, um ano mais tarde não existirá mais a cafeteria da outra esquina, e o Helvetia será outro desaparecido. Um ano é muito tempo, um ano não é nada, pensará você um ano mais tarde, descendo rapidamente as escadas da estação que está na esquina.

Na plataforma, esperando o trem, você comprará, um ano mais tarde, a edição vespertina. Passará os olhos rapidamente pelo jornal, vendo que os jornais já não contam nada.

Ainda não será inverno, um ano mais tarde: faltarão algumas semanas para que chegue. Mas há um frio suave, igual ao frio que existirá um ano mais tarde, antes do inverno chegar. Um frio persistente como uma lembrança, uma espécie de parceiro novo e constante a cada ano, que vai com você a todas as partes todas as horas do dia, antes do inverno chegar.

É o mesmo frio que surgirá todas as vezes em que você lembrar este tempo e este lugar, o de hoje e o de um ano mais tarde. Você lembrará muitas vezes a cidade ensolarada, o duro verão do porto. E o frio estará junto à memória de tudo que venha destes tempos, os de hoje e os de daqui a um ano. Mas, enquanto espera o trem do metrô, você ainda não sabe disso.

Um ano mais tarde, você olhará a moça de cabelos curtos e castanhos que usa uma capa de chuva como a dos pescadores japoneses, uma capa amarela. Nesta cidade as moças são sempre bonitas. Um ano mais tarde, você olhará a moça e, olhando a moça, deixará passar a estação Canning e depois sentirá fúria como se a culpa fosse dela, por ser bonita.

Um ano mais tarde, andando rápido, você contornará o Botânico, deserto e fechado e assustador, virá caminhando pela calçada olhando para a frente, sempre para a frente, para um tempo que virá logo depois, antes mesmo do inverno, um tempo que começará poucos dias depois e não terminará nunca mais, como se a culpa de tudo fosse sempre e sempre da moça que usava uma capa de chuva como a dos pescadores japoneses.

Você irá embora para sempre, e de quando em quando, antes do inverno chegar, lembrará este tempo feliz em que voltar para casa era uma vitória, antes do inverno chegar.

(1980/1982)

*(Os trechos de poemas
pertencem ao poeta Juan Gelman.)*

A CERIMÔNIA

Havia um muro amarelado, de pintura descascada. Havia manchas esverdeadas junto ao chão, no pé do muro, e junto ao chão o capim era alto e, quando chovia, se formavam poças d'água junto ao muro. Atrás do muro havia um pátio de terra batida e aos fundos, onde alguma vez existiu a continuação do muro ou um outro muro, agora tudo o que havia eram pedaços de ruína. Aos fundos, junto a esses pedaços de ruína, havia também um casarão sem janelas e com um teto de telhas soltas e quebradas. O casarão era também amarelado.

O caminho que levava ao muro da frente era sinuoso, colina acima. Era um caminho estreito, de terra, e havia capim alto nas margens.

Era maio e faltava pouco para o começo das chuvas. As manhãs pareciam começar a amanhecer mais cedo e o caminho colina acima, que levava ao muro e ao casarão, amanhecia molhado e o capim das margens escorria água ao amanhecer.

Éramos doze subindo a colina pelo caminho estreito de terra. Éramos um grupo silencioso, e de nossa respiração rápida jorravam pequenas nuvens de fumaça enquanto caminhávamos apressados. Caminhávamos em fila e ninguém dizia nada. Eram quatro os soldados que abriam a fila e quatro soldados fechavam a fila. Dois soldados levavam pequenas metralhadoras. Os outros levavam fuzis. Eram pessoas nervosas como nós, naquele amanhecer.

Éramos jovens, os três, e acompanhávamos os oito soldados com os músculos e nervos tensos.

Demoramos dez minutos em subir do asfalto onde nos deixara a caminhonete até o meio da colina.

Havia uma quarta pessoa, além de nós três e dos oito soldados: era um homem magro e de pele queimada pelo sol e suas mãos estavam amarradas, os braços cruzados nas costas, e estava descalço e caminhava olhando para o chão.

Quando paramos no meio da subida ele olhou-me pela primeira vez, mas era um olhar vazio, como se cruzasse meu rosto e prosseguisse pela campina orvalhada, colina abaixo primeiro, colina acima depois.

A parada foi mínima. Era gordo, o soldado que abria a fila. Foi ele quem fez um gesto com a mão para que parássemos e olhou para o muro. Deve ter visto algo que não vi. Em seguida, e sempre sem dizer palavra, indicou, com um gesto curto e rápido de sua mão esquerda, que continuássemos.

O resto da subida foi rápido.

Contornamos o muro, e o homem cujos braços cruzados estavam amarrados nas costas pisou em uma poça de barro. Ele ia justo na minha frente. Consegui desviar da poça.

Contornamos o muro e entramos num terreiro que alguma vez foi o pátio de um antigo casarão de fazenda. Havia amanhecido um pouco mais, e do casarão saíram cinco soldados. Um deles sorriu e voltou para dentro do casarão, de onde saiu acompanhado por um sargento e por um tenente. Era jovem, o tenente, e tinha bigode fino e usava óculos escuros.

O que mais me impressionava era o silêncio: gestos mudos conduziam o estranho entendimento.

Ficaram todos olhando o homem de mãos atadas, e então o tenente fez outro gesto e nós três nos afastamos do grupo. O tenente nos levou junto ao muro e acendeu um cigarro sem filtro. E foi então que ouvi as primeiras palavras em um tempo que me parecia um século:

— Temos de esperar um pouco mais. Só um pouco: a outra patrulha está para chegar trazendo os outros dois. Acabamos rápido, não se preocupem, e depois desceremos. Não podemos demorar muito, é perigoso ficar aqui.

Ficamos os três distantes, num canto do terreiro, e o tenente voltou para o grupo de soldados.

Era ainda amanhecer, um amanhecer que não amanheceria de vez, quando ouvimos ruído no capim.

Houve um rápido alvoroço entre os soldados, que se espalharam pelo terreiro buscando a proteção do muro e das ruínas, e por um instante o homem com as mãos amarradas ficou sozinho na frente do casarão, e parecia mais abandonado que nunca.

Pelo lado das ruínas surgiu outro grupo, uns dez soldados a mais, e entre eles havia uma mulher, também com os braços para trás, amarrados, e um jovem magro que mancava ao caminhar, e três meninos. O menor dos meninos deveria ter uns seis anos. O maior, uns dez.

Vi quando o sargento coçou a orelha direita e entendi que era um gesto de irritação. O tenente caminhou rápido para falar com os soldados que chegavam. Conversou com um deles. Depois o tenente se aproximou de nós três e falou olhando estranhamente por cima de nossas cabeças:

— Houve um imprevisto, tiveram de trazer os meninos. As ordens são claras: não trazer crianças. Mas não teve remédio.

Voltou para o segundo grupo e todos os soldados ficaram em volta dele. Em seguida, entraram todos os do segundo grupo, junto com o tenente, no casarão.

O homem descalço, a mulher, o jovem que mancava e os três meninos ficaram no meio do terreiro, na frente da casa.

Foi então que o homem descalço olhou-me pela segunda vez. Não disse nada. Um dos meninos queixou-se. A mulher disse: "Quieto, Pedro, quieto." Pareciam terrivelmente calmos, o homem, a mulher e o jovem que mancava. As crianças ficaram em silêncio.

Do casarão saiu primeiro o tenente. Em seguida saíram o sargento e quatro soldados. Separaram a mulher e as crianças, que foram levadas para a parede do casarão, ao lado do que algum dia fora uma porta. Então, vi o rosto da mulher. Era um rosto jovem, incrivelmente jovem.

Ela olhava para o homem magro e descalço. Um dos meninos, o maior, começou a chorar em silêncio. O tenente fez um gesto áspero com a cabeça, mas o menino continuou seu pranto mudo.

O sargento e um dos soldados foram falar com o homem descalço e com o jovem que mancava. Falavam em voz baixa, e o sargento gesticulava muito. De onde estávamos não escutávamos nada. O homem descalço não abria a boca, apenas olhava o rosto do sargento. O sargento fez um gesto com a mão e um soldado trouxe a mulher, aos empurrões, para perto do homem descalço.

O sargento gesticulou e falou. O homem descalço continuou em silêncio. O sargento fez outro gesto, e da porta do casarão saiu outro soldado, que se aproximou dos três meninos.

O soldado não tinha mais do que quinze anos e percebi, à distância, um ar de quase afeto em seu braço ao empurrar delicadamente os três meninos para dentro do casarão. O menino maior chorou, agora em voz alta, e o soldado jovem afagou seus cabelos, acalmando-o, quando desapareceram no interior do casarão.

Quando os três meninos estavam dentro do casarão, o sargento falou novamente com o homem magro e descalço. De repente, deu um rápido golpe com sua perna no joelho do jovem que mancava, e o jovem tentou proteger-se como se suas mãos estivessem livres e perdeu o equilíbrio e caiu.

O jovem tentava levantar-se quando o sargento, de um só puxão, abriu em dois o vestido da mulher. O homem descalço não tirou os olhos do rosto do sargento um só momento.

O sargento tinha um ar de fúria e não dizia nada. O tenente, que contemplava tudo à distância, aproximou-se. A mulher, indefesa, tentava encolher o corpo, os braços atados às costas, para proteger os dois pequenos seios que se ofereciam. O tenente falou alguma coisa junto ao ouvido do homem descalço.

O jovem conseguira finalmente se levantar e tentou ficar na frente, cobrindo o corpo da mulher, nua da cintura para cima, e então o sargento empurrou-o e ele caiu outra vez.

O tenente continuava falando junto ao ouvido do homem descalço, que olhava para o muro. O tenente olhou para um dos soldados, e fez um gesto mínimo com a cabeça, e o soldado aproximou-se da mulher por trás e de repente abraçou-a por trás, as mãos agarradas em seus peitos pequenos.

A mulher se debateu e gritou e o homem descalço tentou chutar o soldado que a agarrava por trás, e do casarão veio o grito de um menino.

O tenente gritou alguma coisa e dois soldados agarraram o homem descalço, enquanto outros dois agarravam a mulher.

O tenente disse:

— Vamos, depressa, vamos de uma vez.

Nós três não nos movemos nem dissemos nada. Sequer nos olhamos.

Foi tudo muito rápido. O homem descalço e o jovem que mancava foram vendados e levados para junto do muro. Nesse instante a mulher começou a gritar e um dos soldados tapou-lhe a boca com um pedaço de pano marrom enquanto outro corria para dentro do casarão para calar os meninos que também gritavam.

Quando o homem descalço e o jovem que mancava foram colocados junto ao muro, um soldado tapou suas bocas com tiras de pano branco e depois tirou as vendas de seus olhos. O homem descalço e o jovem que mancava puderam ver a mesma coisa que nós três estávamos vendo: como a mulher era arrastada para o meio do pátio. O homem descalço chorava em silêncio enquanto via o sargento penetrar na mulher.

O sargento estava sentado sobre o ventre da mulher e outro soldado aproximou-se da cabeça da mulher e sentou-se sobre seu rosto. O soldado ria e depois começou a saltar levemente sobre a cabeça da mulher. No muro, o jovem que mancava virou o rosto para o chão.

O sargento, quando levantou do ventre da mulher, sorria. No chão, a mulher ainda tentava proteger-se, a boca coberta pelo pano marrom, as mãos atadas nas costas. Um soldado aproximou-se, ergueu-a pela cintura, terminou de arrancar os restos de seu vestido, e penetrou-a por trás.

Nós três continuávamos em silêncio, mas quando o soldado ergueu a mulher pela cintura e penetrou-a por trás eu virei o rosto para o casarão e senti que ia vomitar.

A mulher foi posta de bruços no chão, e nesse momento o tenente, que tinha ficado parado, as mãos na cintura e as pernas abertas, fez um gesto impaciente e nove soldados foram formar-se em fila diante do muro.

A mulher foi arrastada, nua, para o lado do homem descalço. Alguém levantou-a, encostou seu corpo junto ao muro, a mulher tremia e chorava e agitava a cabeça, o homem descalço permanecia quieto. O corpo nu da mulher escorregou e ela ficou sentada no chão de terra. Dois dos soldados saíram da fila e tornaram a levantar a mulher jovem. Desta vez ela ficou parada, ao lado do homem descalço que olhava para a frente. O tenente ergueu a mão e de repente, esta mão desceu. Os nove estrondos soaram como um.

Os corpos ficaram junto ao muro. O corpo do homem descalço agitou-se um instante. O corpo da mulher ficou curvado para a frente. O sargento aproximou-se e encostou sua pistola na nuca do homem descalço, mas não disparou. Nunca entendi por que diabos não disparou. Tocou com a ponta da bota o corpo da mulher jovem, que caiu de lado.

O tenente disse para nós: "Agora vamos embora, rápido."

Perguntei pelas crianças. O tenente disse:

— Depois, depois. Agora, vocês descem, e depressa.

Um de meus companheiros insistiu:

— E as crianças? O que vocês vão fazer com as crianças?

O tenente disse:

— Para vocês três, acabou. Isto aqui agora vai ficar feio. Vocês vão indo embora, já, já, já.

Meu companheiro que tinha insistido disse:

— Não acabou ainda não, eu quero saber das crianças.

Meu companheiro ficou enquanto nós dois descíamos o caminho acompanhados por quatro soldados. Não falamos nada enquanto descíamos rápido até o asfalto onde estava a caminhonete esperando por nós.

Essa mesma noite, no hotel, meu companheiro contou-nos o fim da cerimônia: o menor dos meninos recebera um tiro na testa, os outros dois levaram cada um deles um tiro na nuca.

O menor dos meninos caiu para trás, os braços abertos. O menino que se chamava Pedro se despediu dos soldados quando o sargento se aproximou com a pistola. Dessa vez, o sargento disparou.

Pedro tinha dito ao soldado jovem:

— Diz para ele que não, diz que não.

E quando viu que o sargento encostava a pistola em sua nuca, disse apenas:

— Até logo.

(1982)

GENERAL, GENERAL, GENERAL

Em memória de meu amigo José de Jesús Martínez, o Chuchu

Na verdade, quem me explicou aquilo tudo foi o Martínez. Era o melhor amigo do general, e desde que o vi chegando pela primeira vez entendi que ele havia chegado para ficar.

Eu conheci o general quando nós dois tínhamos dez ou doze anos e acreditávamos que a vida estava à nossa espera. Martínez chegou trinta anos depois. O general e eu fomos amigos até quarta-feira passada. Martínez era sua sombra.

E foi ele quem me explicou tudo. Martínez, sempre tão agitado, sempre o coração transbordando, estava especialmente silencioso.

Falou comigo em rajadas de voz baixa, tão baixa que quase não conseguia ouvi-lo. Foi no começo da noite, e ele estava exausto. Sentamos na varanda da casa de praia do general, onde ninguém nos encontraria porque ninguém pensaria em nos procurar ali, ainda mais num dia como aquele.

Martínez tomava um conhaque grego de aspecto sinistro, e estava descalço, sentado na rede preferida do general.

Ninguém jamais ousou sentar naquela rede. Mas Martínez parecia completamente à vontade, apesar de seu aspecto desolador. Era como se tivesse nascido na rede do general.

Olhando seus pés descalços, vendo suas mãos agitadas, ouvindo sua voz cansada, lembrei do dia em que o conheci. Ele, que se transformou na sombra do general, era um sujeito agitado, desde sempre. Mas agora, não. Estava doloridamente sereno.

Olhava o chão e, de repente, levantava um olhar vagarosamente que se estendia pela varanda da casa do general e escorria até a praia que se oferecia, logo ali, e depois se perdia no mar.

— Não vou me conformar nunca — dizia Martínez. — Eu avisei. Avisei, e avisei tanto... Não sei por quê, mas avisei, juro, e ele não acreditou. Ele era teimoso, você sabe. Você sabe.

Dizia isso com os olhos flutuando no brilho noturno do mar. Estava exausto.

E então, contei a ele como tinha sido o dia.

Havia uma multidão calada nas ruas. As pessoas estavam na calçada e olhavam para trás, para o fim da avenida, onde estavam a praça e a catedral, de onde viria o cortejo.

Eu não entendia como ficavam todos quietos na calçada, ninguém se atrevia a descer do meio-fio para o asfalto, e olhavam na direção da praça, onde ainda não havia nada.

De repente, lá de longe veio um sussurro percorrendo quarteirões. O cortejo havia saído da catedral.

Logo apareceram os primeiros soldados, caminhando com passos largos e marcados. Ficaram no asfalto, separados por uma distância de uns dez metros, bem na frente da calçada, para impedir que alguém descesse para a rua.

E veio vindo o sussurro e olhei para a rua larga e deserta. Na frente, marchavam alguns cadetes em uniforme de gala. Depois, alguns lanceiros a cavalo. Eu não conseguia, daquela distância, ver nada mais. Havia um sol esbranquiçado, sem calor.

E o sussurro foi se transformando em aplauso, e algumas pessoas gritavam "Presente, general!", e aquele som vinha como uma onda gigantesca erguendo-se ao longo dos quarteirões, e senti uma espécie de calafrio. Olhei à minha esquerda, vi a tribuna de honra, vi o rosto de algumas pessoas, vi a cara da filha do general, olhando fixo por cima das cabeças da multidão, e vi a mulher do general, os olhos baixos e um ar de irremediável cansaço. E então, tornei a olhar a rua.

Os cadetes marchavam agora a meio quarteirão de mim, e atrás vinham os lanceiros a cavalo, e então vi, atrás dos lanceiros, um cavalo negro, a sela vazia.

Quando os cadetes estavam passando, uma mulher ao meu lado começou a chorar. O homem que estava com ela acenou e gritou: "General, general, general!" E todos começaram a aplaudir.

Os lanceiros passavam e olhei o rosto do terceiro da fila: estava chorando, era muito jovem, mal conseguia se manter na sela, olhava para a frente, para o fim da avenida que não tinha fim.

E então, passou o cavalo negro, a sela vazia. Era um cavalo alto, belíssimo e marchava com passo seguro. Nos estribos, com as pontas viradas para trás, as botas negras, de cano alto, reluzentes.

A imagem do cavalo com a sela vazia, as botas vazias nos estribos, o passo firme e seguro do cavalo negro e belíssimo, tudo isso desatava a maré de lágrimas na multidão. Imaginei o general no cavalo e, quando percebi, estava chorando e gritando "General, general, general!". Virei-me de costas tentando ocultar meu choro, abri caminho entre as pessoas e vim para cá. Logo depois chegou Martínez.

Passamos a tarde aqui, na varanda, calados. Dormi um pouco na cadeira de lona onde costumava me sentar para conversar com o general, ele sempre na rede, a rede onde Martínez se estendeu assim que chegou e de onde só saiu para buscar um queijo de casca vermelha, o conhaque grego de aspecto sinistro e um pedaço de pão.

Ficamos séculos em silêncio. De repente, Martínez lembrava alguma coisa:

— Em Havana, ele se apaixonou por uma bailarina. Acabou trazendo a moça para cá. Era lindíssima.

Eu queria saber o fim da história. Lembrava da moça cubana, esguia e musculosa, mas nunca soube como veio parar aqui nem quando e por que foi embora. Mas achei melhor não perguntar nada. Martínez voltava aos silêncios. E depois de um tempo enorme, dizia:

— Eu avisei, ele não acreditou. Não adianta, não vou me conformar nunca, nunca.

Teve uma hora, no fim da tarde, em que ele cortou uma fatia gorda do queijo de casca vermelha, espetou-a na ponta do canivete e estendeu-a para mim.

— Este canivete, o general comprou em Sevilha. Achei bonito, ele não disse nada. Na manhã seguinte, quando acordei, estava em cima do criado-mudo do meu quarto. Como é que ele entrou, enquanto eu dormia, e nem percebi? Eu é que devia cuidar dele, por causa do meu sono leve, atento a qualquer ruído. Ah, general, não vou me conformar nunca...

Martínez sorria e olhava o chão, e eu não sabia o que dizer.

— Este conhaque tem quatrocentos anos. Tem mais estrelas que o céu. O general adorava este conhaque. Eu apresentei a ele, e quem me apresentou o conhaque foi o Turco. Você lembra do Turco? Ele tomava banho de meias, porque tinha medo de apanhar alguma bactéria pela sola dos pés. O general achava o Turco doido, mas durante muito tempo também só tomou banho de meias, por causa das bactérias.

Falava em voz baixíssima, e olhava o chão, e sorria.

No começo da noite ele estava exausto, eu estava exausto, e então contei:

— Foi terrível, foi muito triste, mas é como se tudo tivesse sido ensaiado. Essa coisa solene, marcial, entende?

Martínez não disse nada. Fiquei um tempão calado, depois continuei:

— E aí veio a coisa do cavalo, aquele cavalo negro, belíssimo, a sela vazia, e o que é mais impressionante: as botas, entende?, as botas vazias, viradas para trás, e eu nunca vi o general com aquelas botas, de onde tiraram as botas?

Martínez continuou em silêncio.

— E o cavalo, que cavalo era aquele? Nunca vi o general num cavalo. O general não sabia montar.

Martínez ergueu o copo contra a luz e disse:

— Quatrocentos anos. Que coisa tremenda.

Ficamos em silêncio outra vez.

Quarta-feira passada, o general insistiu em viajar para uma aldeia atrás das montanhas. Chovia pesado, mas o general era teimoso. Acharam os restos do avião na madrugada do dia seguinte.

Agora estamos aqui, Martínez e eu, na varanda da casa de praia, onde ninguém jamais nos encontrará. Martínez foi o melhor amigo do general. Melhor do que eu, que conhecia o general desde que éramos meninos e achávamos que a vida estava à nossa espera. Martínez foi a sua derradeira sombra.

— O general estava apaixonado outra vez — contou ele. — Isso fazia uma confusão dos diabos na cabeça do general. Você sabe: ele sempre foi muito complicado com essas histórias de mulheres. A moça me telefonou no dia seguinte da morte do general. Queria dinheiro para ir embora. Hoje de manhã, telefonou de novo. Agradeceu o dinheiro, mas disse que queria devolver, que mudou de idéia. Quer ficar aqui para sempre.

Mas eu só pensava nos estribos, as botas viradas para trás, e pensava na sela vazia, no cavalo negro. De onde tinham tirado o cavalo?

E então, Martínez finalmente explicou.

— Quando morre o guerreiro, seu cavalo passa pelas ruas, a sela vazia, as botas apontando para trás, para que todos saibam que nunca mais alguém irá montar aquele cavalo, nem sentar-se naquela sela, nem caminhar com aquelas botas.

— Mas o general não andava a cavalo, nunca usou aquela sela, nem aquelas botas de cano alto.

— Não importa. É só para que todo mundo fique sabendo.

— Mas, e o cavalo? O general nunca teve cavalo.

— Não faz mal.

E ficou olhando o mar, agora de noite, e não se via nada além do jardim. Alguém havia acendido as luzes da sala, mas a varanda continuava escura, Martínez continuava na rede do general, e lembrei de tudo e comecei a chorar em silêncio. E então Martínez disse:

— Eu não vou me conformar nunca, nunca.

Era de noite e Martínez olhou para mim e perguntou o que ia fazer dali para frente. Respondi que não sabia. Martínez sorriu, ergueu a garrafa quase vazia e disse:

— Quatrocentos anos. Que coisa tremenda! Quatrocentos anos.

Ele se levantou, caminhou até a cadeira de lona onde eu estava e fez um afago um tanto rude em meu cabelo.

— Você ainda tem coração para enterrar os amigos. Eu, não.

Eu fiquei olhando para o rosto de Martínez e, não sei por quê, pressenti que ele não ia viver muito tempo.

Nem ele, nem eu.

(1993)

A PERGUNTA

I

A coisa — digo, a coisa vista do meu lado da história — começou quando eu acordei. Agora sei disso. Começou quando acordei. Eram seis e dez da manhã e pedi, pelo telefone, café e suco de laranja para dois, e me enganei na hora de dar o número do quarto e tive de ligar outra vez, e o homem perguntou se eu tinha certeza de onde estava. Não foi uma irritação de verdade, só lembro para lembrar que foi a primeira do dia. Em todo caso, a coisa começou aí.

Lembro que fiquei um tempo embaixo do chuveiro esperando por ela. O chuveiro sempre foi um jogo para mim, mas não chegou nunca a ser um jogo para nós. Na verdade, durou pouco, a nossa história. Não deu para grandes descobertas nem para grandes jogos. Mas o que interessa agora é que fiquei um tempo embaixo do chuveiro esperando por ela até que cansei daquilo tudo, e aí veio a segunda irritação do dia. Quer dizer, não no momento em que cansei, mas logo depois. Bem no instante em que eu ia saindo do banheiro, enrolado numa toalha, ela entrou. A segunda irritação aconteceu exatamente nesse momento.

Não me lembro mais qual foi a terceira. Mas o que importa — e isso sempre me espanta, cada vez que lembro — é que quando chegamos no aeroporto, duas horas depois, eu estava um mar de irritação, sem horizonte nem fundo.

No avião, falamos quase nada. A viagem era curta, coisa de hora e meia. No avião, ela me disse:

— Sinto muito, sei que não foi uma grande última noite.

Em parte, era verdade: não tinha sido uma boa última noite. Muitas vezes pensei que a irritação tinha vindo da noite anterior. Uma coisa sem graça, a noite passada entre silêncios e mãos de repente inábeis, e uma sofreguidão que me levava ao aborrecimento, veja bem, não havia aquela espécie de desespero que marca o início dos temporais, nem aquela calma frouxa de antes da tempestade, aquela calma que acontece minutos antes do desespero, não, nada disso. Não houve, na verdade, nada. Sim, muitas vezes pensei que a irritação tinha vindo da noite anterior, mas agora sei que não, veio mesmo foi daquela manhã.

Ela me disse isso, a questão de não ter sido uma grande última noite, e parecia claro que se referia ao fato de ter sido uma última noite naquela viagem, naquele hotel, e eu respondi qualquer coisa e entendi, de repente, que a história acabava ali, naquela mão esquerda que percorria minha mão direita enquanto o avião corria pela pista com uma pressa que eu não tinha.

É verdade que nos encontramos outra vez, um ano depois, numa situação estranha, em um lugar que me doía loucamente e de onde até hoje não acabei de sair. Lembro que fui jantar e a encontrei no restaurante do hotel, bem na mesa da entrada, com dois rapazes, e os três falavam francês em voz baixa e olhei e pensei em tudo aquilo que acontecera um ano antes, e ela estava mais triste e mais magra e possivelmente mais velha, pensei que eu também talvez estivesse tudo isso e muito mais, e não poderíamos nem dizer "olá" nem nada, porque não devíamos de jeito nenhum dar qualquer sinal de que nos conhecíamos, eu não sabia o que ela estava fazendo ali nem ela sabia o que eu estava fazendo ali, e olhei para ela e por um segundo nossos olhos se encontraram e então me perguntei, em voz baixa, o que ela estaria fazendo ali.

Naquele tempo, eu achava que sabia o que *eu* estava fazendo ali. Até hoje, pensando bem, acho que sei. O que não sei é como fui parar ali.

II

O lugar, outro lugar em outro tempo, tinha um nome que a memória deixou ir embora. Poderia, é claro, buscar um mapa, mas aí perderia a graça. Basta lembrar que ficava perto de Vancouver, ao sul de Vancouver, e então o lugar fica sendo Vancouver. Foi dessas vezes em que cheguei sem acabar de chegar, e fiquei ali, debaixo de uma chuvinha fina, canadense, e encontrei a casa sem dificuldades, as instruções tinham sido precisas, exatas, e a chuvinha fina e eu dando voltas, olhando direito a casa branca, a cerca pintada de branco, um jardim cuidado, as janelas fechadas, cortinas claras, e depois de ver e rever afastei o portão de madeira clara e atravessei o jardim pisando a relva molhada e entrei pela porta da cozinha, conforme as instruções, e a casa estava sem ninguém, conforme o aviso, e encontrei café numa cafeteira, e depois fui até a sala e pelo janelão vi, lá embaixo, atrás dos pinheiros, o mar, o Pacífico triste e cor de cinza, mas belo, um chumbo que se movimentava suave e decidido, e eu sabia que teria de esperar horas sem fim, e então me ajeitei na sala e de frente para o janelão, tomando primeiro café e depois vinho de uma garrafa que tirei da mala de lona, e ali, naquela espera na frente do janelão que mostrava a relva cuidada e pinheiros que escorriam até o mar, me perguntei em voz baixa como seria Vancouver e em seguida perguntei para o janelão quanto tempo teria de esperar, e perguntei também se valeria a pena, e eu mesmo respondi que sim, claro que valeria a pena, era questão delicada e rápida, e foi então que perguntei ao mar de chumbo como é que eu tinha ido parar ali.

III

Agora que penso nisso, vejo que sempre tive alguma coisa que me empurrava para a frente. Até hoje. Se não estiver deprimido — coisa que acontece com certa freqüência —, tenho de tocar para a frente e ver no que dá. Aliás, nunca me arrependi de tentar. Me arrependo é de não ter tentado. No fundo, gostaria mesmo é de largar tudo, se tivesse a certeza de que a depressão não voltaria. Mas esse risco, não enfrento.

E aí lembro certos riscos e certas coisas e sinto, sempre, que é melhor dar uma parada.

Por exemplo: naquele tempo, eu tinha muitas vezes o mesmo sonho. Sonhava que voltava para casa — veja bem, não digo esta minha casa de agora, ou minhas tantas casas de adulto, digo minha casa de adolescente —, e então entrava e não reconhecia nada, só o armário do meu quarto. E ia direto até o armário, abria as portas e, no sonho, começava a chorar. E nesse instante acordava com a sensação terrível do choro do sonho. Muitas vezes sonhei isso, sem entender nunca que sonho era aquele.

Talvez estivesse adivinhando o que depois aconteceu. Digo, essa coisa de chegar e não ter nada meu e apanhar roupas e carregar com o cuidado e a delicadeza de quem carrega um corpo morto e vazio e desconhecido. Nada meu, nada meu. E então foi aquilo de ir dobrando as roupas, e cada roupa era uma roupa, e parado ali no meio do quarto que aparece no meio desse sonho que se repete sem fim, parado ali no meio do sonho, eu me perguntava, antes de começar a chorar e de acordar, me perguntava como tinha ido parar ali.

Assim são as coisas, certas coisas, na vida.

IV

Era um homem velho e magro, com um chapéu enterrado na cabeça, e me estendeu a mão áspera, apertou firme, e depois apertou firme a mão do homem que me acompanhava, e ficaram os dois em silêncio um instante, olhando nos olhos um do outro, e então o homem de chapéu disse qualquer coisa sobre o tempo que tinha passado desde a última vez que os dois haviam se encontrado naquele lugar.

O homem de chapéu disse que teríamos de caminhar até o fim do dia, e em silêncio, que seria melhor caminhar de noite, mas como tínhamos tanta pressa, a solução era sair naquele momento, pouco depois de o sol ter aparecido no fundo das montanhas.

E então lá fomos os três, o homem de chapéu na frente, eu no meio, meu companheiro atrás, e caminhamos cinco horas sem parar e sem falar, o homem de chapéu fazia alguns movimentos com a mão indicando o melhor caminho, e ia com um bastão afastando as ramagens mais densas, e pisava duro, conhecia o terreno, e em nenhum momento parou. Quando chegamos na beira do rio com nome de santo estávamos exaustos, eu e meu companheiro, e suávamos como dois condenados, mas o homem de chapéu estava enxuto e firme. Na beira do rio com nome de santo nós paramos. Me estendi no chão, buscando a sombra de uma árvore gorda, e acendi um cigarro, o primeiro desde que a caminhada tinha começado, e ofereci um ao homem de chapéu, que fez que não com a cabeça, ficou olhando o rio, disse alguma coisa sobre a balsa, que não deveria demorar, e disse que do outro lado ia ser mais fácil, três ou quatro horas de caminhada e estaríamos em outro país.

Depois ficou em silêncio de novo, e de repente virou-se para meu companheiro e perguntou:

— Você veio do mar, não foi?

Meu amigo pensou um instante antes de responder:

— Mais ou menos. Vim do outro lado do mar.
— E é largo, o mar?
— É. Muito.
— Como o rio San Juan?
— Não. Como o rio San Juan não. É muito mais largo. Mil vezes mais largo.
— Ah.
— Se você fica de um lado do mar, não vê o outro lado nunca.
— Ah.
— Largo assim.
— É que eu nunca vi o mar.
— Eu sei disso.
— Mas tem muita gente que atravessa essa água toda.
— Muita.
— De barco.
— Sim, de barco.
— Barco bem grande, não é?
— É. Grande, muito grande.
— Maior que a lancha da fazenda.
— Muito maior. Cem vezes maior. E se chama navio.
— Ah.
— E é rápido.
— Deve de ser. O mar, você já atravessou o mar muitas vezes?
— Muitas.

— Nesse barco veloz.

— É.

— Que deve ser veloz mesmo.

— Mesmo.

— Dá para ver que ele é veloz, e muito, porque você já foi e voltou muitas vezes, e sendo assim tão largo o mar, esse navio aí deve mesmo ser muito veloz porque você foi e voltou e continua igualzinho de quando esteve aqui a última vez, e se esse barco não fosse assim tão veloz você com certeza ia ficar velho de tanto demorar para atravessar esse mar tão largo.

— Ah.

Uma semana mais tarde, soubemos que ele tinha sido agarrado na manhã seguinte, ali mesmo, na margem do rio, e que tinha sido triturado aos pouquinhos, e morreu sem nunca ter visto o mar. Quando soubemos disso estávamos viajando de automóvel rumo ao porto de Calabó, onde pegaríamos um pequeno barco para ir até onde nos esperavam.

Soubemos isso com o automóvel correndo suave na beira do mar, um mar que mudava de cor a cada tanto, e eu pensando que o homem de chapéu enterrado na cabeça, homem firme e duro, nunca tinha visto o mar, e então, quando ouvi a notícia de sua morte, perguntei o que ele teria feito se estivesse ali, olhando o mar como eu, e aí me perguntei também como é que eu tinha ido parar lá, perto de Calabó, num automóvel verde-claro.

V

Algum dia, algum desses dias que a gente vê escorrer por baixo da porta ou pela abertura da janela, algum dia eu teria de me perguntar, antes até que você me pergunte, que tipo de gente é o que eu sou, ou vira o que eu virei.

Lembro que muitos anos atrás eu tinha um encontro, com hora definitiva e nada mais do que cinco minutos de tolerância para um eventual e sempre condenável atraso, no hotel Victoria, de Madri. Cheguei vinte minutos depois da hora, quinze minutos depois da tal margem de tolerância.

Era preciso uma explicação sólida, consistente e convincente para aquele atraso, e eu não tinha o que dizer. Como dizer a quem me esperava que eu tinha chegado tarde porque pela primeira vez na vida meu filho de dois anos fizera pipi em pé? Não podia contar a verdade, mesmo porque eu, naquela hora, mal-e-mal sabia o que fazia ali, nem como tinha ido parar ali, mas essas não são coisas que a gente pode contar assim, e, pensando bem, não sei nem se contando essa história consigo dizer para você que tipo de gente virei, que tipo de gente acabei sendo, que tipo de gente eu sou.

VI

Qual o ruído da alma humana quando se rompe? Aí está uma pergunta que nem o Turco Adoum, que sabe de tudo, soube responder. Nós dois repetimos essa pergunta à exaustão, num certo terraço sobre o Mediterrâneo, numa noite de outubro. No dia seguinte tomei meu rumo, havia coisas à minha espera. Mas não respondi à pergunta sobre a alma se rompendo, nem ouvi resposta, nem ouvi nada quando, ao entrar no trem, me perguntei como é que eu tinha ido parar ali.

VII

Claro que muitas vezes me preocupei com o tempo, ou melhor, com a possibilidade de que me faltasse tempo, de que o tempo não fosse suficiente.

Agora isso acabou. Acabou-se o tempo. Há e haverá sempre alguém esperando que o sol arrebente na curva do horizonte e se espalhe por cima das montanhas ou pelo reflexo do mar. Haverá alguém vigiando isso acontecer, para poder depois contar como foi.

Na verdade, não importa tanto. Não importa nada.

Sei perfeitamente por que vim parar aqui. Só não consigo acabar de entender como é que isso aconteceu.

Mas isso também já não importa.

VIII

São três, e são jovens, e um deles, na verdade, é mais feio que qualquer horror que você possa imaginar.

Não sei como é que chegaram aqui, mas sei que vieram para me matar e que não há nada que eu possa fazer para impedir o que vai acontecer. No fundo, eu sabia que seria assim.

Eles vieram e eu estava. Agora, não importa mais.

(1984/1993)

O NOSSO OFÍCIO

I

Neste nosso ofício acontece de tudo. Nada pode ou deve ser previsto, ninguém nunca sabe o que esperar. Ninguém deve entender que determinado período de certa monotonia queira dizer algum tipo de rotina.

No começo, eu estranhava a incerteza, o nunca saber o que está por acontecer. Depois, fui me acostumando. E tanto que, às vezes, até hoje me apanho achando que eles enfim me deixaram satisfeito ou, pelo menos, em paz.

No fundo, nós, os deste ofício, terminamos transformados em uma espécie de funcionários do imprevisível. Existe sempre a possibilidade de risco. Existe sempre a possibilidade do tédio mais seguro. Nunca se sabe.

As pessoas chegam a este ofício por um sem-fim de motivos, todos diferentes. Existe até mesmo quem nunca quis ser outra coisa na vida. Não é um trabalho comum.

Ganha-se algum dinheiro, neste nosso ofício. Mas ninguém está aqui exclusivamente pelo dinheiro. Aliás, com o que a gente aprende, ganharíamos muito mais em outro emprego. E não estou falando, é claro, em trabalhar para a concorrência.

Não é, definitivamente, um trabalho normal. Para começo de conversa, as pessoas deste ofício nem sempre usam seu verdadeiro nome. Nunca se sabe quem, ao atender um telefone ou ser apresentado a alguém ou chamado por alguém, está usando seu nome de antes, o de sempre, ou o de agora, o do ofício. Com o tempo a gente acaba se acostumando, e volta e meia leva um susto quando encontra algum antigo vizinho ou colega de escola. Comigo aconteceu, e foi como se aquele rosto dos tempos de antes estivesse chamando outra pessoa, alguém que já fui e não sou mais sem ter jamais deixado de ser.

A maioria veio parar aqui por alguma incompatibilidade com o mundo, além de certo idealismo, é claro. Somos todos — digamos — desajustados, um tanto sem volta.

Aliás, uma das características deste nosso ofício é justamente esta: não existe volta. Há os que são encostados, os que se aposentam, os que querem desistir e não podem. E há, claro, os que morrem por acidente de trabalho.

Somos um perigo para nós. Cada um de nós representa um risco potencial para todos os demais. Você vigia e é vigiado, tem vida própria mas que nunca chega a ser uma vida normal: em nenhum momento quem está neste ofício esquece que somos o que somos. Isso acaba criando em cada um de nós certas manias, certas obsessões. No fundo, é tudo muito curioso.

As traições são cruéis na vida, sempre. Mas neste nosso ofício são especialmente tenebrosas. Aqui, um traidor faz mais estragos que uma peste sem controle.

Como somos todos muito eficientes e muito bem preparados para as artes da dissimulação, é quase impossível perceber quando uma traição está sendo armada. Deveria ser o contrário, é lógico: tão treinados somos nas artes da desconfiança, que deveríamos captar com enorme antecipação qualquer sinal de debandar. Nunca acontece. Quem vai debandar dissimula até depois de estar do outro lado, tamanho o medo de cair numa cilada enquanto arma outra.

Estou neste ofício há dezesseis anos. Cheguei a ser eficiente durante um longo tempo e até mesmo brilhante em certa etapa. Hoje, mal chego a ser medíocre. Às vezes ainda brilho, mas na maior parte do tempo estou encostado, numa espécie de vala comum de serviços menores. O emprego é seguro.

No fundo, o que fazemos é basicamente observar. O problema todo está em quase nunca saber exatamente a razão de tanto observar. Em geral, tenho a impressão que estou observando algo que não tem a mais remota sombra de importância, só para poder estar sendo observado por alguém que alguém observa, numa espiral sem fim.

II

Nossos chefes — como aliás todos os chefes do mundo — gostam de complicar as coisas. Parecem crer que alguém ainda é capaz de confundir agitação e complicação com eficácia e produção.

Agora mesmo está acontecendo comigo uma coisa assim. Nos últimos dois meses, minha tarefa vinha sendo examinar fichas e relatórios e encaminhar pedidos de atualização de tudo que eu achasse defasado. Tarefa aborrecida, é verdade, mas que permitia trabalhar algumas horas por dia, em geral até o meio da tarde, e depois sair para pensar na vida. Duas ou três vezes me senti deprimido. O consolo veio com a constatação de que estava usando a parte inteligente do dia comigo, e dedicando o resto ao trabalho. Durou exatamente até o instante de perguntar a mim mesmo em que estava usando a parte inteligente do dia. Tentei reavivar antigos e pequenos prazeres. Percebi apenas que o exercício das sombras e da dissimulação esgarça raízes. Cavando fundo na memória, me impus hábitos que nunca tive, partindo apenas de algumas lembranças de leveza confirmada:

passei a jantar todos os domingos, e mais ou menos à mesma hora, num mesmo lugar, onde pedia a mesma bebida e o mesmo prato. Pelas manhãs, a caminho do trabalho, passei a comprar o mesmo jornal na mesma banca e a cumprimentar com um leve e cordial gesto o jornaleiro. Descobri que ter certos hábitos pode ser agradável. Mas não consegui deixar de notar que, ao estabelecê-los, emergia das sombras: o garçom de domingo à noite, o jornaleiro de todas as manhãs, passaram a me identificar. Passei a existir para eles. E, neste nosso ofício, existir não é recomendado, a não ser que o trabalho peça isso em nome da eficácia, da segurança e da rapidez.

Nos últimos dois anos, desde que me transferiram para esta cidade, minha tarefa consiste em acompanhar o trabalho de quem está em ação na superfície. Uma espécie de controle de qualidade. Pode parecer, e é, uma tarefa aborrecida. Mas a responsabilidade é enorme. Cheguei a desconfiar que estava sendo testado.

Sou assessor da gerência de uma firma de exportações. A firma existe, o gerente existe, mas o que faço lá não tem nada a ver com o que existe. Trabalho numa saleta do último andar, ao lado do banco de dados, onde não entrei nunca. Examino minhas próprias fichas, os relatórios, cruzo informações, avalio resultados. A cidade é agradável. Moro num apartamento próximo à montanha, e o apartamento tem um terraço amplo de onde posso ver, ao longe, as luzes da baía. Nas manhãs claras, é um bom lugar para observar o mar. Moro sozinho. Todas as manhãs uma empregada vem para dar ordem nas coisas. Ela trabalha pouco: sou ordeiro e cuidadoso. Tenho direito a dois meses de férias por ano. Desde que cheguei aqui, aproveito as férias para viajar pelo interior do país. No verão passado conheci uma moça e passei com ela três semanas. Foi muito agradável. Não tornei a vê-la quando voltei.

Meu filho me escreve cartas com certa regularidade. Minha filha telefona aos domingos. Não vejo meu filho há um ano. Não vejo minha filha há quase dois anos. Não tenho nenhum plano de encontrá-los nos próximos meses. Fico nesta cidade mais três anos.

A firma onde trabalho é, claro, do governo do meu país. Do nosso ofício, somos quatro trabalhando lá. Um, eu conhecia de antes. Os outros dois conheci aqui. Eles não sabem que sou do ramo e muito menos que sei o que eles são.

III

Certa manhã recebi um telegrama codificado. Dali a dois dias deveria estar em outra cidade, outro país, para receber instruções. A última vez que isso aconteceu havia sido há três anos e meio. Eu quase havia esquecido que essas coisas existem e acontecem. Devo confessar que minha primeira reação foi de irritação: logo agora, que eu estava desfrutando a descoberta de uma certa rotina — o jornaleiro, o restaurante —, alguém inventava de mexer comigo. Mas disciplina é disciplina. No meio da tarde, quando deixei o escritório, comprei um terno de brim barato, uma camisa azul-clara, uma gravata cor de vinho. Queria receber instruções de roupa nova.

IV

Na cidade estrangeira, o de sempre, o mesmo que eu havia feito tantas vezes em minhas etapas de eficácia: aeroporto, carro alugado, hotel indicado, recado na portaria, encontro discreto, conversa rápida, volta ao hotel, banho, jantar e no dia seguinte outro vôo, outro destino, no mínimo um triângulo antes de voltar para casa. Impecável, como convém.

Desta vez, porém, uma surpresa: estavam me convocando para voltar ao trabalho de campo. Tarefa complicada: analisando meus relatórios e minhas avaliações, tinham chegado à conclusão que um de nossos homens estava enfrentando problemas.

— O rendimento dele caiu de maneira assustadora nos últimos tempos — ouvi. — Precisamos saber o que aconteceu. Descubra se ele foi descoberto, se está sendo assediado, se está fraquejando. É urgente. É grave.

Já nem voltei para casa: embarquei direto até a cidade onde nosso homem estava rendendo cada vez menos. Devia apenas observá-lo. De longe. Em silêncio.

Fiquei cinco dias na tarefa. Nosso homem era gerente de um pequeno hotel numa cidade turística. De tanto avaliar sua ficha eu sabia tudo a respeito do nosso homem. Sabia até mesmo de sua tendência ao desânimo, e foi essa a minha conclusão: nada havia de errado com ele, apenas cansaço. Escrevi um cuidadoso relatório dizendo que nosso homem estava cansado.

Três semanas depois, novo chamado. Outra cidade, outro hotel, dois dias de espera, outro encontro, o mesmo assunto: nosso homem. Desta vez eu deveria voltar lá e entrar em contato com ele. Havia sinais cada vez mais preocupantes: nosso homem podia estar a ponto de debandar, e isso seria uma tragédia. Mesmo que, por seu baixo rendimento, ele estivesse fora de tarefas vitais, o que sabia comprometeria um esquema erguido anos a fio. Era urgente.

Fiquei três dias, hospedado no hotel onde nosso homem era gerente. O hotel era luminoso e agradável. Nosso homem era cordial. Tive duas conversas com ele. Era mestre na arte de dissimular. Tive de me esforçar ao máximo em minha arte de desconfiar. Antes de ir embora, deixei com ele uma tarefa. Eram informações falsas. Na semana seguinte, escrevi meu relatório. Admiti o grave equívoco da visita anterior. Estava disposto a me apresentar aos chefes máximos. Minha conclusão era a pior possível.

V

De volta para casa, passei vários dias sem conseguir pensar em outra coisa. Nosso homem havia passado para o outro lado, levando minhas falsas informações. Eu tinha certeza. Escrevi isso em meu relatório. Se fosse considerado decisivo, aquele relatório era a sentença final para o nosso homem. Tornei a analisar a trajetória do nosso homem ao longo dos últimos dois anos. Era evidente. Eu tinha me deixado enganar na primeira visita. Em menos de um mês mudara de opinião de modo radical.

Então, voltei ao escritório e fiz uma coisa que até hoje não consegui acabar de entender: um relatório a meu respeito. Uma análise rigorosa, como eu nunca havia feito antes. Primeira conclusão: eu estava cansado. Descuidado. Dava sinais preocupantes.

Uma semana depois, fui chamado à base. Primeiro me informaram que, trabalhando para o outro lado, nosso homem, o gerente de um pequeno e agradável hotel em sua cidade turística, havia sofrido um acidente de trabalho. Depois me informaram que haviam feito uma cuidadosa análise de meu desempenho, e queriam conversar comigo: estavam preocupados.

(1992)

6

O exercício da solidão

O EXERCÍCIO DA SOLIDÃO

O escritor peruano Alfredo Bryce Echenique disse que literatura é a paixão gratuita. Julio Ramón Ribeyro, contista, mestre e também peruano, dizia que através da literatura podemos continuar a inventar armadilhas e a tropeçar com mãos pensativas. Com isso, deu espaço para que um escritor das Ilhas Canárias, Juan Cruz, concluísse que podemos então classificar as mulheres entre as que têm e as que jamais terão mãos pensativas. Nunca perguntei a Juan Cruz como foi que ele deduziu que mãos pensativas só poderiam ser de mulheres — algumas mulheres.

Outro grande mestre, o contista guatemalteco Augusto Monterroso, prefere recorrer a uma variante melancólica para explicar a si e ao mundo o que entende por literatura e pelo ofício de escrever. Lembra de um poeta mexicano, e diz o seguinte: "Era triste e vulgar o que cantava, mas como era bela a canção que ele ouvia!"

Augusto Monterroso vive mergulhado nas dúvidas de todo grande artista sobre o resultado final de sua obra. Ele diz que "o escritor ouve uma canção muito bela e imagina formas profundas e verdadeiras, mas quando levadas à realidade das palavras o resultado é frustrante. Nunca o artista consegue refletir tudo aquilo que gostaria de dizer. Ele fica sempre frustrado diante da impossibilidade de passar às palavras a canção que escutou".

O colombiano Gabriel García Márquez, em um de seus muitos depoimentos sobre o ofício de escrever, esclareceu: "Sempre me interessei por contar coisas que acontecem às pessoas. *Criar* é tornar a criar a realidade. Nunca existe ficção." O mexicano Juan Rulfo, mestre de mestres, dizia que em literatura é possível mentir, mas é proibido falsificar. E o uruguaio Juan Carlos Onetti fez com que um personagem definitivo dissesse o seguinte: "Alguma coisa repentina e simples ia acontecer, e eu poderia me salvar escrevendo." O criador do personagem acreditou nisso até o fim, e até o fim tentou se salvar escrevendo.

Assim são os escritores: vivem buscando uma definição ou um caminho para entender o próprio ofício. Além disso, e como anotou com humor e pontaria outro uruguaio chamado Mario Benedetti, "quando um visconde encontra outro visconde, os dois falam de viscondes; quando um escritor encontra outro escritor, os dois falam de escritores". Graças a esse hábito comum a quem é visconde e a quem escreve — cada qual em sua seara —, depois de alguma memória é possível assinalar que pelo menos num ponto a maioria dos escritores coincide com Gabriel García Márquez em uma de suas definições estritas: escrever é o mais solitário de todos os ofícios humanos. Na hora de enfrentar essa grande e devastadora solidão, cada um tem sua própria receita, e trata de compará-la com a de outros buscando alguma semelhança ou então procurando o argumento irredutível para comprovar que a sua é realmente a melhor.

João Ubaldo Ribeiro, por exemplo, acorda antes do sol e escreve até mais ou menos o meio-dia. É, portanto, um metódico sem remédio — a exemplo de Rubem Fonseca. Durante muitos anos João Ubaldo terminava de escrever e ia cumprir outro ritual — o uísque apaziguador de almas e demônios. Ele conta que depois de muito examinar esse aspecto fundamental de sua maneira de encarar o ofício, resolveu consultar Rubem Fonseca. E acabou chegando à mesma conclusão de seu colega de ofício: "Para trabalhar, um uísque é propício e até mesmo recomendável, mas só na hora da revisão. Na hora de escrever, seu uso é totalmente desaconselhável."

Se tivessem conversado sobre o assunto com o norte-americano William Faulkner os dois certamente seriam de outra opinião. Entre outubro e dezembro de 1929 e num período de 47 dias, como recorda o argentino Tomás Eloy Martínez, Faulkner terminou seu romance básico, *As I lie dying*, cumprindo um horário de trabalho invariável — das onze da noite às quatro da manhã —, escrevendo a lápis e sempre movido a robustas doses de *bourbon*.

Pelo menos em um aspecto ele era parecido a Ernest Hemingway, que também era um fervoroso adepto de lápis número dois e de papel barato para escrever as primeiras versões de suas histórias. Hemingway, porém, jamais bebia — nem água — enquanto escrevia. Para ele, madrugador irremediável, um trago às onze da manhã podia ser a recompensa por uma boa jornada de esforços.

Mais de seis décadas depois seu compatriota Paul Auster confessaria que entre suas muitas e naturais manias de escritor, em uma coincidia com Faulkner e Hemingway: escrever a lápis. No caso de Auster a confissão veio acompanhada por uma estranha história da infância. Ele contou que quando tinha oito anos foi a um jogo de beisebol e no final da partida conseguiu chegar perto de seu maior ídolo. Pediu um autógrafo, e o ídolo disse que daria com o maior prazer, mas necessitava um lápis. Nada mais servia: era lápis e ponto final. Paul Auster conseguiu tudo — canetas esferográficas, canetas-tinteiro carregadas de tintas de todas as cores, mas nenhum lápis. E ficou sem o autógrafo. Desde então, nunca mais andou nem por um segundo de sua vida sem um lápis ao alcance da mão.

O mestre cubano Alejo Carpentier era metódico ao extremo. Escrevia com disciplina de bispo todos os dias, das cinco às oito da manhã, e sempre a mão. De tarde, datilografava o que havia posto no papel em sua jornada matutina. Achava que um escritor deveria ter cotas mínimas de produção. "Três ou quatro páginas dão a medida perfeita, mas o mínimo necessário são duas páginas por dia. Sessenta ao mês, um livro em seis meses", disse ele certa vez em Paris. Carpentier, ao contrário da enorme maioria dos escritores, defendia a vantagem de ter um emprego em vez de sonhar com a vida assegurada apenas pelos direitos autorais. "Se um escritor vive de seus livros corre o risco de ter de publicar demais", dizia Carpentier.

Para o poeta chileno Pablo Neruda, a questão era outra: ele só escrevia usando tinta verde. Nenhuma outra cor, em nenhuma hipótese. Neruda era capaz de escrever em qualquer circunstância e em qualquer lugar, de vagões de trem a bares de navio, de cafés ruidosos a bancos de jardim, de quartos de hotel a poltronas de avião, de restaurantes a táxis, desde que pudesse usar tinta verde e apenas verde. Entre as muitas histórias contadas sobre o poeta chileno, uma demonstra sua fidelidade cabal à tinta verde: durante a Guerra Civil da Espanha, Neruda escreveu alguns dos poemas dramáticos mais marcantes de seu tempo. Houve um, porém, que foi interrompido e nunca mais pôde ser retomado — aquele que estava sendo escrito no dia em que a provisão de tinta verde se esgotou e ninguém conseguiu encontrar em Madri um único vidro de socorro. Quando novo carregamento chegou, dez dias depois, Neruda havia perdido o fio do poema, que perdido ficou para sempre.

* * *

A questão dos metódicos e dos anárquicos torna-se então uma discussão secundária, pois mesmo os mais anárquicos são, no fundo, metódicos radicais. O uruguaio Eduardo Galeano, por exemplo, sempre se negou a cumprir um horário fixo de trabalho e a reconhecer qualquer outro método que não seja mergulhar fundo no tema que estiver ocupando sua alma. E no entanto, continua pelos anos afora com seu método radical de tomar notas a qualquer hora e em qualquer lugar, utilizando sempre uma caneta de ponta fina e tinta preta, e escrevendo em caderninhos minúsculos que sua mulher Helena descobre em papelarias dos países menos esperados. Quando por algum motivo inexplicável Galeano está sem um de seus inevitáveis e diminutos caderninhos, qualquer papel vale — do maço de cigarros aos talões de cheques dos amigos, rasgados sem maiores delongas ou cerimônias. Depois vem a hora de passar aquelas anotações para a máquina de escrever e deixar o texto deslanchar. Até pouco tempo, Galeano continuou, como Antônio Callado, avesso aos computadores. Callado, aliás, viveu um drama peculiar nesta época de escritores computadorizados. Sua veteraníssima e fiel máquina enguiçou para sempre e não havia quem remediasse o problema. Foi preciso que Callado recorresse a um jornal, que tinha um estranho cemitério de máquinas abandonadas. Lá ele conseguiu resgatar uma perfeita peça de museu que o acompanhou até o fim, funcionando ruidosa, lenta, pesada, perfeita.

Rubem Fonseca, adepto absoluto dos computadores, admite que é um metódico sem limites. No começo de 1986 ouvi conselhos que bem revelam parte dos métodos com que ele encara o ofício. "A disciplina é fundamental", disse Rubem Fonseca. "Para manter a disciplina é preciso ter um sargento prussiano em cima de nós. E como não temos patrão, a saída é cada um ser o seu próprio sargento." Contou também que determina horários de trabalho. Quando chega à sua mesa atrasado, trata de disfarçar. E para evitar punições terríveis do sargento prussiano, nessas ocasiões trabalha com dedicação dobrada. "Não importa se você consegue escrever ou não. Claro que quando consegue é muito melhor. Mas, se não der, o importante é não desanimar, é manter a disciplina." Uso o método até hoje, e funciona. Há diferenças, é claro: Rubem Fonseca pertence à mesma escola do argentino Héctor Tizón e de João Ubaldo Ribeiro — ou seja, a dos que acordam antes do sol e às sete da manhã já estão no meio de sua jornada e continuam trabalhando a todo vapor. Integrantes da escola que usa esse método costumam estudar com prudente distância e temerosa curiosidade a estranha casta de gente como Vladimir Nabokov, Juan Rulfo ou William Faulkner, que sempre viraram noites escrevendo.

Graham Greene foi outro metódico: escrevia de manhã, em silêncio absoluto e mergulhado numa solidão de agonia. Sua meta diária era escrever trinta linhas. Escrevia uma primeira versão a mão, usando caneta-tinteiro, depois dava para uma datilógrafa passar à máquina, retomava para as correções. Essa rotina se repetia dia após dia, enquanto o trabalho estivesse em andamento. E dia após dia ele reservava a parte da tarde para mergulhar nas memórias, nas névoas dos amores difusos e nas sombras. Os entardeceres para Greene eram fatais. Para tentar driblar as sombras do fim do dia ele buscava alívio em reforçadas doses de uísque muito aguado. Jamais porém recorreu ao uísque, aguado ou não, enquanto escrevia.

Truman Capote era dono de manias estranhas. A primeira delas era certificar-se, antes de começar a escrever, que no ambiente não houvesse nenhum único inseto. Capote morria de pavor de insetos, sentia aversão profunda às moscas e caía vítima de irritações olímpicas diante da presença de um pernilongo ou de uma mariposa. Durante muito anos usou máquinas de escrever antigas em qualquer época, até que se modernizou. Nos últimos tempos ele já não escrevia: ditava para um pequeno gravador as vozes de seus personagens. A fita era depois passada a um papel por um secretário, e Capote fazia correções a lápis. O que ele nunca explicou — se é que alguém perguntou — é o seguinte: se só corrigia a lápis, se não escrevia — ditava —, por que fazia questão absoluta de ter sempre ao alcance da mão gordos punhados de canetas com tinta preta e pontas de diferentes espessuras?

Outro que não escrevia era Jorge Luis Borges, mas por razões evidentes. Quando perdeu a visão, Borges recorreu a auxiliares para tomar notas do que ele ditava. Depois os auxiliares liam em voz alta e ele fazia as correções com serena paciência. Darcy Ribeiro enxergava perfeitamente bem, mas também não escrevia ditava. Depois de receber a transcrição das fitas ele costumava chamar um ou dois amigos, cujas vozes apreciava, e pedia que eles lessem em alto e bom som. Aí fazia as correções, também em voz alta. Quando escrevia alguma coisa, mesmo correções, Darcy Ribeiro precisava recorrer a uma de suas auxiliares. É que ele quase nunca entendia a própria letra.

O mexicano Fernando Benítez também precisava de ajuda. Ele escrevia em cadernos escolares, com caneta-tinteiro e tinta azul, e depois precisava da ajuda de uma lupa e de um auxiliar paciente para tentar decifrar o que escreveu em garranchos mínimos.

O também mexicano Carlos Fuentes está na margem oposta dos computadores, e não há quem o mova de lá. Escreve a mão, e para as duas primeiras versões continua fiel às máquinas mecânicas, utilizando um único dedo — o indicador da mão direita, que aliás traz a forma de uma curvatura estranha, resultado de uma fratura mal curada. Todos os seus livros, alguns definitivamente magistrais, foram escritos assim. Ele contou certa vez que durante anos e anos usava a mão esquerda para segurar o cigarro, e a mão direita para escrever. Abandonou o cigarro mas não conseguiu abandonar o hábito de ter a mão esquerda erguida, o braço apoiado no cotovelo, na exata posição de quem mantém um cigarro aceso enquanto escreve.

Samuel Beckett, para escrever, precisava ter uma parede branca — de uma brancura total, sem manchas, rachaduras, nenhuma sombra — à sua frente. Olhando a parede encontrava as palavras. Escrevia a qualquer hora, mas sem a parede branca a folha permaneceria para sempre imaculada.

Gabriel García Márquez, a exemplo de Julio Cortázar, afirma que se interessa muito mais por música que por literatura. Diz também que *gosta* muito mais de música que de literatura. No estúdio de sua casa no México há muito mais discos que livros à vista. Cortázar, que amava e conhecia profundamente o *jazz*, confessava ser um músico frustrado. Ele admitia também que um dos grandes golpes sofridos por sua alma incansável foi concluir que tinha mais talento para apreciar do que para executar música. Tocava um pistom quase ofensivo, e consciente de suas escassas habilidades só ousava tocar na mais absoluta solidão e quando tinha ao menos a esperança de não ser ouvido por ninguém. Hemingway não gostava muito de falar sobre literatura e sobre escritores, e se dizia profundamente influenciado por pintores e compositores. "Não é preciso explicar", disse ele certa vez numa entrevista, "até que ponto Bach pode ser útil em questões como harmonia e contraponto." Em 1991, quando publicou seu primeiro romance, o compositor Chico Buarque de Hollanda — outro adepto da escritura noturna e que perseguindo palavras cruza o breu à espera do sol — causou certo espanto ao confessar a alguns amigos que chegara enfim à conclusão de que ao longo de anos a música o havia roubado da literatura, que seria seu caminho natural. Antônio Torres também é radical, mas permanece num único terreno: diz que é muito melhor ler que escrever.

Para Eduardo Galeano, que escreve a qualquer hora e em qualquer lugar e detesta piano e ópera, o princípio de toda escritura está nas imagens. Para Juan Carlos Onetti, que gostava de tangos trágicos, o princípio da escritura estava nos sonhos e muitas vezes nos pesadelos. Neruda gostava de dizer que só ia ao papel quando sabia perfeitamente o que escreveria. "Que as musas me impeçam de inventar enquanto canto", proclamou certa vez para uma platéia salpicada de moçoilas encantadas. Ernest Hemingway foi definitivo numa das lições que deixou como herança: só interromper um texto quando se sabe com certeza como ele irá continuar. Rulfo seguia caminho inverso dos dois: começava a escrever perseguindo uma atmosfera qualquer. Quando a encontrava, abandonava tudo que tinha escrito até ali. Dizia que escrever é essencialmente cortar. E também dizia que escrever é alçar vôo. Já o argentino Juan Gelman, um dos maiores poetas do idioma espanhol, descreve o ato de escrever como sendo o auge de uma obsessão. "Primeiro vem a idéia, a imagem, a necessidade, o som", diz ele, "e tudo fica lá dentro, remoendo aos poucos, até se tornar uma obsessão. Quando a obsessão encontra a expressão, chega ao seu limite e explode, vem o poema."

A infância também é tema de reflexão ou preocupação para os escritores. Juan Rulfo dizia que a infância é o único território permanente na vida do ser humano. García Márquez disse uma e outra vez que não existe uma única linha em todos os seus livros que não esteja relacionada com a infância. Diz mais: para ele, a infância é a fonte essencial de tudo que escreve, e a nostalgia da infância é a matéria-prima fundamental que forma a base de sua escrita.

Existem ainda os tipos de maldade que uns escritores promovem contra outros. Há o tipo normal, não muito inventivo, mas nem por isso menos eficaz. Márcio de Souza é useiro e vezeiro em explicar a moças repórteres e iniciantes que determinado escritor é surdo e detesta que notem isso. Sugere então que no caso de uma entrevista a repórter em questão fale em voz muito alta mas sem demonstrar que está falando aos berros. Um exercício de interpretação e tanto. Algumas das vítimas prediletas desse tipo de maldade do autor de *Mad Maria* são os baianos Antônio Torres e João Ubaldo Ribeiro e o paulista Ignácio de Loyola Brandão. Eles chegaram a imaginar vinganças tenebrosas que não levaram a cabo.

O outro tipo de maldade existe em versões mais elaboradas, mais sofisticadas e com certeza mais perversas. Jorge Luis Borges era mestre nesse gênero. Cada vez que estava se aborrecendo com os devaneios ou as firulas servis de algum jovem aspirante a gênio, Borges se saía com a mesma e irremediável maldade: pedia ao interlocutor que fizesse a amabilidade de acompanhá-lo ao banheiro. No caminho, esclarecia: "É que, como o senhor sabe, eu sou cego, e preciso de ajuda para tudo nesta vida." Na imensa maioria das vezes o tal bajulador aspirante a gênio arrumava uma desculpa e escapava na mesma hora. Não há registro de depoimento dos poucos que acompanharam o mestre até o fim.

Mesmo quem não escreve ficção sofre de dúvidas e medos semelhantes, e busca suas próprias receitas. Fernando Morais, por exemplo, descreveu em detalhes a um amigo pelo menos uma dúzia de aberturas diferentes para seu livro *Chatô*. A cada vez, assegurava: "Agora, achei o caminho certo." No caso, depois de treze versões ele acabou optando pela sétima — que aliás era a exata reprodução da primeira.

Pensando bem, nada disso tem muita importância, a não ser para os escritores. Como disse Tomás Eloy Martínez pouco depois de ter concluído seu livro *Santa Evita*, esses rituais não mudaram jamais o curso da história. Ele recordou ainda que "desses hábitos nasceram obras, linhas de poemas e frases que moveram de lugar os sentimentos de muita gente. Talvez o mundo continuasse do mesmo jeito se essas páginas não existissem, mas a vida dos homens não seria a mesma. Faltariam a ela a paixão, a imaginação e o risco que a realidade sempre copiou da literatura".

No fundo, é isso: qualquer linha escrita na mais irremediável solidão se justificará para sempre, desde que tenha alma e substância. Desde que seja capaz de levar a um leitor — um único que seja — a vertigem de uma emoção verdadeira. Que seja capaz de merecer o fato de ter violado de uma vez e para sempre a brancura da página. De ter superado o maior de todos os fantasmas do escritor: saber que está condenado à solidão mais eterna e profunda, e que a única maneira de buscar a salvação é mergulhar ainda mais fundo nessa solidão.

Saber, enfim, que só poderá sair dela numa trégua fugaz, acompanhado por palavras cujo destino é tão incerto e arriscado como o das mensagens que os náufragos lançam ao mar em garrafas azuis.

(1996/1997)

Este livro foi composto na tipologia Minion Pro,
em corpo 10.7/15.3, e impresso em papel off-white 80g/m^2
pelo Sistema Cameron da Distribuidora Record
de Serviços de Imprensa S. A.